延安典故

胡松涛——著

贵州出版集团
贵州人民出版社

图书在版编目（CIP）数据

延安典故 / 胡松涛著. —— 贵阳：贵州人民出版社，2024. 8. —— ISBN 978-7-221-17344-7

Ⅰ. I25

中国国家版本馆CIP数据核字第2024DH2615号

延安典故

YAN'AN DIANGU

胡松涛 ◎著

出 版 人 朱文迅
策划编辑 黄蕙心
责任编辑 黄蕙心 左依祎
装帧设计 陈 电
责任印制 尹晓蓓 蔡继磊

出版发行 贵州出版集团 贵州人民出版社
地 址 贵州省贵阳市观山湖区会展东路SOHO办公区A座
印 刷 浙江海虹彩色印务有限公司
版 次 2024年8月第1版
印 次 2024年12月第2次印刷
开 本 787毫米×1092毫米 1/16
印 张 18
字 数 225千字
书 号 ISBN 978-7-221-17344-7
定 价 78.00元

延安典故

《延安风景》 古元 选自：神州版画博物馆藏品

目　录

延河：流水十四章

延河，又叫延水，发源于陕西省靖边县天赐湾乡周山，由西北向东南，流经延安，在延长县南河沟凉水岸汇入黄河。延安城因延水而得名。1937年1月，中共中央进驻延安，从此，这条从春秋战国流淌而来的一脉弱水，与革命者紧紧地联系在一起。

《挑水》　古元

一

黎明的号角吹醒大地，惊飞了站在宝塔顶上的一只苍鹰。苍鹰的翅膀拍打着谷地的气流，河水在它身下闪闪发光。

清明一碧，十几里长的延水两岸，沙滩上、石头上，走来了成千上万的洗漱者：党校的同志、抗大的战友、陕公的同学、鲁艺的师生、“新闻山”（清凉山）的新闻工作者……大家在晨光中来到河畔，开始新一天的生活。

延水潺潺流动。说笑声、洗漱声、泼水声，响成一片。在那透明的波流的笑窝里，一张张革命同志的脸滋润起来，活泼起来。抗大的学员说：“天是我们的帐篷，延河是我们的洗脸盆。”

一位洗完脸的同志，因清晨的朝气而兴奋，他跳到一块白石上，扯起嗓子，和着延水的声音，用歌声迎接鲜红的太阳。“太阳挂在宝塔山，延水弯弯在眼前。我们在这里工作，把革命的种子撒遍人间。我们像太阳那么欢欣、勇敢，像延水无尽止地流到遥远……”歌声像风一样飘扬。

“黄河之滨，集合着一群中华民族优秀的子孙……”不用看，一听就知道是作家萧军在引吭高歌。这是他每天早晨的功课，他那嘹亮的歌声每天早晨都回荡在河谷里。萧军在1941年11月4日的日记中写道：“我预备十年后成为一个伟大的歌者！”他酷爱唱歌，还给女儿取名萧歌。

延河之畔早晨的歌，是太阳的歌，是革命的歌。歌声中，延水鎏金。

洗漱完毕，同志们各自走进集体之中，汇入革命的洪流……

二

延河发着光，两岸石壁上的标语发着光，革命者的青春发着光，歌声发着光，笑声发着光，枪刺、锄头和胸前的校徽也闪闪发光。延安的一切都是以明亮的方式呈现的。

中国共产党人落脚陕北，这里便成为黑暗苦难国土上最为阳光的地方。天下人心归延安。向往光明、向往民主自由的人们聚集陕北，吸吮着延河的乳汁……

画家张仃一脚踏进边区的土地，兴奋得不能自已。他脸不洗，尘不拍，脱去大衣，像一个小孩子，倒在地上打起滚来，放声大笑，浑身上下沾满黄土也不顾了；接着又匍匐着，捧起边区的一把黄土，深情地放在鼻子下闻呀闻呀，仿佛泥土特别香甜；他仰起脖子，摇着他那头乌黑的长发大声朗诵：“啊！母亲，我的母亲！”

诗人朱子奇来到延安，第二天天一亮专门跑到延河边，去喝一口香甜的延河水，用清爽的延河水洗了把脸。他看见一位湘西来的教师，激动地伏在沙滩上亲吻泥土，兴奋地喊着：“啊，自由的土地，我来了！我是属于你的！”朱子奇在诗中写道：

我幸运，我自豪，
我不再做有父母的“孤儿”了，
不再是南京马路上的流浪汉了！
在延河边上，
我找到了家，
找到了母亲！

呵，找到了党魂诗魂了！

朱子奇：《我歌颂伟大的七月》节选

鲁艺的冯牧说：“除了下雨天，几乎每一个黄昏，我都会和几个知交还有同学相约到延河岸边作长时间的散步……沿着浅绿色的蜿蜒东流的延河向西望去，可以隐约看见遥相峙立的清凉山和宝塔山；向东看去，则是一片伸向远方的在陕北地区难得见到的平川。……我甚至还相当清楚地记得河边一块平整如石凳的岩石的形状，我曾经长久地坐在这块石头上读书，把双脚放在流水中，或者望着夕阳，任凭自己的幻想驰骋。也是在这块石头上，我秘密地写下了第一张入党申请书……”①

刘白羽说：“这一条弯弯曲曲的河，正是延安的心灵。”

三

菲律宾华侨白刃辗转西安，又步行十几天，带着满身的酸汗味道来到延安。“找不到澡堂，只好到延河里洗身。这天晚饭后，我们三个‘南蛮子’跳进冰冷的延河中游泳。穿着棉袄、披着大衣到延河边散步的男女同学，围在岸上观看，互相议论着，大概说我们是疯子。”②

外交家陈友仁的儿子陈依范是美籍华人，一副绅士派头，他一到延安就想冲淋浴，不料这里没有小澡房。有人告诉他，谁要洗澡就请跳进流过延安的延河。陈依范跳进延河，从头到脚来了个大清洗。陈依范被中国革命所感动，于1947年至1948年在伦敦参与创办了当时中国共产党

① 冯牧：《延河边上的黄昏》，《冯牧文集：散文卷》，解放军出版社2002年1月版，第210–211页。

② 白刃：《到延安的前前后后》，《白刃文集》第7集，中国戏剧出版社2002年2月版，第15页。

在西方世界独一无二的新华通讯社分社。

在法国取得文学博士的陈学昭1938年到延安，发现“延安还没有一个女澡堂”。

抗大的女军官丁雪松说：“延河成了我们的盥洗室，冬天敲开冰窟窿洗，夏天跳进河里冲。盛夏时分，几个同学相约到河边沐浴，先洗好下衣，晾到河滩上，人躲进河中泡着；待下衣干透，着好再洗上衣。没有肥皂就用石块在河边捶打衣服，要么用草木灰过滤的碱水来洗。”[①]

夏天，延河是革命者的游泳池。男女分区，大家把自己泡进去，把衣服洗好晾在岸上。同志们互相打起密集的水珠嬉戏着，发出欢快的笑声，等衣服晾干了，再从河里爬出来——大多数革命者包括在中央党校学习的七大代表，只有一套衣服，没有换洗的。

在陕北公学读书的董边说：“延安人对延河是很有感情的，洗衣、洗脸、洗澡都在延河里。洗澡还分男区、女区，大家跳到水里边洗。”[②]有一次，中共中央政研室的田家英正在延河里洗澡，附近忽然来了一群洗衣裳的女同志，他只好把自己泡在河里不出来，因为他的裤衩刚刚洗过晒在河滩上。

摄影师侯波说：“我们时常在延河洗澡洗衣服，每次总是找个没人的地方，脱了衣服洗好晾在岸边，然后自己躲在水里等着衣服晒干了，再爬上岸穿起来。”[③]

---

① 丁雪松口述，杨德华整理：《中国第一位女大使丁雪松回忆录》，江苏人民出版社2000年10月版，第276页。

② 董边：《在延安和家英相识相爱》，载董边、镡德山、曾自编《毛泽东和他的秘书田家英》，辽宁人民出版社2012年1月版，第299页。

③ 侯波：《白头时节忆当年》，载王巨才主编《延安摄影家》，太白文艺出版社2015年9月版，第514页。

鲁艺所在地桥儿沟西边不远处，延河在那里的一座山崖前形成一个深深的水湾，许多师生在这里做“跳台跳水”。美术家力群说：“在延河里我终于学会了游泳。……炎夏在山上锄苗，热得出了一身臭汗，完工后跳到清澈的延河里游泳，多么地舒服！”①

许多单位在延河这个天然的游泳场组织游泳，开展五百米游泳比赛。

细菌学家、科普作家高士其因为研究细菌，中枢神经受损，行动十分困难，他在青年哲学家艾思奇的影响下，奔向陕北参加抗日救亡斗争，是被人背着来到延安的。一个“不能走路的人”，羡慕地看着老百姓和革命者一起在延河里嬉闹，他在诗中写道：

一湾又一湾，
延水绕着延山流，
像一条银带似的，
缠着巨人的身腰。
有多少人天天在延水里洗衣，
我立在小山上向着延水敬礼。
…………
我是一个不能走路的人！
不能走路，也来到延安，
也要在路旁助威呐喊：
赶走日本强盗！
还我中华河山！

高士其：《不能走路的人的呐喊》节选

① 力群：《我的艺术生涯》，北岳文艺出版社2009年6月版，第103页。

四

1938年初夏的一个下午，延安蓝天白云。鲁迅艺术学院（1940年后更名为“鲁迅艺术文学院”，简称“鲁艺”）的学员莫耶站在半山腰的土坪上，往下一望，只见山野田间走着一支又一支队伍，歌声和口号响成一片；延安城里也是满城歌声回荡。这样的情形令莫耶心潮汹涌。来自朝鲜的作曲家郑律成对莫耶说：“给我写个歌词吧，我来谱曲。”一句话点燃了莫耶的激情。此刻，夕阳正照耀着嘉陵山上的宝塔，连绵起伏的群山像围屏似的护卫着延安古城……这雄浑而清新的景色令莫耶灵感飞动……

夕阳辉耀着山头的塔影，
月色映照着河边的流萤。
春风吹遍了坦平的原野，
群山结成了坚固的围屏。
哦！延安，
你这庄严雄伟的古城，
到处传遍了抗战的歌声。
…………

莫耶作词、郑律成谱曲的《歌颂延安》立即被大家传唱起来，这是青春少年沐浴着夕阳写出来的青春诗篇。

《歌颂延安》首演几天后，中宣部通知，把《歌颂延安》改名为《延安颂》。

“《延安颂》，这题目改得好啊！”莫耶高兴得叫起来。

在延河边，鲁艺的同学议论着：“歌名改得真好，不知是中宣部哪个笔杆子改的。”

一个年纪稍大一些的同志说：“如果让我改这首歌，我会改一个字，把‘夕’改成‘朝’。‘朝阳’与‘月色’相对，意象更加丰富。况且‘朝阳’更符合中国人的审美习惯。朝阳多好啊，充满蓬勃的朝气；而一提起夕阳，就是‘日薄西山’，就是‘夕阳无限好，只是近黄昏’，太阳落了，黑暗便欢呼着占领了大地。”

一个同志说：“为什么带着衰老的眼光看夕阳呢？延安是青春的，延河是青春的，延安的夕阳也是上升的气象，延安的每一寸光阴都充满朝气，连‘延安五老’都是年轻的，他们比年轻人还年轻。向前进的革命者没有那么多顾忌，只有衰老者、衰弱者才忌讳夕阳。你看盛唐的诗篇，‘长河落日圆’，落日亦是饱满，亦是力量，亦是壮观。当盛唐的辉煌落日落到了中唐、晚唐的人心中，才有‘黄昏’之感。”

大家正议论着，郑律成弹着曼陀铃唱起来：

夕阳辉耀着山头的塔影，
月色映照着河边的流萤。
…………

延河宛然一根晶亮的琴弦。

“啊——延安，你好！”美国医生马海德喜欢唱《延安颂》，尤其喜欢歌曲中“啊！延安”的咏叹，他一见郑律成，就喊“啊——延安”，以此代替郑律成的名字。

五

1937年10月5日晚，延河边响起一声枪声。

早晨，有人路过延河，看见一个女子躺在血泊里。陕北公学的同志跑到延河边一看，死者是自己的同学，连忙向保安司令部报告。当天，凶手就被查了出来，是抗大第三期第六队队长黄克功，他与陕北公学学员刘茜逼婚不成，在延河边枪杀了刘茜。

这是党中央进驻延安后发生的第一桩凶杀案，是红军成立十年来发生的第一桩“桃色”案件，顿时成为延安最大的社会新闻。

延水的声音由远及近地传来。抗大、陕北公学组织学员讨论黄克功案件，让大家发表意见。在讨论中出现了两种意见：一是主张杀黄克功；一是主张不杀。

许多同志认为黄克功是个猛将，经历过长征，尤其是在二渡赤水的娄山关战役中立过大功；有的力谏毛泽东赦免黄克功的死罪，让他戴罪上前线，杀敌立功。这一年，黄克功26岁。

在讨论黄克功案子时，有人援引国民党军队中发生的一起枪杀案为黄克功说情。1935年，32岁的国军上校团长张钟麟怀疑结婚两年的妻子吴海兰不忠，在西安将妻子枪杀。南京军事法庭判处张钟麟死刑。张钟麟是蒋介石的学生，黄埔军校四期毕业，一直在蒋介石的嫡系第一军任职。因为蒋介石的袒护，死刑判决没有执行，张钟麟免于一死。1937年初，蒋介石以国家急需人才为由，将张钟麟释放，官复原职，让他将功赎罪。张钟麟出狱后，改名为张灵甫。

审判黄克功的法庭设在延河边上的陕北公学的操场上，从这里放眼望去，可以看见河边清凉山的岩石上刻着很大的“是岸”两个字。

一粒子弹穿过女子的心脏，当开枪者回归理性时，一切都晚了。被审判的黄克功脸色苍白，他说："我承认我的罪过，枪毙我也甘心。但是自从我十六岁加入了红军，现在已有十年光荣的斗争历史了。……现在争取民族解放的抗日战争已经爆发了，若审判长能够允许我的请求，我希望我的血流到抗日的前线战场上去。"①

共产党不是国民党，毛泽东不是蒋介石。毛泽东说："这样的人不杀，我们还是共产党吗？！"②在共产党人看来，一百个黄克功也比不上共产党员的纪律和红军的荣誉。10月10日，毛泽东给黄克功专案审判长雷经天写了一封信，他说："共产党与红军，对于自己的党员与红军成员不能不执行比较一般平民更加严格的纪律。"③

"本庭判决凶犯黄克功因恋爱问题而枪杀革命同志刘茜……经公审……决定处死刑……"④

黄克功被判死刑，立即执行。

下雨了。清晰的枪声从延河边传来，传进延河两岸等待黄克功案结果的人们的耳朵里。

枪毙黄克功的地方距离黄克功枪杀刘茜的地方不远，就在延河边。

延水的声音一下近一下远地传过来。

---

① 孙陵：《延安的公审法庭》，载王巨才主编《延安文学作品：报告文学》，太白文艺出版社2015年9月版，第380页。

② 史全伟编著：《毛泽东与艰苦奋斗》，中央文献出版社2004年9月版，第51页。

③ 史全伟编著：《毛泽东与艰苦奋斗》，中央文献出版社2004年9月版，第53-54页。

④ 胡天蕾：《一宗桃色案子》，载王巨才主编《延安文学作品：报告文学》，太白文艺出版社2015年9月版，第377页。

六

“我们上城头看月亮去吧！”星期六晚上，女人提议说。“月亮有什么好看呢？还不如在家吃花生！”男人回答。“我们到延水边去走走吧！”女人说。“又来了，你们天天在延水旁跑，还看不厌吗？”这是陈学昭女士在《延安访问记》中的记述。

一位红军高级干部与一位女知识分子结了婚，感情很好，那天在延河边散步，正赶上十五月圆，女人感到无穷情趣，指着月亮高兴地说：“这月亮多美呀！”丈夫说：“月亮就是月亮，像一块大烧饼挂在天上，有什么美不美。”这是王仲方在《延安式的恋爱和结婚》中的回忆。王仲方毕业于抗日军政大学，在延安工作生活好多年。

以上是在延安流行的两个“段子”，有些夸张，倒也是实情。正像“巴黎回来的女绅士”陈学昭所说，许多革命者“已经习惯了非常规律得近乎本能的生活、吃饭、睡觉、打仗……虽然在月亮夜宿营是常有的事，但是从没有看过月亮一眼，不知道月亮与他的生命有什么关系。”[①]当然不是所有的革命者都缺少对美的感受，不过，在农村环境和战争环境下成长起来的“土包子”，毕竟情感是单纯的，也不懂得恋爱中的感情交流。

延河之畔，“洋包子”与“土包子”在碰撞，在交流，在沟通，在融合，彼此都在革命的大家庭和个人的小家庭里丰富完善自己。一个唱道：“能读书，会打仗，八路军队伍人人强，谁说咱是个土包子，马列主义来武装。”一个哼道：“陕北的土包子，外来的洋包子，住的土窑子，吃的小米子，都是革命队伍的一分子……”不会在河边散步的，学会了在河边

① 陈学昭：《延安访问记》，中国国际广播出版社2013年1月版，第118–119页。

散步；不懂得欣赏月亮的，开始抬头观赏天上的月亮。听不懂工农兵话的，学会了工农兵的语言；从没有参加过体力劳动的，学会了垦荒纺线。“洋包子”与“土包子”之间，由最初的看不惯、瞧不起，到同甘共苦，青葱少年与热血战士打成一片，一起拥有了崭新的人生观。正像那延河，接受了清清的山泉，也接受了浑浊的山洪，从而变得浩荡与丰富一样。

七

“我要见丁玲。”夕阳下，艾思奇带着李纳在延河边散步。

彝族少女李纳在昆明女子师范学校读书时，看了《西行漫记》，看了《大众哲学》，向往着陕北那一片净土。一天，她在昆明街头看见著名作家丁玲身着八路军军装的照片，英姿飒爽，一刹那间，她做出一个惊人选择：我一定要去延安！一定要见毛泽东，一定要见丁玲，一定要见艾思奇。二十岁的李纳穿越凉山，穿越蜀道，穿越巴山秦岭，终于站在宝塔山下。她首先找到她的老乡、《大众哲学》的作者艾思奇，她对艾思奇说：“我要见丁玲。”

蛙声叫响了延河。艾思奇不说话，在河边走着，李纳在后面跟着。河滩很宽，水面浮着一层烟霭。许多马在河边喝水，喝水的姿势没有一匹相同。

“我要见丁玲。”李纳又说。

艾思奇在河边慢慢走着，突然一抬手，指着前面的一位女子：“那就是丁玲。”李纳毫不犹豫地跑上去，大声喊道：“丁玲同志，我到延安，除了看毛主席，就是看你。”

延河两岸都是山，两旁的山腰上是一排排的窑洞。窑洞的灯光亮起来，与星空相连接，与延水相映照。

延河边，李纳见到了她崇拜的丁玲。不久，她在延河边见到了毛泽东。毛泽东问：“你叫什么名字？”“李纳。”毛泽东说：“好，好，李纳……”李纳不明白毛泽东的意思。后来她听说，毛泽东的小女儿叫李讷。

延河边散步，是革命者最难得的休闲。战争岁月里，在晚饭后的自由活动时间沿着延河边散步，真是一种难得的享受。“忘了爹娘，忘了故乡，忘了饥饿，忘了战争；谈鲁迅，谈郭沫若，谈高尔基，谈托尔斯泰；谈不平事，义愤填膺；谈高兴事，手舞足蹈——真有点儿飘飘然，忘乎所以了。”[①]

中央政研室的田家英与董边恋爱了。“我们相爱以后，常常一同去延河边洗衣服，边洗边聊。洗完后，我们就背靠背地坐在河边石头上聊天，有时聊到晚上12点。延安很安全，不用担心天色多晚。”田家英活泼，走路都是蹦蹦跳跳的，大家给他起个外号“田鸡”，他不但不生气，反而索性把笔名改为“田基”。[②]

碧夜沉沉，烟岚幢幢。延河滩上能够看到岸上运盐的骆驼队徐徐远去，驼铃声中有时夹杂着山间的狼嚎。

延水浊，延水清，
情郎哥哥去当兵。
当兵啊要当抗日军，
不是好铁不打钉！
…………

① 孙谦：《一件山羊皮短大衣》，《孙谦小说散文集》，北岳文艺出版社2015年8月版，第261—266页。

② 参见董边、镡德山、曾自编：《毛泽东和他的秘书田家英》，辽宁人民出版社2017年6月版，第316—327页。

被郑律成称为“小鬼女军官”的丁雪松在延河边哼唱着《延水谣》（熊复词、郑律成曲）。她正跟作曲家郑律成谈恋爱，经常一起在延河边散步、谈心。没有想到的是，郑律成尽管已加入中国共产党，却仍被一些人怀疑是日本特务。一样的月光，不一样的心境。丁雪松不相信，一个创作了《延安颂》的人怎么会是坏人？一个谱写出《八路军进行曲》的人怎么会是日本特务？延水跟她一起苦恼着。缺月衔山，清光似水，河里面有一粒忧郁的沙子。

八

延河的冰刚解冻开化，水凉得很。陈明知道丁玲有关节炎，就弯下腰来，要背丁玲过河，丁玲不让背，非要自己蹚水，两人几乎要吵起来了。最后，丁玲还是自己蹚水过了河。

延河上，最初没有桥，开会、听课、会朋友时，冬天踩着冰面过河，夏天常常得蹚河。水浅时，踩着河中的石头，像踩梅花桩似的跳跃而过；水深时，脱了鞋，挽起裤腿过河。毛泽东到抗大四大队上课，经过延河，同样是脱鞋脱袜，踩着河底的泥沙碎石，蹚水过去。刚练习写作的柯蓝说：“给《解放日报》投稿，遇上春三月延河发洪水，河水涨到齐腰，我也不怕，脱了衣服把稿子高高举起游水过去，亲自把稿子交到《解放日报》。”①

一天，陈伯钧将军在胜利合作社晚餐。吃完饭后，陈伯钧一看桌上还剩下几个玫瑰丸子，就打包带走。可他约好要去见毛主席，又不好拿

① 柯蓝：《延水情深——我的文学道路》，载任文主编《永远的鲁艺》下册，陕西师范大学出版总社有限公司2014年6月版，第201–214页。

着丸子去，怎么办呢？陈伯钧纠结着。路过延河，他灵机一动，把丸子藏在河边的石缝里，然后高兴地踩着石头过河。天黑，石头滑，脚下一出溜，他滑到了河里，鞋袜全都浸湿，也顾不得了，就这样穿着湿漉漉的鞋袜去见毛主席，心里还惦记着石缝里的玫瑰丸子……

后来，延河上修了桥。所谓的桥，就是在石头上架起一块木板。好一些的桥，打了木桩，上面搁几条圆木头，用细得像两股线一样的铅丝缚住，人走在上面，圆木头就滚动起来。有一次陈学昭过河，木头一滑，她就落水了，水过膝头，仅有的棉裤和棉鞋都湿透了。她说："希望边区政府建设厂能够把过渡的桥建设一下。"

那时，边区被铁桶般封锁，军困民愁，常常有揭不开锅之虞，建一座桥也不是件容易的事情呢。况且，往往一场大洪水，修好的桥，还有河两岸的庄稼，都被冲得无影无踪。

一个周六的下午，发生了"陈赓背媳妇过河"的故事。

当时规定，结婚的同志周一到周六在单位工作，周六下午可以回家过周末。有个星期六，陈赓将军在此岸，他的夫人傅涯在彼岸的中共中央党校。陈赓喊傅涯回来过周末。傅涯说："水大过不了河，不回去了。"陈赓说："我背你过河。"陈赓说着，蹚水过河。河水深深，漫过膝盖，他一弯腰，把傅涯背起来，背过河来。

陈赓背媳妇过河的情景两岸许多人都看见了。有人说："这延河，就是隔开牛郎织女的'银河'嘛！"这件事情传到毛泽东那里，毛泽东批评党校：为什么不解决过河的问题？

不久，党校在延河上修了一座简易的桥，女子大学附近也架起一座木桥，大家不再涉水过河了。

九

延河两岸的老乡和革命者，做饭、洗漱、洗衣、擦澡，用的都是延河水。大家吃住在半山腰的窑洞里，都得顺着弯弯曲曲的羊肠小道到山下挑水，或者拿着罐子提水。夏天挑水一身汗，冬天更不容易，寒风刺骨，河水结冰，每次打水时得用镢头砸开冰，从冰洞里取水，水溅在鞋袜和裤子上，很快就结冰了。

挑水上山是个费力气的活儿。女子大学在延河边打了个井，每天摇着轱辘打水，省得天天下山挑水。学员彭可打水时，井轱辘倒转起来，不小心打中了腿，她跌倒在地，腿痛得不能站立，附近的同学赶紧跑来搀扶她。丁雪松把彭可扶到马上，在前面牵着马，送她到十多里外的兰家坪医院。彭可觉得自己像将军一样骑在马上……

机关和学校人多，用水多，炊事员和值日者不停地担水，往往也忙不过来。许多单位就养头毛驴，用驴子上山下山驮水。打水者牵着毛驴来到河边，踩着河边的石头，手拿打水工具，两臂高高举起，把水倒进毛驴背上的大水桶中。水打满了，用木塞塞上大水桶上面的桶口，防止路上颠簸溢出。然后，再牵着毛驴驮着水往山上走，毛驴累了，走几步停一停，喘着粗气，不愿走了。怎么办呢？有经验的同志说："驴子上山，它不上，怎么办？不外乎三个办法：一是前面拉，二是后面屁股上推，有时还得用第三种办法，那就是鞭子抽。"[1]

遇到雨雪天，山路打滑，毛驴容易摔倒，得看好它。一次，抗日军

① 参见石仲泉、陈登才主编：《战地黄花分外香：毛泽东指挥红军进行反"围剿"战争的故事》，中共党史出版社1993年2月第2版，第58-67页。

政大学一头驮水的毛驴身子一歪，摔到山沟里，摔死了。每个人心里都难受着，又不得不把驴肉煮了，以改善生活，毕竟日子过得太清苦了。驴子的内脏被炊事员扔掉了，有的学员把它捡回来，在延河里清洗干净，悄悄开个“小灶”，解一下馋。①

延园造纸厂每天都要组织人员到延河提水，用来冲纸浆。延安的造纸全靠手工，雨季到来了，河水浑浊得无法用来冲纸浆，纸厂面临停产，他们便修两个大水池，把浑浊的河水倒进去澄清之后再用……

有几天，大家看到总政电影团的周从初天天沿着陡而狭窄的山路挑水上山，有人问：“你们电影团加起来不到十人，挑这么多水干什么？”周从初说：“冲洗胶片。”原来他负责影片《南泥湾》的洗印工作，每天就从延河挑十几担水上山，用最原始的方法冲洗电影胶片。②

十

延河流淌着革命者的叹息和诗句。

我在延河边走过来，走过去，
我向人们用微笑表达我的心意，
我想向每一个遇到的人打招呼，

① 参见王仲方：《在窑洞之城生活的人们》，载任文主编《延安时期的日常生活》，陕西师范大学出版总社有限公司2014年5月版，第7-22页。

② 参见周从初：《艰苦奋斗的延安电影团》，载任文主编《电影新语》，长征出版社2008年10月版，第111-114页。

不论是我认识的，还是不认识的。

…………

冯牧：《延河边上的黄昏》

毛泽东也喜欢在延河边散步。毛泽东遇见了老乡、师生，都会停下步子，聊上几句。刚从田地里收工的一伙农民，像遇见老朋友一样跟毛泽东打招呼，停下来跟他说话。

这天，毛泽东在延河边听见两个小八路在哼唱：

牛的腿子两边蹬，
王子宝刀向右横。
西方圣人来辅佐，
千军万马下北京！

毛泽东第一次听到这首歌谣，感到新奇。其实，这首歌谣在1937年就已经在陕北流传，《解放》杂志1937年第14、15期上刊登的奚如的小说《土地在笑着》中就引用了这首歌谣。

毛泽东走过去，问道："小鬼，你俩知道我是谁吗？"一个小八路说："你就是'王子宝刀向右横'。"一个说："你是毛主席。"毛泽东问："'王子宝刀向右横'，为什么不向左呢？""好嘛，向左那是'手'，反手才是'毛'。"毛泽东在手心上比画着，接着问道："那'牛的腿子两边蹬'是什么？"小八路神气地说："好嘛，这都不知道，'朱'，朱总司令的'朱'呀！"毛泽东乐了："哈，那'西方圣人来辅佐'呢？""马恩列斯嘛！"另一个补充说："包括大鼻子马海德医生……"

毛泽东正笑着，一个小朋友跑过来说："毛主席，我的名字和你的差不多。""是吗？你叫什么名字？""你叫毛主席，我叫席毛毛。"毛泽东哈哈大笑起来。[1]这个席毛毛，是陈明与其前妻的儿子，陈明离婚后，与丁玲结合了。

十一

美国医生马海德是喝延河水最多的外国人，一喝就是十二三年。

马海德是和斯诺一起到陕北的，斯诺离开陕北写了《西行漫记》，马海德被中国革命所吸引，留在了陕北参与革命。他跟着毛泽东一起进了延安城，加入中国共产党。他学会说陕北话、唱陕北歌，成为一个"延安通"，加上有一手妙手回春的医术，性格又开朗活泼，他深受延安各界的欢迎，是延安最知名的外国人。

1940年除夕，在鲁艺大礼堂的舞会上，马海德穿着平剧戏装、打着花脸上台，一开口，唱出来的是"桃花江是美人窝……"，把毛泽东等领导人笑得直不起腰来。晚会之后是舞会，马海德勇敢地邀请他中意已久的鲁艺校花苏菲跳舞，苏菲拒绝说不会，马海德坚持要教她，不由分说就牵上她的纤纤玉手教练起来，整场晚会都没有舍得放下，他想这就是天堂了。

晚会之后，已是午夜，马海德和苏菲沿着延河散步，彼此诉说自己和家庭，马海德向苏菲表达了对她的爱慕，并且亲吻了苏菲。苏菲的脸颊热辣辣的，心慌意乱地跑回宿舍，趴在土炕上悄悄地笑起来。凌晨，

---

① 陈明口述，查振科、李向东整理：《我与丁玲五十年：陈明回忆录》，中国大百科全书出版社2010年1月版，第65-72页。

与苏菲住同一窑洞里的一位大姐临产了，有人出主意，让苏菲出面去请马大夫来接生。马海德尽管不是妇产科医生，依然冒险来接生。清晨，孩子顺利降生，苏菲请马大夫回去休息。马海德说：“天气那么好，我们出去散散步吧！”苏菲同意了。在延河边，马海德向苏菲求爱了。沐浴在新年的晨光中，苏菲的脸红红的，她答应了马海德。

鲁艺的男生眼睁睁地看着外国大鼻子摘走了校花，作为“报复”，连着好几个周末的傍晚，躲藏在鲁艺校门口的坡地里，等马海德来接苏菲的时候，齐声喝道：“此路是我开，此树是我栽，谁来接苏菲，留下买路财！”然后一阵风一样冲上来，拦住马海德，翻出他口袋里的香烟和零钱，呼啸而走，到小饭馆打一回牙祭。

马海德与苏菲，两个幸福的人走到了一起。人们看到，这两个瘦高个子，常常双双挽着胳膊，漫步在延河畔，嘴里叽里呱啦地说着英语……

新中国成立后，马海德跟中国人民一起生活、工作。

1988年马海德病逝。按照马海德的遗嘱，苏菲和儿子幼马把马海德的一部分骨灰撒在延河里——这里是马海德热恋与热爱的地方。

十二

夏日的延安，一只盘旋的苍鹰忽然急急地飞走了。

老乡说：“龙王爷不愿住在河里啦！”说话间，暴风四起，黑云罩天，接着就是一场豪雨。一袋烟工夫，雨停了，日头红彤彤的，地上流动着黄糊糊、稠黏黏的山水，这叫“刮山水”。刮山水借着山势一股脑倾泻而下，将山上的地皮生生地刮下三分。刮山水湍急地滚动着，从千沟万壑中奔赴而下，连稀带稠，汇入延河。一时间，涨起来的延河水浊浪滔天，洪流翻滚，咆哮奔腾，淹没了两山之间的平川。老乡都知道躲刮山水的常识：看到刮山水来时，得赶紧往旁边高处跑，跑到高处就保险了，千万不能沿着川流跑，刮山水跑得比你快，若是跑不过刮山水，就会被它卷进去……

刮山水、涨大水，被刚到延安的作家孙犁遇见了。“到了延安，我被分配到鲁迅艺术文学院，学院先将我安置在桥儿沟街上一家骡马店内。一天傍晚，大雨。我们几个教员，坐在临街房子里的地铺上闲话。我说：这里下雨，不会发水。意思是：这里是高原。说话之间，听流水声甚猛，探身外视，则洪水已齐窗台。急携包裹外出，刚刚出户，房已倒塌。仓皇间，听对面山上有人喊：到这边来。遂向山坡奔去。经过骡马店大院时，洪水从大门涌入，正是主流，水位迅猛增高。我被洪水冲倒，弃去衣物，触及一拴马高桩，遂攀登如猿猴焉。大水冲击马桩，并时有梁木、车辕冲过。我怕冲倒木桩，用脚、腿拨开，多处受伤。好在几十分钟，水即过去。不然距延河不到百米，身恐已随大江东去矣。后听人说，延河边有一石筑戏楼，暑天中午，有二十多人，在戏楼上乘凉歇晌。洪水陡至，整个戏楼连同这些人，漂入延河。”[①]

孙犁没有被1944年的这场大水冲走，这一年，他在延河边的鲁艺写出了《荷花淀》等著名的小说。当《荷花淀》被送到延河边的《解放日报》编辑部时，编辑们兴奋得差不多跳了起来：“好作品诞生了！”

青年哲学家、毛泽东的秘书和培元，就没有孙犁这么幸运了。

1941年夏天一个炎热的中午，延安刚刚发过洪水，汤汤急流把河床上的鹅卵石冲乱了。和培元与马列学院文化思想研究室的柳湜、张

① 孙犁：《去延安》，《孙犁文集5：杂著》，百花文艺出版社2002年10月版，第17—19页。

仲实还有田家英一起到延河游泳，他“扑通”一声，一头插到河中，像一本厚厚的哲学著作掉入水中。水一直打着漩儿，不见他冒出来。

几个人手忙脚乱地把和培元从洪水冲击形成的一个深坑中打捞上来，有人给他做人工呼吸。路过的萧军看见，和培元脸色红紫，嘴唇发黑，身色黄青。有人接来了中央医院的毕大夫，和培元已经没有了呼吸。附近的老乡用民间偏方，把鸭子的嘴塞进他的嘴，还是没有救活他。这天是和培元结婚的第三天。

毛泽东得知消息，沉吟道：“出师未捷身先死，长使英雄泪满襟。”

十三

冬天沿着河岸来了。“严冬，延水连底冻了，人与牲口都在冰上走来走去，一片美丽的冰场，可惜买不到溜冰鞋。”陈学昭说。

没有冰鞋，打冰鞋。打冰刀的钢铁从哪里来呢？那时节，日寇的飞机经常轰炸延安，延河两岸散落着大大小小的弹片，革命者把弹片捡回来，拿到南门外新市场上的铁匠铺。那里有四五十家打铁铺，打开荒用的锄头镢头，再打一双双冰刀。有一次，大家挖弹坑找弹片时，发现几枚没有爆炸的炸弹，他们把炸弹的导火器卸下来，把炸弹放到延河里浸泡，几天后再捞上来，一下子弄到六七百斤钢铁……

革命者用这上好的钢铁做成的冰刀，在延河的冰面上滑行。滑冰的队伍中有女子大学的娘子军，有冼星海、萧军、张仃、冯牧、陈学昭等作家、艺术家，牵手同滑的陈赓与傅涯、丁雪松和郑律成、马海德和苏菲夫妇也是滑冰的高手。毛泽东也走上冰道，他打个滑跐溜，惹得大伙儿哈哈大笑。

滴水成冰的冬日里，每个人都带着春天的心情。诗人柯仲平总是很早起床，一个人在河滩上散步行吟：

人在冰上走，
水在冰下流，
不到黄河不回头。
…………

他还是个朗诵家，经常在河边为同志们朗诵，朗诵他的《边区自卫军》，朗诵高尔基的《海燕》。有人专门跑到河边，拿着自己的习作请柯老修改。柯仲平一说起诗，情绪高涨，像闸门打开，滔滔然，轰轰然，别人就插不上话了。丁玲说："老柯，你先不忙着念诗，一念就说不成话了，也滑不成冰了。"

词作家俯拾看着结冰的延河，大声朗诵他的诗歌：

莫把我的外表当作我的心，
没有一刻我停止过奔流，
严寒虽然噤住我的歌唱，
却不能阻断我歌唱的前程。
像礁石只把我激怒，
像乱山难把我挟住。
对严寒，对冬天，
我以不可知的巨力，
为来春开辟新生命的原野。

作曲家冼星海在一边听到了，为俯拾这首诗谱上了曲子，名为《冻结的河》。

烽火剧社的同志们演唱了《冻结的河》，他们还专门到延河汇入黄河的凉水岸唱过一回《黄河大合唱》。站在凉水岸的悬崖上，面对黄河的惊涛骇浪，面对祖国的辽阔天空，他们高唱起《黄河大合唱》，大家一边唱，一边流泪。冼星海听到这个消息，也激动得眼里含着泪花，好一会儿才说："将来我一定要到那里去看看。"[1]

十四

高粱挂着沉甸甸的穗子，
荞麦铺织起紫红的地毯，
糜子谷子闪着金黄，
麻类也高得像林子了，
——延河，
正当收获的季节，
我向你告别啦！

严辰：《暂别》节选

再会吧，雄伟的宝塔！再会吧，慈爱的延河！

离开延安时，革命者的心情像延河里涨了大水。

"事从延安出发，事是好事。人从延安出发，人是好人。事好，因

① 李长华：《延安时期的冼星海》，载任文主编《窑洞轶事》，陕西师范大学出版总社有限公司2014年6月版，第102-111页。

为是替老百姓办的。人好，因为是替老百姓办事的。”[1]

革命同志在延河里“洗礼”，在延水里“淬火”，炼成了特殊材料，无比坚固，无比锋利，无比顽强，他们冲出去，冲向前线，冲向烽火，冲向脚下的大渊，冲向最后的胜利。

一只苍鹰在延河上空飞翔。

延河汤汤，北有黄河，南有长江，波涛滚滚流向东方。

诗人朱子奇说：“喝足了延河水，飞遍天下不会累。”

延河那清澈、透明的气质，那滋润万物与荡涤污浊的气质，那席卷一切，摧毁一切，一往无前的气质，进入喝过延河水的所有人的身体，成长为革命者性格的一部分。

从延安走出来的革命者，带着延河的气质，走出延河流域，汇入中华民族伟大复兴的“黄河大合唱”。这是一支汹涌澎湃的砸烂旧世界的队伍，这是摧枯拉朽的革命力量。

咱们的战马喝过河，咱们的战士蹚过河，咱们的大刀河里磨，咱们的英雄出延河……

① 吴伯箫：《出发点》，载王巨才主编《延安文学作品：散文》，陕西师范大学出版总社有限公司2014年6月版，第248-251页。

那斧凿进文化江山的延安往事啊……

看呐，一群朝气蓬勃的年轻人，不知不觉地参与到塑造意识形态的伟大事业中……

《延安鲁艺校景》　力群　选自：神州版画博物馆藏品

一

1938年初冬，鲁迅艺术学院美术系的钟灵爬上梯子，在延安的城墙上书写抗日标语。有人在下面点评说：“字好，内容好！”钟灵年方十七，美术字写得好看。在别人的夸赞声中，他写得更加来劲，手也不觉得冷了。

红色延安正处于敌人的包围与封锁之中，各种物资匮乏，连写标语的油墨也十分短缺。钟灵领着两个战士，先用石灰粉在墙上打上白底，再从大灶的锅底上刮下油灰，调上驴皮胶熬一熬，代替黑油墨。他哼着歌曲，在梯子上爬上爬下，在城墙上写了十几条标语，每个字一米见方，老远就能看见。写到“工人农民联合起来争取抗日胜利”这条标语时，钟灵觉得“工人”这两个字笔画太少，与标语中那些笔画很多的字放在一起，搭配起来显得不大匀称，就想来点儿花样。转念之间，他把“工”写成“”，把“人”写成了“”。

毛泽东打延河边走过，远远地看到城墙上的标语，他右手在左手心写着比画着，浅浅地笑了。他是领袖又是书法家……天空响起云雀的歌声。

二

钟灵的标语写好没有几天，一个中等身材、方方面孔、深深眼窝的青年从那几条标语下走过。这位青年是作曲家冼星海，自武汉来到鲁迅艺术学院任教。

延安到处是宣传抗战的标语，是革命的歌声，是亲切的同志的称呼，是自由民主的空气。一直过着颠沛流离生活的冼星海，遇见一个崭新的世界，他兴奋起来，燃烧起来，进入一生中最重要的创作阶段。

1939年2月18日，除夕夜，在延河边上的一个窑洞里，词作家光未然（张光年）朗诵了四百多行的《黄河》歌词。冼星海听完，霍地站起来，一把把歌词抓在手中："这个东西由我来谱，我有把握把它谱好。"[①]光未然知道冼星海谱曲时有吃水果糖的习惯，可是满延安没有一处卖水果糖的，光未然好不容易找到一处卖白砂糖的，一元一斤，买了两斤给冼星海。《黄河》歌词为天才的飞腾提供了有力的跳板。冼星海一边拿着自动铅笔写谱，一边抓把砂糖吃，转瞬间，糖水化为美妙的音符。没有钢琴，作曲家打着手势，摇头晃脑地哼唱，眼睛熬红了，头发散乱了，嗓子沙哑了。在第五天晚上，他放下手中的铅笔。伟大艺术的母胎里，新的生命呱呱诞生。延安的天空响起云雀的歌声。

美术系的钟灵说："唐朝的王勃是饮墨写诗，马克思是一边划火柴一边写《资本论》，冼星海是一手吃白糖一手谱了《黄河大合唱》。"

音乐系的王莘说："冼星海老师拥有一支神笔，这支神笔就是他手中的那支自动铅笔。"

鲁艺被称为"世界上最困苦的艺术学院"，没有大提琴、小提琴和竖琴，更没有钢琴。演奏《黄河大合唱》的乐器不够，鲁艺音乐系的师生便自己动手做。洋油桶蒙上晒干的羊肚皮，插上一根一米多长的木头作琴杆，又从饲养员那里讨来马尾毛作弓毛，做成了延安历史上的第一把大低音胡。茶缸里装上沙粒做成沙锤，把钢勺放在水缸里搅动出水声、波浪声……这些"土乐器"为《黄河大合唱》的伴奏做出了历史贡献。

《黄河大合唱》首演成功，引起轰动。冼星海在日记中写道："《黄河大合唱》今晚演得相当成功。当我们唱完时，毛主席和几位中

---

① 于学伟：《我们从感情上起了变化》，载张军锋编《延安文艺座谈会的台前幕后》上册，陕西师范大学出版社总社有限公司2014年10月版，第134—148页。

央领导同志都站起来，很感动地说了几声‘好’。我永不忘记今天晚上的情形！”[1]最惊人的是，毛泽东欢迎从榆林路过延安的国民党第二战区副总司令邓宝珊的晚会，五百多人参加演出。鲁艺音乐系的人手不够，其他系乃至女子大学等单位的同志也参加演出。冼星海要同学们把能用的乐器全都用上。当幕布一拉开，《黄河大合唱》那雄壮嘹亮、气势磅礴的歌声和锣鼓齐鸣的震撼场面，把邓宝珊将军吓了一跳，他霍地站了起来，泪流满面……

王莘担任《黄河大合唱》中“河边对口曲”王老七的领唱，他对冼星海说：“《黄河大合唱》表现了中华民族阅尽苦难、排山倒海的力量。”

冼星海沉浸在自己的世界中：“可惜缺一架钢琴伴奏。”

钟灵在一边听见了，没大没小地说：“老师，我给你画一架钢琴吧。”

“乱弹琴。”冼星海说，“我要把《黄河大合唱》改编为钢琴协奏曲……”

1939年底，王莘要毕业了，冼星海拿出一支铅笔，这令王莘眼睛一亮。延安是买不到自动铅笔的，连普通的铅笔都没有，鲁艺的师生“享受”特殊待遇，两三个月发一支铅笔，铅笔用完了，就用柳树枝烧成木炭条当画笔来用。冼星海从上海带来的这支自动铅笔让许多人羡慕不已。冼星海说：“我用这支笔写下了《黄河大合唱》。你要毕业了，我把这支笔送给你，希望你也用这支笔写下鼓舞人心的音乐作品。”[2]

从接过老师的自动铅笔那一刻起，王莘的心中就萌发一个梦想：写

---

① 孙国林编著：《延安文艺大事编年》，陕西师范大学出版总社有限公司2016年12月版，第161页。

② 张小芳编著：《一歌一世界：红色经典歌曲背后的故事》，山西人民出版社2014年6月版，第26页。

出一个美的内容与美的艺术形式相统一的好作品。可是，他几乎把老师给他的铅笔捏出了水，也没有写出一个满意的作品来，他觉得太对不起老师了。

三

1941年的春天，延水春风骀荡，柳条扶苏，鲁迅艺术文学院响起“月光流水”的声音。“月光”是《月光曲》，“流水”是光未然作词、冼星海作曲的《黄河大合唱》。这是延安的土地上第一次生长出来钢琴的声音。

钢琴来自重庆。一位爱国人士赠送给周恩来一架钢琴，周恩来知道延安鲁艺缺少钢琴，就费尽周折，翻山越岭把这架钢琴送到了延安。

整个抗日战争时期，延安唯此一架钢琴。

这架古老的德国钢琴成为鲁迅艺术文学院的宝贝，在教学、演出和创作中发挥了无可替代的作用。鲁艺有资格使用这架钢琴的只有三个人：音乐系老师寄明、音乐系助教瞿维和周楠。延安的音乐会上从此有了钢琴演奏，贝多芬、肖邦、门德尔松等人的作品在山沟沟里回响。演奏《黄河大合唱》时，寄明担任钢琴伴奏。冼星海已经去苏联了，没有听到钢琴伴奏的《黄河大合唱》。演出《凤凰涅槃》（郭沫若诗、吕骥曲）大合唱时，钢琴伴奏的是瞿维。瞿维还是歌剧《白毛女》的音乐主创者之一。寄明因为用这架钢琴演奏，获得“延安第一位女钢琴家”的赞誉，她后来的代表作有《我们是共产主义接班人》等。

音乐系的同学都想上琴练习，领导怕大家“乱弹琴”把这个“宝贝疙瘩”弄坏了，平时把琴锁在教堂门口左侧的一间屋子中，大家只能望

“锁”兴叹。每当琴声响起的时候，鲁艺的许多师生都停下步子，伫立倾听。有些同志说：“我们只有抬钢琴的份儿，别说弹了，连摸一下的份儿也没有。”

“抬钢琴”是怎么回事呢？原来，鲁艺的师生往往要到十几里外去演出，没有车辆，音乐系的马可、安波等同志组成了义务搬运队，负责搬运钢琴。于是延安的小路上常常可以看见一群艺术家小心翼翼地抬着钢琴，挥汗如雨地赶路，路边花草摇曳……这群抬钢琴的革命同志还用上海话编了一段对话：“鲁艺有没有钢琴？”“有！”“你们弹不弹？”“抬（弹）！”

美术系的“小广播”说：“弹钢琴的那两位好上了。”说的是寄明和瞿维谈上了恋爱。有的说：“这两人同年生，有共同的专业，倒也般配。”天空响起云雀的歌声。

1942年初的一个周末，寄明和瞿维两人买了两斤红枣在窑洞里请客，宣布两人结为革命伴侣。钟灵小几岁，给两位新人开玩笑说：“你们两人得给媒人磕个头嘛！”瞿维扶扶眼镜严肃地说：“乱弹琴。我们没有媒人。”寄明也扶着眼镜认真地说：“我们是自由恋爱。”“敢说没有媒人？钢琴不答应！”整个窑洞都是笑声，连大红枣儿的脸都笑得更红了。对呀，钢琴是他俩的“红娘”啊！

四

云雀的歌声中断了，云雀的翅膀流血了，侵略者的飞机在延安的上空丢下一串又一串炸弹。延安老城被摧毁，到处是断墙残壁，钟灵书写的标语也随着轰然倒塌的城墙荡然无存。延河两岸散落着炮弹的弹片，还有城墙的砖石。延水激湍奔流。时光流逝中，钟灵把他写标语的事情忘得一干二净，可是，有一个人一直记得老城墙上的那条标语。

1942年2月，延安整风运动开始。毛泽东在中央党校礼堂作《反对党八股》报告，报告中有这样一段话："党八股的第三条罪状是：无的放矢，不看对象。早几年，在延安城墙上，曾经看见过这样一条标语：'工人农民联合起来争取抗日胜利。'这条标语的意思并不坏，可是那'工人'的'工'字第二笔不是写的一直，而是转了两个弯子，写成了''字。'人'字呢？在右边一笔加了三撇，写成了''字。这位同志是古代文人学士的学生是无疑的了，可是他却要写在抗战时期延安这地方的墙壁上，就有些莫名其妙了。大概他的意思也是发誓不要老百姓看，否则就很难得到解释。"[1]

没几天，毛泽东的这段话传到了钟灵的耳朵里。宛如轰雷贯耳，钟灵的心跳一下子加快了。他忽然记起来——那条标语是自己写的。

黄昏，苍穹下的云霞变得瑰异。钟灵一个人坐在山坡上发呆，内心纠结，更多的是委屈。毕竟他书写那条标语时，只是想来点儿花样，把美术字写得好看一些，一点儿也没有"发誓不要老百姓看"的意思。

颤抖的星被云遮住，月光样的河水变得迷离。下雪了，雪地上留下一串凌乱的脚印。

"哈，古代文人学士的学生……"瞿维给钟灵开玩笑说。寄明一看钟灵满脸忧郁，眉头紧蹙着，连忙给瞿维使眼色。

《反对党八股》是整风必读文件，每个参加整风的人都不止一遍地学习毛泽东的这篇文章。钟灵有些紧张，一颗心七上八下，生怕别人知道那条标语是他写的，害怕知情的同志揭开这个老底。如果有人追问

① 《毛泽东选集》第三卷，人民出版社1977年4月版，第836页。

他那样写的动机何在，实在不容易解释清楚，毕竟他才21岁。钟灵很快就释然了——“整风”的目的和主攻方向，岂在于“工”字拐两弯、“人”字加三撇？它不过是毛泽东就事说理、顺手拈来的一个例子，用来说明文艺和宣传工作，必须让群众看懂并且乐于接受，才能收到预期的效果。整风运动时而如春风细雨，时而如惊涛骇浪，没有一个人过问他写标语的事情。

云雀歌声婉转，那是旋律，是音韵，是天籁，是生命的浪花。钟灵这个“古代文人学士的学生”，在滚滚的时代洪流中安然前行。

五

落日照着崎岖的山坡，山川之间传来大风的吼叫，像紧急的军号。

1947年3月，胡宗南的二十多万大军进攻延安。中共中央决定：主动撤离延安。毛泽东给大家说：“存人失地，人地皆存；存地失人，人地皆失。”[1]

延安军民撤退的时候，进行坚壁清野，不给敌人留下一粒粮食，延安保育院的孩子们把自己的玩具都埋了起来。由于携带钢琴不便于行军打仗，鲁艺音乐系的同志只好把心爱的钢琴连同一些唱片、书谱等藏在深山沟中的一孔窑洞里，窑洞封了洞口，洞口种上山丹丹，移来马兰草，还栽了一棵柳树做标识。柳树刚刚栽好，一只背黄腹白的云雀落在上面。

“我们是黄河的儿女，我们艰苦奋斗，一天天地接近胜利！”鲁艺人唱着《黄河大合唱》，慷慨悲歌上战场，去迎接最后的胜利。

① 中共中央文献研究室编：《毛泽东年谱（1893—1949）》下卷，中央文献出版社2013年12月版，第176页。

王莘从鲁艺毕业后到晋察冀抗日根据地工作，他领着群众剧社，为解放军演出，为老百姓演出；寄明和瞿维随着鲁艺的大队人马来到炮火连天的东北战场；钟灵做了边区政府林伯渠主席的秘书，转战陕北。

鲁艺人相遇的时候，会说起延安的鲁艺，说起去苏联为电影《延安与八路军》作曲的冼星海老师，说起那架珍贵的钢琴。

有人说，毛主席在1949年3月写作的《党委会的工作方法》中，用“弹钢琴”比喻工作方法、思想方法，没准就是看到寄明和瞿维弹钢琴时引起来的联想呢！这个说法尽管没有得到证实，但鲁艺的师生宁愿相信这是真的。

有人说，“乱弹琴”这个词，也是因为鲁艺的钢琴而产生的，别的地方没有这个词呢！

有人说，在延安入党的美国人李敦白曾经说过，如果一个村里的农民知道刷牙，他能很容易地判断出来，共产党必定经过这里；如果听有人说“乱弹琴”这个词，就知道那人在延安待过。

鲁艺人期望，有一天能够再见到那架曾为《黄河大合唱》《白毛女》伴奏的钢琴，曾经给革命者带来优美旋律的钢琴——它还是寄明和瞿维的“红娘”呢！

六

1949年10月1日，新中国的开国大典在北京天安门广场举行。

为了迎接开国大典，从9月份起，人们便开始对天安门广场进行整理。从延安鲁艺走出来的艺术家钟灵，负责天安门“门面”的设计。

天安门城楼粉刷一新，一派红彤彤的天地。钟灵把毛泽东画像悬挂在城楼的正中央，指挥着把两幅宋体美术字巨幅标语——“中华人民共和国万岁”“中央人民政府万岁”挂在毛泽东画像的两边，横幅美术字和灯箱都是他设计的。一切就绪，华章即将展开。钟灵站在金水桥上，眯缝着眼，品读毛泽东画像两侧对称的标语，瞧着两条标语中各有一个“人”字，就想起毛泽东《反对党八股》中批评他的话。他自言自语道：“主席，这次我写的‘人’可没那三撇。”他说着，对着毛泽东画像笑了起来。

从鲁艺走出来的王莘参加了开国大典，看到五星红旗在天安门广场冉冉升起，他热血沸腾、热泪盈眶。王莘想起他14岁在上海打工时曾经挨过日本人的两记耳光：一天，他给日本人送沙发，因为敲不开日本人的门，就坐在沙发上休息了一会儿，还紧紧抓住沙发扶手，怕被人抢走。日本人午休起来，一看王莘坐在沙发上，顿时大怒：“你这个小瘪三，大大的坏！竟然坐在我的沙发上，你吃豹子胆啦！”王莘连忙解释说裤子是干净的，昨天刚洗过。日本人的巴掌已经抡了过来，王莘的脸上留下两处红红的巴掌印。日本人说：“这是顶顶高级的西班牙格兰帝沙发，像你这样的穷瘪三，永远也不配坐！给你巴掌，就是让你记牢。”这事发生在1934年，王莘牢记家仇国恨，1938年投奔延安。

在开国大典上，王莘捏了捏口袋里的笔。这些年他转战南北，丢失了许多珍贵的东西，却一直保存着这支笔，这是冼星海老师送给他的铅笔。冼星海在抗战胜利不久在苏联去世，他如果活着，一定会为新中国写出更加动人的篇章。老师送给他的这支铅笔，他平时舍不得用，却一刻也不离身地携带着。他期望这支写过《黄河大合唱》的笔能给自己带来灵感，期望灵感袭来时自己能用这支笔写下美丽的篇章。开国大典令王莘格外激动，一个艺术作品的雏形在他的内心萌生，但是那个催生新生命诞生的“灵感”并没有立刻降临。灵感，需要历史的机缘、文化的积淀。

七

1950年9月15日，国庆一周年前夕，到北京出差的王莘特意来到天安门广场。这天，阳光明媚，五星红旗在广场上空高高飘扬，工人们有的在天安门城楼上悬挂大红灯笼，有的在擦拭毛泽东画像两边的标语，一群少年儿童敲着鼓、吹着号，唱着《中国少年先锋队队歌》，进行国庆游行的彩排。一年前开国大典万众欢腾的情景又浮现在王莘眼前，他不禁咏诵起来："五星红旗迎风飘扬，胜利歌声多么嘹亮……"在回天津的列车上，灵感袭来，王莘拿出铅笔 冼星海老师送给他的铅笔，歌词和旋律从笔尖流淌出来："五星红旗迎风飘扬，胜利歌声多么嘹亮。歌唱我们亲爱的祖国，从今走向繁荣富强。越过高山，越过平原，跨过奔腾的黄河长江。宽广美丽的土地，是我们亲爱的家乡，英雄的人民站起来了，我们团结友爱坚强如钢……"

不久，这首热情豪放、气势雄伟的《歌唱祖国》传遍全中国，成为各种重大活动的礼仪曲，有人甚至将其称为"第二国歌"。

1951年10月29日，毛泽东见到王莘，别人介绍说："这就是《歌唱祖国》的作者。"毛泽东说："这首歌好。"[①]他拿出刚刚出版的《毛泽东选集》第一卷，郑重地签上名字，赠送给王莘，表达了对一位写出人民心声的音乐人的敬意。

八

中华人民共和国成立后，钟灵担任中南海俱乐部主任。

① 瞿新华、龚孝雄：《王莘与〈歌唱祖国〉》，《作家文摘报》2011年9月30日，第14版。

1951年的一天，中共中央办公厅的汪东兴指着钟灵对毛泽东说：“主席，你还记得他吗？”

毛泽东端详着钟灵：“面熟呀！”

钟灵赶紧说：“我和主席在延安枣园下过围棋。”

汪东兴说：“他是钟灵，他参与了国徽的设计，天安门城楼两边的标语也是他写的。”

毛泽东说：“写得好啊！”

钟灵最不希望汪东兴说的话还是被汪东兴说出来了：“对了，您批评延安城墙上的那个‘工’字拐两弯、‘人’字加三撇的标语，就是钟灵写的。”

钟灵心里正埋怨汪东兴“乱弹琴”，只见毛泽东哈哈笑起来，问钟灵：“是吗？你现在还那样写吗？”

钟灵回答说：“主席批评以后，再没有那样写过。”他解释说，“那种写法本来是隶书的一种，现在不但我不这样写了，其他好些写隶书的同志也不那么写了。”

毛泽东再次哈哈大笑起来：“那就不对了，隶书该怎么写还应该怎么写。狂草、小篆不是更难认吗？书法作为艺术，还是要尊重传统的。我当初批评你，不是说你写错别字，而是觉得你为大众作宣传，不该将这种字体写在延安城墙上。你有机会见到书法界的朋友们，替我解释一下，隶书也好，篆书也好，该怎么写还要怎么写，不必受我那篇文章的影响，当然也要看对象，理解我的本意就好了。”[1]

一时间，春风浩荡，钟灵内心深处飘了好几年的阴影被吹拂一空，他如沐清风霁月，云雀的歌声在心头回响。

---

① 钟灵：《奋斗与机缘》，辽宁少年儿童出版社1997年12月版，第36—37页。

九

时光如水一样哗哗流过，历史走进19世纪80年代的一个春天。

天安门广场上，蓝天白云，风展红旗如画。五星红旗下，一队少年唱着《我们是共产主义接班人》，阳光灿烂。王莘、钟灵与寄明、瞿维夫妇在天安门广场不期而遇，每个人都两鬓染霜。往事如枯萎的花朵，在追忆中，复归成带着露珠的花苞。

王莘向钟灵竖起大拇指："哈，古代文人学士的学生，这国徽，这天安门上的标语，好呀！"

钟灵说："我喜欢唱《歌唱祖国》。"

王莘拍拍口袋里的自动铅笔说："《歌唱祖国》是用星海老师的笔写的，或者说是星海老师在天之灵帮助我写的。"

寄明和瞿维说："《黄河大合唱》《歌唱祖国》……揳进历史，越过空间，跨过时代……我们经常弹奏啊！"

王莘、钟灵知道，鲁艺的钢琴是寄明和瞿维的"红娘"，就问："藏在窑洞里的那架钢琴找到了吗？"

"至今尚未发现。"瞿维叹息道。

"十分怀念它。"寄明说，"如果有一天找到了，那就太好了。"

"我们期盼发现它的消息……"

延河边上的读书生活

革命者读书，不是寻章摘句的死读书，是理论联系实际的读书，是为了改造世界与改造自我的读书。东山的糜子西山的谷，肩膀上的红旗手中的书。延河边上的读书生活，改造了许多人的世界观。

《抗日年代》 刘铁华

“见面分一半……”朱光对毛泽东说。

毛泽东作气恼状：“岂有此理！”

面对《哈姆雷特》《奥瑟罗》《李尔王》《仲夏夜之梦》，还有《石索》《三希堂法帖》残帖各两卷，朱光和毛泽东争了起来。

这几本书是作家舒群来延安途中，在日军狂轰滥炸后的废墟中捡到的，一路上当宝贝珍惜着，硬是把它们带到了延安。他来到延安后，中宣部副部长凯丰派朱光接待他。朱光参加广州起义，经历过长征，任中宣部秘书长，被称为“红军才子”。朱光乘着酒兴，领着舒群去见毛泽东。舒群见了毛泽东，一激动，把自己珍藏的那几本书拿了出来，送给毛泽东。酷爱文学与书法的毛泽东一见了这些书，连忙高兴接过，没承想，站在一旁的朱光不依不饶，非要“见面分一半”。

朱光说：“王羲之父子草隶，在你的笔下已经生花升华……”

毛泽东说：“颜柳欧赵书法，你早有临摹……”

“可是莎士比亚的问题呢？”朱光问。

毛泽东说：“马克思最喜爱莎士比亚。他的二女婿拉法格《忆马克思》说：‘在马克思的家中，有一种真正的莎士比亚崇拜热。’他的小女儿回忆说：‘莎士比亚是家中的《圣经》。’我不做教徒，莫非我不能阅读《圣经》吗？……我是马克思主义的党徒，对于莎士比亚作品的所有权问题，怎么能与你朱光善罢甘休？”①

谁也说服不了谁，结果还是毛泽东让步，平分秋色，朱光索走了《奥瑟罗》《李尔王》以及《石索》碑帖。

担任延安《解放日报》副刊主编的舒群一直记得1938年春天毛泽东与朱光“争书”这件事，并把它写在《胜似春光》一文中。

① 舒群：《胜似春光》，《毛泽东故事》，作家出版社1986年10月版，第152-163页。

抗日战争时期，中国共产党在延安创办了中央党校、抗日军政大学、鲁迅艺术文学院、陕北公学等三十多所学校，把延安建成了一座“学校城”。延安的革命者为革命而读书，成立了许多读书会或读书小组。著名的有：哲学小组，由毛泽东发起，艾思奇主持，每周一次，研究康德、黑格尔等；中央学习组，主要读《左派幼稚病》《新哲学大纲》《辩证唯物论教程》，河上肇的《经济学大纲》等；陈云小组，主要读《共产党宣言》《列宁主义概论》《政治经济学》《联共（布）党史简明教程》，以及艾思奇、吴黎平（吴亮平）合著的《唯物史观》；洛甫小组，选读的是米丁的《辩证唯物论与历史唯物论》（沈志远译）；张如心和何思敬等人组成《资本论》学习小组；于光远建立了《自然辩证法》读书小组。

延安的“读书热”中，遇到的最大困难是缺书——延安的图书跟日常生活用品一样短缺。毛泽东对从河北中共地下组织来汇报工作的同志说：“我们连报纸都看不见，好久都没有看到新书了！”“给我们送点报纸来，拿点书，我们现在就是缺这个！”①

1937年4月24日，在清凉山万佛洞最底层的一个窑洞里，新华书店诞生了，不过书架上的书实在不多，连一本《大众哲学》都没有。

有一天，抗日军政大学政治部主任莫文骅得知毛主席那里有一本《大众哲学》，连忙来到毛主席住处借书，毛主席把这本书交给他，叮嘱他尽早送还。莫文骅拿起书一看，发现毛主席对这本书十分爱惜，书页里圈圈点点，画了许多杠杠，但书皮却是崭新的。莫文骅取回书后，不敢耽搁，立即找人用蜡纸刻写，滚轮蘸墨，一滚子一滚子推出来。因为纸张奇缺，只好在废旧文件的背面印刷，虽然粗糙，但总算给每个小

① 王林：《我参加七大前后的一段经历》，载中共中央党史研究室第一研究部编《七大代表忆七大》上册，上海人民出版社2006年7月版，第12-17页。

组印了一本。大家拿到这本散发着油墨味道的《大众哲学》，如获至宝，争相阅读。

为了解决缺书的问题，陕甘宁边区政府1937年5月开始筹建中山图书馆，政府主席林伯渠任馆长，武衡、于光远担任主任，美国作家史沫特莱参与了这个公共图书馆的建设工作。为建这个图书馆，毛泽东捐了三百元，彭德怀捐了二百元，边区政府捐了三百元。爱国人士续范亭捐赠了《古今图书集成》，冯玉祥也捐赠了大批图书。中山图书馆直到1940年7月7日那天才正式开放，图书馆藏书有五千多种，还有边区和大后方的报刊百余种。

延安比较有名的图书馆还有1939年冬天在大砭沟建设的鲁迅图书馆、在党中央居住地杨家岭建立的中央图书馆，比较大点的单位也建立了自己的图书室。令鲁迅艺术学院美术系比较骄傲的是，他们那里有一部日本出版的《世界美术全集》，一套三十多册。这套书是八路军在战斗中获得的战利品，整套送给了鲁艺。鲁艺文学系的冯牧说："鲁艺虽然有一个藏书颇丰的小图书馆，但是要借到想看的书籍并不容易。于是，我们就抄写和摘录，这是一个笨拙的却有效的办法。因此，我们每个人几乎都有几本自己手抄的世界名作……"①

鲁迅艺术学院成立了平剧研究院，排戏没有剧本，他们听说毛主席的藏书中有上海大东书局出版的一套《戏考》（四十卷），就向毛泽东借。大家看到《戏考》上还有毛泽东的印章，印文是毛泽东签名的"毛泽东"三个字。因为排戏需要，一借再借。毛泽东说："既然你们有用，就送给你们吧。"毛泽东在《矛盾论》中讲了"三打祝家庄"的故事。平剧研究院看到中央党校上演了《逼上梁山》，就准

① 冯牧：《窄的门和宽广的路》，载张继华主编《文化界名人自述》，群众出版社1993年7月版，第389-394页。

备把“三打祝家庄”的故事编成一部戏，可是满延安找不到一部《水浒传》，只好又找毛泽东借书。毛泽东把一百二十回的《水浒传》借给主创人员，直到《三打祝家庄》演出之后，平剧研究院才把《水浒传》还给毛泽东。

借书，是革命人的问学之道。王朝闻说：“江丰同志有一本曾觉之翻译的罗丹的《艺术论》，我多次借阅，……鲁迅翻译的板垣鹰穗的《近代美术史潮论》是读得较熟的读物了。”[①]延安青年艺术剧院的白凌回忆说：“书，并不多，大家轮流排队等着看，别扭得很。青艺图书室里的小说都被一抢而空，我性子又急，怎么办？忽然想到出去借，便想起叶剑英同志的书架上有大量的文艺书籍。在女大时，通过同学认识叶剑英同志的夫人吴博，于是，我从女大南边王家坪总参谋部，直奔吴博住处，借了高高一摞中外名著。真开心……”[②]有个同志向作家柯蓝借了俄国文学家果戈理的《死魂灵》，却把书弄丢了，他在《解放日报》1941年7月19日发表启事“寻找《死魂灵》”：“十三日下午失《死魂灵》一本，内有柯蓝署名，携去者希予送回。如有此书的同志愿割爱者，请寄王家坪。本人愿以重价或书籍交换。”

因为图书缺乏，大家借书、抄书、交换书，在报上刊登启事征书，还不停地编书，传出不少佳话。

1941年5月29日，《解放日报》刊登了中央秘书处的“征求文献启事”：“本处急需一九三〇年九月、十月间《中共三中全会决议案》，及一九三一年《中央苏区党代表大会决议案》各一件，在延安同志如有

① 王朝闻：《一片冰心在玉壶》，《王朝闻全集》第二十四卷，青岛出版社2019年1月版，第635-639页。

② 白凌：《记忆长河中的萧浪花》，载文化部党史资料征集委员会、延安青年艺术剧院、联政宣传队史料征集组编《高原·演出·六年：延安青年艺术剧院联政宣传队回忆录》，中共党史出版社1990年12月版，第39-45页。

此二文献或其一者，请从速寄交中央秘书长处，当以解放社出版之任何书籍，五本奉酬。”这则启事是毛泽东吩咐刊登的。五本书的奉酬，是一笔不小的奖励。毛泽东为何急着找这些文献？为的是编“党书”《六大以来》。《六大以来》1941年12月正式印行，是延安整风运动中党员的必读书。1942年12月17日，萧军在日记中写道：“下午借到《六大以来》两厚册，这大部分是发表于《向导》《中国青年》等对外的文献，执笔者为陈独秀、恽代英、瞿秋白等，我择要地看了几篇。这使我更清楚些党的前身主张、发展和当时的环境，使我理解共产党更深些。有工夫我预备全读一遍。”那些日子，《六大以来》一直放在萧军的案头。

《解放日报》1941年6月21日第四版刊登一则“求征”：《新旧约全书》一册，愿割爱者请示本报陈亦并告交换条件。”延安的革命者目光远大、心胸开放，他们读马列的书、苏联小说、毛泽东的书、鲁迅的书，还有的读《圣经》，各取所爱。“这里，看不见所谓的封闭书店、报馆和查禁书籍。这里看到的，是一切出版物和出版事业的蓬蓬勃勃地建立发展和壮大……”

鲁艺在周立波的主持下，开了一门名著选读课。周立波指定的书目有托尔斯泰的《安娜·卡列尼娜》、鲁迅的《肥皂》、梅里美的《西班牙书简》、高尔基的《我的旅伴》……学员先按指定书目阅读，上课时发表读后感，最后由周立波做总结。

《安娜·卡列尼娜》在当时只有周扬翻译出来的半部，是延安的流行读物。安娜成为女同志的偶像，有的学着她穿黑色衣服时的仪态，有的学着她在阳光下细察自己睫毛的影子。鲁艺图书室有两本《安娜·卡列尼娜》，预约这本书的登记者超过两百人。作家方纪跑到杨家岭中央图书馆，借到一本《安娜·卡列尼娜》，他打开一看，上面有毛泽东亲笔眉批的许多文字。作曲家郑律成为追求抗日军政大学的丁雪松，悄悄地往丁雪松的桌子上摆两本书，一本是《安娜·卡列尼娜》，一本是《茶花女》，上边留了张纸条，上写“送给小鬼女军官”。书为媒，郑律成与丁雪松终成眷属。

作家冯牧回忆说：“我们每个人都有许多笔记本，在那上面用蝇头小楷抄满了自己所喜爱的但图书馆中只有孤本的一些文学名著。……我曾经有一本手抄的梅里美的散文《西班牙书简》（全文大约有五万字）和都德的《磨坊书简》的选本，直到解放战争时期才遗失掉。”[1]

“我曾怀着稚子的情思/踏着晚春的落日/将紫花藤的花朵摘来/藏入枕边海涅的诗集……”诗人胡征在《紫花藤》中吟唱道。

延安的书，有革命者带进来的，有通过各种渠道买进来的，有自己编印出来的。中央出版局在延安出版了几百种书。周恩来每次从重庆回延安，都搜罗大量的图书带回来，还专门为边区保育院小学购买了几百本适宜小朋友阅读的图书，如《洋铁桶的故事》《吕梁英雄传》等。渐渐地，中文的、英文的、德文的、俄文的……延安的书多了起来。在清凉山下的新华书店，可以买到《列宁选集》、毛泽东著作、鲁迅著作、《大众哲学》等。

范文澜说：“目前全中国找不到像边区那样安静的地方，能让读书人无所顾忌，有吃有穿，平心静气地进行读书和研究。”[2]力群说：“过去在国民党统治区，要读一点马列主义的书还得偷偷地读，弄不好就有坐监牢的危险，现在来到延安可以光明正大地学了。在这方面我真是如饥似渴。”“在东山窑洞居住的五年里，除了阅读马列主义的书籍、恩格斯的《反杜林论》、苏联的《联共（布）党史简明教

① 冯牧：《延安边上的黄昏》，《永远的鲁艺》上册，陕西师范大学出版总社有限公司2014年6月版，第23-28页。

② 范文澜：《从烦恼到快乐》，《学习》1941年第5卷第1期，第3-7页。

程》、吴黎平和艾思奇的《唯物史观》外，还阅读了文艺书籍：俄国作家托尔斯泰的《安娜·卡列尼娜》、屠格涅夫的《贵族之家》、法国作家洛蒂的《冰岛渔夫》、纪德的《田园交响曲》、罗丹的《艺术论》，此外还阅读了范文澜的《中国通史简编》……”荒煤曾在《解放日报》发表文章《打倒书呆子》。革命者读书，不是寻章摘句的死读书，是理论联系实际的读书，是为了改造世界与改造自我的读书。东山的糜子西山的谷，肩膀上的红旗手中的书。延河边上的读书生活，改造了许多人的世界观。

木刻家古元回忆道：“我最先是读到一本很好的书——《共产党宣言》，这本书虽然字数不多，道理却讲得非常深透，比较容易看懂，我接受了这个学说……”[①]美术家蔡若虹说：“毛主席的著作是我们这些文艺工作者的日常课本，它们给我们在文化思想上增加了许多新认识、新见解，从《整顿三风》到《新民主主义论》，它们给予我一个回顾‘五四’新文化运动以来的历史情况的机会。”[②]在鲁艺教书的诗人卞之琳说：“跑来延安的四方青年，对于新知识都如饥似渴，不限于在抗大、陕公等院校学习到的，他们都经常人手一册科学社会主义经典著作，如《实践论》《矛盾论》《论持久战》《论新阶段》等，以及当时还没有暴露问题的《联共（布）党史简明教程》。我自己当时未及而立之年，在这种读书浪潮里泡了一阵，也初窥了辩证唯物主义与历史唯物主义的门径，使我日后在自我检验所作所为和明辨周围事态是非真伪当

① 古元：《从事版画创作的一点体会》，载中国版画年鉴编辑委员会编《中国版画年鉴：1983》，辽宁美术出版社1984年4月版，第121—123页。

② 蔡若虹：《关于〈在延安文艺座谈会上的讲话〉的回忆》，载张军锋编《延安文艺座谈会的台前幕后》下册，陕西师范大学出版社总社有限公司2014年10月版，第125—130页。

中，基本上能坚持真理，修正错误，一生受用不尽。”①

漫卷诗书喜欲狂。作曲家冼星海来到延安，立即融入延安的学习热潮中。他说：“为学习浪潮所推动，我也学习理论，最初只限于与音乐有关的东西，后来知道还不行，我就也来一个学习社会科学的计划。我看了一些入门书之后，觉得不至于落在人后了。但慢慢发生了兴趣，我竟发现了音乐上许多过去不能解决的问题，在社会科学的理论上竟得到解答。”②冼星海在延安创作了《黄河大合唱》等一批他一生中最重要的作品。他带到延安的音乐书籍、袖珍总谱，也给鲁艺音乐系师生们带来了精神上的盛宴。

1947年，胡宗南的二十万大军要进攻延安了，中央机关及所有院校都忙着转移，大家不得不舍弃心爱的图书。鲁艺的木刻家王式廓有一本罗丹的《艺术论》，购于日本，带回祖国，带到家乡，又带到延安。现在不得不把《艺术论》等心爱的图书“坚壁”起来，从此与这本书“永别”了。革命者把杨家岭中央图书馆的藏书秘密地藏在几个窑洞里。一年后，解放军光复延安，党中央已经转移到河北西柏坡附近，中宣部的曾彦修建议把埋在延安的书挖出来，拉回西柏坡。中央办公厅的杨尚昆采纳了这个建议，派人去延安，把书挖出来，找了几十头毛驴，把书驮到河北的东柏坡，堆在一个空房子里。曾彦修怕书丢失，找来木匠做了七八十个箱子，把书装箱，并将箱子编上号。不久，这些书便跟随党中央一起进了北京。

---

① 卞之琳：《“客请”——文艺整风前延安生活琐忆》，《漏室鸣：卞之琳散文随笔选集》，中央编译出版社2005年2月版，第183—189页。

② 冼星海：《我学习音乐的经过》，《人民音乐家冼星海》，新华书店1949年8月版，第2—22页。

延安窑洞是如何打成的?

黄土高原深处的延安，最常见的住房是窑洞。依山而建的窑洞，由低而高，多至六七层，窑洞上下左右毗邻。白天看去，山上的窑洞像蜜蜂的巢穴一般；晚上，高高低低的窑洞灯火与天上的星星一起闪烁。一座座开凿窑洞的山，更像是一艘艘航船——从中共一大南湖驶来的航船，载着革命者，载着全中国的人民，在时代的大风大浪中航行……

《打窑洞》 力群

一

20世纪30年代后半期，众多革命者落脚陕北，首先学会了打窑而居。

他们先找到一个荒山沟，在一个朝阳的山坡，齐齐地錾下去一个垂直的平面，然后在平面上挖出一个下方上圆的山洞，宽三米、深五米左右。最后，洞口处用砖石或木料镶上拱圆形的门窗，糊上窗纸。冬暖夏凉的窑洞就算打成了。

打窑出来的土，填平窑洞前面的山沟，在窑洞门前形成小小的平地，用来种树、种菜，以及集合、开会。窑洞有一间的，有里外套间的，还有一明两暗三间的。套间的窑洞叫“跨窑”。

1937年10月，抗日军政大学招收近千名学员，没有住处，抗大教育长罗瑞卿立即组织学员自己动手打窑洞。这是抗大第一课。十五人组成一个打窑小组，按照三米宽、三米高、五米深的规格打窑。有人用镢头、铲子刨土，有人用土筐往外抬土。

只见一个貌黑多髯的黑胖子大声招呼说：“来，咱们比赛打窑洞。”从法国回来的吴子牧看着这个黑胖子，悄悄地问：“他是谁呀？”旁边一个同志告诉他：“这是红军的一个军长，叫许世友。”吴子牧说：“军长也和我们一块儿参加劳动？红军干部真和国民党当官的不一样。”只见许世友精神抖擞，挥着镢头，三刨两刨就把年轻人甩到了后面。一个同志碰到一块大石头，怎么也刨不动，许世友在石头周围刨了几下，一弯腰，一晃一推一拉一提，一把把石头抱起来，一下子扔出去老远。石头有三百多斤！许世友是在少林寺练过功夫的。中间休息时，大家起哄：“欢迎许世友同志唱一个！”“唱一个，许世友；许世友，唱一个！”许世友站起来，他学着女子的嗓音唱道：“我送哥哥当红军……”

窑洞打好后，再用烂泥把墙抹平，等不及通风去湿气，马上就住了进去。罗瑞卿说："抗大学员在两个星期的时间内，挖出了一百七十多个窑洞，使得将近千人的两个大队立即有了新的校舍。这对于世界上任何一个学校，恐怕都不能不是一个伟大的创举。"①

革命者自己动手打窑洞，毛泽东很赞同，他说："打窑洞就是学习，而且是很重要的学习。不要小看打窑洞，你们知识分子是读书人，长期脱离劳动，不会打窑洞怎么会和劳动人民有共同语言呢？打窑洞是接近工农的第一步，打窑洞就是在打通和工农群众隔开的墙。"②

打窑洞不仅有生存意义，还具有如此重大的革命意义。

二

窑洞和窑洞前的场地，是革命者学习、工作、生活的最主要场所。从中共领导人毛泽东到普通的士兵，都在延安的窑洞里度过了一段难忘的岁月。

从都市和敌占区来到延安的同志住在窑洞里，感受到自由的、快活的空气。这里没有宪兵，没有日本浪人，这里可以公开学习马列主义，这里人人平等，彼此都是同志关系。

美术家蔡若虹从上海来到延安，他说："我们过去在亭子间中不敢大声唱《国际歌》，而现在在窑洞里却可以纵情高唱了；我们过去

① 罗瑞卿：《"抗大"的过去与现在》，载王巨才主编《延安文学作品：报告文学》，太白文艺出版社2015年9月版，第403—409页。

② 何长工、陶汉章、李夫克：《"抗大"，越抗越大》，载武继忠、贺秦华、刘桂香编《延安抗大》，文物出版社1985年2月版，第1—19页。

总嫌亭子间里的电灯不亮，而现在却觉得窑洞里的油灯很亮了。”[①]

在抗大上学的红军干部刘玉堂说：“在江西，主力红军走了，我们留在山上打游击，没有房子住，只能在草棚上面蒙一块油布。南方多雨，这小小油布又顶什么用？全身都浇湿了。有次，陈毅同志就是打把雨伞坐在岩石旁度过了茫茫的雨夜。有些同志就是因为没有地方躲避风雨，在山上被雨淋透而生病离开了人世，多么令人悲伤。那时要有这样的窑洞该多好啊！”[②]

窑洞里有各种美术展，比如“边区美协1941年展览会”就是在三个相连的窑洞里举行的，第一个窑洞里是力群的作品，其中有一幅木刻的《打窑工人像》，第二个窑洞里是刘岘的作品，第三个窑洞里是焦心河、古元的作品。窑洞在节假日还举办舞会。文化俱乐部在半山腰上打了三孔窑洞，高度、深度、宽度都是延安之最。这里是延安文化界接待外宾的地方，也是假日聚会跳舞的地方。

大家在窑洞里读书、读报（中央党校的每个窑洞里均配有一份《解放日报》）、做笔记。由于日军和国民党的封锁，延安物品紧缺，连每个窑洞的点灯油也是定量发放的，得省着用。中央党校一部学员莫文骅说：“窑洞里没有电，点的多是煤油灯，像萤火虫似的，亮度差得可怜。”

鲁迅艺术学院的师生经常晚上演出，半夜里回到窑洞，肚子饿了，又没吃的，只好忍着。有一天漫画家华君武看到白天糊窑洞纸窗户剩下的半碗糨糊，便拿来吃了，真香啊！可并不常有糨糊可做宵夜，肚子里的“馋虫”在呐喊。华君武有一天想出一个办法：把总务科发的点灯

① 蔡若虹：《岁月峥嵘五十年——胡一川同志五十五年艺术活动小记》，《蔡若虹文集》，人民美术出版社1995年5月版，第506-667页。

② 郑文：《窑洞风光好》，载任文主编《延安时期的日常生活》，陕西师范大学出版总社有限公司2014年5月版，第2-6页。

的清油拿来炒小米饭吃，不久就被总务科发现了，总务科的同志也不批评，只是在清油里滴几滴煤油，不声不响地制止了华君武他们的“违规”行为。

三

延安的春天来得晚，同样来得晚的还有燕子，它们从延河里衔来泥巴，在窑洞的门口或窗子边垒窝，生养一窝小燕子。秋天燕子走了，第二年窑洞前桃花开的时候，燕子又飞了回来……

窑洞里有革命者的人间烟火。说是冬暖夏凉，夏天的窑洞自是清凉无汗，但冬日里着实不怎么温暖，窑洞中盆盆罐罐里的水都会结冰，笔尖都冻结了，要放在嘴里哈几口气才能写字。

每个窑洞每天发两三斤木炭取暖，红红的炭火支持不到凌晨。被子单薄，灰冷席凉，许多人都是蜷缩着睡觉，有的用一根草绳把被子的一头扎起来保暖。大家互相开玩笑说：“我们都是‘团长’待遇。”

住在半山腰的窑洞里，生活用水都是从山下的延河里挑上来的，冬天基本上没法洗澡，也没有换洗衣裳，不少人长了一身虱子，又没有消灭虱子的药物，只好在闲暇的时候，坐在窑洞门口，一边晒太阳，一边捉虱子。革命人把虱子叫作“革命虫”。

在延安，文艺家结婚之后，夫妻可以分到一个窑洞。

诗人艾青在自己的窑洞里，请工人帮忙用土坯垒了沙发，大约四尺长、二尺来宽，用白灰刷得溜光，又购置了一条陕北本地产的白羊毛毡铺上，他爱人用黑红两色的土布缝成两个坐垫，如此“豪华”的“沙发”成为窑洞里的“靓点”，赢得来客的惊叹与夸赞。

木刻家马达在自己的窑洞里用泥土堆起桌凳床铺，为了防止窑洞坍塌，他用几根木头支着窑洞，木头上刻上鲁迅语录；在窑洞外做了土沙发，又种上花草，移来的一棵洋槐树也开了花，张庚戏称这是“马达花园”。马达这个时期刻的《鲁迅先生像》和《窑洞》给人留下深刻印象。

王式廓在窑洞土墙上打出一个长方形的洞当作书柜。中共七大会场上毛泽东与朱德的双人侧面油画肖像是他和他的学生丁井文在窑洞的土桌上绘制的。

鲁艺美术组的画家石鲁住在自己的窑洞里，一边创作，一边照顾几个月大的儿子（他夫人经常排戏和演出）。为了节约时间，他在窑洞后面架起一根木棍，吊上去一个筐，把孩子放在筐里，再用一根绳子把筐和窑洞窗户下的桌子连起来，他坐在桌子前刻木刻，儿子哭闹时，他手上的刻刀不停，下面用脚摇一摇系在桌子腿上的绳子，绳子一动，筐像摇篮一样动来动去，孩子就不哭不闹了。

党政机关的干部和学校学员就没有文艺家自在了。延安规定，党政机关的工作人员过集体生活，只能在星期六下午回家，星期日晚上或者星期一一大早要返回单位，大家俗称为“住礼拜六”或“星期六制”。

1938年3月，陈云和于若木结婚，平常日子里，陈云住在中央组织部的窑洞里办公，于若木住在学校的窑洞里。每到星期六，于若木回到陈云那里住上一天。

有的单位为了解决夫妻“住礼拜六”的难题，专门腾出几孔窑洞作为“青年宿舍”，里面只有一张床，被褥自带。有的单位连“青年宿舍”都没有，年轻的夫妻只好去旅馆居住，所以每到周六，延安的客栈总是“客满”。老乡们开始看不惯这种青年男女“开房间”的举动，颇有些闲话，后来一经解释，方知道人家是夫妻过“礼拜六”的。

四

窑洞分土窑洞和石窑洞。石窑洞比较结实，条件相对好一些。作曲家冼星海1938年11月从武汉来到延安，没几天就遇见日军对延安城的大轰炸，组织上安排他住在一孔石窑洞里。

“以前，我以为窑洞又脏又局促，空气不好，光线不够，也许就像城市贫民的地窖。但是事实全不然，空气充足，光线很够，很像个小洋房，不同的只是天花板（应说‘土’）是穹形的。后来我更知道了它冬暖夏凉的好处。”[1]冼星海的爱人还在窑洞外养了几只鸡，辦的鸡蛋给星海补充营养。冼星海在窑洞里居住的一年多时间，创作出《黄河大合唱》等他一生中十分重要的作品。

更多的是打在土石松软山坡上的土窑洞，窑洞里有老鼠、虱子、跳蚤、臭虫、蜈蚣和蝎子，给人们的工作和生活带来诸多不便。在春暖花开冰雪融化的时候，在夏季阴雨连绵的时候，土窑洞还容易坍塌。为了防止坍塌事故发生，各单位一开春就要指定人员压窑背以防渗水，逐个窑洞仔细检查，发现裂缝立即修补，但仍不能保证万无一失。鲁艺平剧研究院在演出《三打祝家庄》的过程中，就发生了一起窑洞坍塌事故。那天，他们演完戏后，回到窑洞休息，半夜里几个窑洞突然塌了下来，谌曼里和张复兴被压在里面，待大家手忙脚乱地把他们救出来时，他们已经停止了呼吸。

那些住高楼别墅的反共人士看不起窑洞。他们说：“中国共产党……住窑洞，吃杂粮，走乱草冈，穿蓑衣，戴斗笠……”“古人云：家徒四壁。他们竟连壁也没有，窑洞里哪里来壁呢？”

---

① 冼星海：《我学习音乐的经过》，《人民音乐家冼星海》，新华书店1949年8月版，第2-22页。

窑洞简陋粗糙，窑洞里的生活艰苦。革命者住进窑洞，不得不改变自己过去的生活习惯，难免会有些埋怨的声音。

蔡若虹说："举目四顾，到处都是山、山、窑洞、窑洞，偶尔有几间平房，那也不过是小米口袋中的几粒绿豆。这种'视觉形象'的一再重复，把过去脑子里存在的关于城市的概念、学校的概念、课堂和画室的概念，通通打得粉碎……我也想坐在地上吃饭，可是两条腿很不听话，也许是怕弄脏了衣服，结果连坐也坐得不像样子。"[①]

作家萧军在他1940年9月28日的日记里提到丁玲："她来了，她说她耐不了这雨天的寂寞，那窑洞又小又冷简直是在坐土牢。于是我们想起上海的都市，在那里雨天对于人并没有妨害的。"

丁玲是第一位到达陕北的著名作家，党中央在窑洞里举行欢迎会迎接她，毛泽东专门写了《临江仙·给丁玲同志》，其中写道："洞中开宴会，招待出牢人。"丁玲在陕北完成了由文学家到革命家的转身，她因长期住窑洞，患了关节炎，所以说起窑洞来，心中不免有些凄然。

对窑洞不满意的声音传到了毛泽东的耳朵里。毛泽东说："不习惯蹲窑洞，这是要不得的。延安的窑洞是最革命的，延安的窑洞有马列主义，延安的窑洞能指挥全国的抗日斗争。蒋介石现在比我们住得阔气，有高楼，有洋房，有电灯，可是全国人民都不听他的。我们不要看不起自己，不要看不起土窑洞，全国人民的希望都寄托在我们身上，寄托在延安的土窑洞里。"[②]毛泽东住窑洞，也得了关节炎。

"记得延安窑洞里，谈笑满座生风。漫夸韩（琦）范（仲淹）是英雄，纵能寒敌胆，曾不识工农。"革命者依偎于简陋的窑洞，调整着自己

① 蔡若虹：《窑洞风情》，《蔡若虹文集》，人民美术出版社1995年5月版，第456-667页。

② 王波：《回望东方主战场：游击战之光》，解放军出版社2015年8月版，第371页。

与窑洞的关系。他们在窑洞里扎下根来，他们走进老乡的窑洞，他们在窑洞里团结群众，接连地气，形成与窑洞相一致的世界观，浴火重生。

蔡若虹说："我是从上海亭子间来的，我认为从上海的亭子间到延安的窑洞，不但是两个不同的历史时代，而且是两种不同的生活方式、两种不同的思想作风……"革命者对窑洞由不习惯到习惯，再到热爱。西北的大风把窑洞的门窗吹得格格地响，窗格上的贴纸也被风吹烂了，发出特别的哨音，这都成了窑洞温暖的"音乐之声"。住在窑洞里，那一会儿高八度一会儿低八度的信天游，也慢慢地听惯了，喜欢了。这就是态度变了，感情变了，立场变了，人也变了。窑洞仿佛革命熔炉，把一块块生铁捶打成钢铁，把一个人身上不能吃苦、清高、不合群、粗暴浮躁、没有耐心等弱点，熔化了，冶炼出一个个不畏贫瘠生活、革命干劲十足的新人。

熏黑的窑洞结实，住惯了窑洞踏实。胡考写了一首五律："延水一湾去，高原日夕凉。不嫌窑洞陋，未觉小米香。乍到鲜朋侣，新来若故乡。关山有阻碍，四海共天长。"一口窑洞，一灯如豆，一箪食，一瓢饮，一身虱子，一门心思为穷人翻身解放打天下。革命者的目光越过庸常的窑洞生活，投向神圣的远方。

延安窑洞的门窗上，镶嵌着由窗牖构成的五角星，有的双勾飞白，有的单条红染，有的做成了五角星样的通气孔。窑洞的红五星，革命的红五星。五星出东方，利中国。

五

延安的窑洞里，聚集着一群中华民族的先进分子。窑洞"铸剑"，它不生产战火前线需要的武器和给养，它生产的是一群民族解放的先进分子；窑洞“灌浆”，它孕育出了革命理论和革命文艺，诞生了新的文化。《军民进行曲》《生产大合唱》《黄河大合唱》，还有《白毛女》等经典作品都是在窑洞完成的。

毛泽东在陕北13年，在84个城镇和村庄的窑洞住过。窑洞里他文思泉涌，后来出版的《毛泽东选集》四卷共159篇文章，有112篇诞生于延安时期；《毛泽东文集》八卷中的803篇文章，有385篇写于延安；《毛泽东军事文集》六卷中的1628篇文章，也有938篇是在陕北写作的。毛泽东与黄炎培的“窑洞对”，探讨如何应对历史的周期律，传为佳话。

陕北的窑洞反映了民族的脉动，造就了一种哲学的深度。中国革命的乐章在陕北窑洞里“调弦”“定调”。

中国共产党人的“老对手”、住在洋房里的蒋介石，关注到了共产党人的窑洞。1947年8月，蒋介石以胜利者的姿态来到延安，他看了抗大一排排简陋的窑洞，又专门来到枣园，想看看毛泽东居住的窑洞。

他先是站在门口张望一番，然后慢慢地走进窑洞。四下都是黄土，陈设简陋。蒋介石久久地沉默不语，他无法洞悉窑洞的秘密，更无以窥见共产党人创造的“窑洞文化”的真谛。

后来流行一个传说：一个吓得发抖的村民被带过来，蒋介石和颜悦色地向他问话。

问：“你见过毛泽东吗？”

答：“是的，经常见。”

问：“他穿什么衣服？”

答：“跟那些兵一样。”

问：“新的还是旧的？”

答：“旧的，袖口膝盖都打了补丁。”

问：“毛泽东穿什么鞋？”

答：“布鞋，还有草鞋。”

问：“他跟你讲话吗？”

答：“讲过。”

问：“讲些什么？”

答：“他说额（我）家的红枣好吃哩。”

问：“你送给他的？”

答：“没，他买的，给了额钱。”

问：“还说什么？”

（想了想）答：“问为啥陕北人不爱吃红辣椒。”

问：“你怎么回答？”

答：“额说，吃了那家伙屁眼疼。”

问：“他平时最喜欢吃什么菜？”

答：“一个是南瓜，一个是红辣椒。”

问：“平时有何爱好？”

（想了想）答：“散步、逗孩子、开会、听匣子（收音机）。”

问：“他几时睡觉？”

答：“听说晚上不睡觉，早上睡觉……”

这个对话，近乎史实，胜于史实。历史的真实是：蒋介石在延安住了一个晚上，住在延安最好的外交宾馆，宾馆的洋瓷脸盆、澡盆、马桶、沙发、钢丝床，以及山珍海味、西餐用具，还有西餐厨师等，都是他的部下胡宗南从西安空运过来的。

蒋介石离开延安的时候，望见一弯残月。

住在窑洞里的革命者望见的是：中国革命的航船将要胜利地驶过历史的三峡，一个大时代就要到来了……

延安桃园记

万山簇拥的延安，有一片叫“桃园”的桃树林子……

《小八路与老大爷》 芦芝

一

1938年，作家陈学昭来到延安。她看到，“延安是太单调了，没有咖啡馆，没有公园，也没有森林……只有一些黄沙，无尽的黄沙。”

延安城的周围，山冈大都光秃秃的，到处都是黄土的颜色，延河两岸也没有几棵树。让人眼睛一亮的是，河边的王家坪有一片风姿飘逸的桃林，显得“非常”和“突然”，仿佛是仙女不小心遗落的锦缎披肩，更像是黄土高原正做一个迷离的美梦。

桃花开在柳树后，柳树长在流水前。这片桃林占地十来亩，粗粗细细的有上百棵桃树。一到春天，桃花开得热闹，远远望去，宛若一大片彩云。桃花流水春去了，桃子就挂在枝头，桃树下还有一片荫凉，那是天然的凉棚。黄莺在枝丫间穿来穿去，声音清脆婉转。满树桃叶藏不住，桃子熟了，露出红的面庞，散发着桃子的气息。桃林前面，是几小片耕地，荞麦开花时像粉红色的地毯，玉米长高了，像地毯边缘的屏风。

桃园的景色吸引了人们的脚步。有人来这里约会，有人来这里读书，有的就躺在桃林下的草地上欣赏树上的桃花，周末的舞会也在这里举行。渐渐地，这里就成为一个休闲之地，人们亲切地称它为“桃园”“桃林”。附近的一个老乡，在林子的边上开了一间门面，建起一个茶社，连桌凳都不用布置，桃林中间散落断碑石磨，当作石桌石凳。坐在桃园里，喝茶、聊天，成为革命人难得的休闲。

“我带你上桃林。”彝族少女李纳从云南来到延安的第二天，就被一个女同学领到了桃园。李纳来到桃林，看到这延安唯一的“公园”中，桃花盛开。她们坐在一棵桃树下，要了一壶茶，几个小碟，有瓜子、花生、红枣……

茅盾经过桃林，他说：“路过王家坪前的桃园时，如果时间充裕，就跳下马来，在桃园绿荫下的石凳上稍息一下，喝上一杯清茶，欣赏一番延安‘公园’的风景。这里有四五十棵桃树和一个茶社，可以买到红枣，它是延安青年们游憩的地方。”[1]

在战火纷飞的中国，遍地生起了把人童颜逼老的硝烟。延安这片桃园，令人想起陶渊明笔下的桃花源，难怪延安的革命同志称之为“桃园”了。那为了救中国而投奔延安的青春少年，聚集在延河之畔，都有一颗真挚的心灵，他们正值青春桃花季啊！

二

4月，桃花开始绽放。桃园里飘着轻烟，彩云曼舞。太阳爬上山头，薄雾散去，桃花更加鲜明夺目。

丁玲介绍说：“艾青把自己扮成国民党的高级参谋，严辰的夫人逯斐扮作高参的夫人，严辰给高参当秘书，罗烽扮成勤务兵，张仃扮作随员，就这样，他们堂而皇之、大摇大摆地上路了，一路上经过国民党的四十七道检查哨卡，来到延安……”

张仃说：“我们走过无花的山谷，无笑的平原……在延安，我看到一个贫瘠的新世界，好比中国的桃花源。”

满眼的桃花，像梦境一样。大家坐在一棵棵桃树下，有的树根那里还开着几朵不知名的黄花，人们经过的时候都把脚步移开，不舍得踩到它们。微风吹来，花瓣飘在茶碗里。

这是1941年4月19日，边区文协在桃园组织了春花野餐会，由丁

① 茅盾：《延安行》，载王巨才主编《延安文论：延安文论家（一）》，太白文艺出版社2015年9月版，第22—32页。

玲、萧军、舒群主持，欢迎从国统区新到延安来的作家、艺术家艾青、罗烽、张仃等人。石头桌摆放了瓜子、花生、红枣，还有一桶红枣煮的开水。大家边吃边谈，气氛活跃，十分热闹。

艾青说："我曾有一个幻想：为了人间的混乱和不平，我想到群山里做一个强盗。我要向剥削人的去抢劫，戮杀欺侮弱者的恶棍，抗议袒护富人的法律，和犯罪的人们交往。在我所驰骋的地域上，没有寄生的王，也没有靠怜悯过活的乞丐，终止一切不合理的制度，每天在仗义的冒险里高歌……"（不久，艾青将这些话改成了一首诗《强盗和诗人》）

"延安没有一个苦脸相的人"，作家舒群说，"在延安，一没有贪官污吏，二没有土豪劣绅，三没有赌博，四没有娼妓，五没有小老婆，六没有叫花子，七没有结党营私之徒，八没有萎靡不振之气，九没有人吃摩擦饭，十没有人发国难财。这就是现实中国的桃花源。"

"毛主席给我题字了。"陈叔亮拿着自己的《西行漫画》给大家看。

众人看去，画册上有毛泽东的手迹："雨里孤村雪里山，看时容易画时难。早知不入时人眼，多买朱砂画牡丹。书赠陈叔亮同志，录古人作。毛泽东"。

"哈，我们在桃园之中说牡丹。"

"呀，这是赞扬，是鼓励……"

作家萧军一脸冷峻，他说："赞扬乎？批评乎？宋代李唐的《题画》诗是：'云里烟村雨里滩，看之容易作之难。早知不入时人眼，多买燕脂画牡丹。'毛泽东置换了几个字，特别是最后一句，'朱砂'入诗，一改'燕脂'粉腻，这不像是记忆有误，而像是刻意作为。毛泽东改诗，大有深意焉……"

在另一棵桃树下，几个人作起了以桃花为主题的对花令。"雨中草色绿堪染，水上桃花红欲然"，"桃花一簇开无主，可爱深红爱浅红"，

“桃花仙人种桃树，又摘桃花卖酒钱”……高长虹打断了他们，高声朗诵自己的一首诗：“中国／站起来了！／……全世界都站起来了／在欢迎新中国／一个新式的天下”。高长虹曾发起“狂飙运动”，他也是刚到延安的。

陈学昭手托腮颊在一边出神。

野餐会结束，已是日落西山。萧军在4月19日的日记中写道：“在桃林举行春花会……”

参加野餐会的人并不知道——桃园边上的中央军委和八路军总部里面，气氛一派紧张。皖南事变之后，共产党与国民党顽固派的斗争“有理有节”地进行着。情报显示：蒋介石的亲信何应钦正在西安策划进攻边区，一封封调兵遣将的密电从这里发出……

三

夕阳西下，一片红光。桃林的周末，常常举办舞会。在音乐声中，皮鞋放下身段，布鞋低于尘埃，草鞋带着野草野花的身影，在高低不平的地面上旋转。几只喜鹊扑棱棱飞过来，打落桃花，花瓣落在舞者的头上与脚下。

董边和田家英来到这里跳舞。多少年后她回忆说：“王家坪军委所在地的外边，有一片桃树林，周末大家都在桃林跳舞。没人的时候，我们也到树林里散步，谈心事。晚上在树林里散步，非常惬意。”

美国记者哈里森·福尔曼在1945年出版的《北行漫记》（又名《红色中国报道》）中说：“陆军总司令部的苹果园中所开的一次（舞会），可作星期六晚上跳舞的典型。”福尔曼把八路军总部当成了

“陆军总司令部”，把桃园误写成“苹果园”。他接着描写了“苹果园”——其实就是桃园舞会的场面：

温和的光线从挂在树枝上盖着红、蓝、绿、黄的纸罩的蜡烛或可爱的灯上照耀在平坦的舞场地板上。当然，这不是一个良好的舞场地板。……乐队是由奇怪的成分组成，中国古代四弦琴，新式的梵哑铃、口琴，土制的五弦琴，广东的古老乐器、乐锯及像教堂中用的脚踏风琴。音乐嘛，他们演奏着动人的中国民谣、法兰西舞曲、维也纳的华尔兹如《蓝色多瑙河》。有时乐队真的演奏出热烈的和最近的《铃儿响叮当》（*Jingle Bells*），以敬他们的外国客人。别以为他们是会吃力的。他们跳着狐步舞、华尔兹，及每一步随着乐队演奏有各种变化的舞。他们全部都显得很卓越。

桃园周围的山头上，有八路军修筑的工事，还有国民党军队遗留下来的堡垒，那里的哨兵瞪大眼睛，眼皮上从来没有疲劳……

四

七大代表回忆说：“七大期间，与会代表也穿着布鞋或草鞋在王家坪的桃林草地上跳交谊舞。”

中共七大开成了团结、胜利的大会，代表们心情愉悦，许多人周末来桃林跳舞。毛泽东穿着延安生产的土布衣服、宽裤腿、黑布鞋，信步而来。他跳舞，是舞池走路，变跳舞为休息，趁跳舞而联系群众。有人看见，毛泽东跳舞时一只鞋垫从布鞋里露出一半来，他自己没有发觉，别人提醒他，他低头一看，笑起来，说："鞋垫总在脚板底下压着，见不到光明，怎么不闹革命啊！"[1]说得同志们都哈哈大笑起来。

月亮从山那边升起来，被一朵云遮住了，一会儿又从云彩里露出脸来。

陈学昭说："传说米脂桃花有三年没有开，一朵都没有开，人们都感到奇怪。后来才明白，桃花三年不开，把自己的美全部攒着，攒了三年，攒足了美，一下子都给了一个姑娘，那个美丽的姑娘叫貂蝉。"

舒群说："我们也要攒足劲，打败侵略者，解放全中国。"

一阵风吹来，桃花向左飘；又一阵风吹来，桃花向右飘。

从桃园抬眼望去，周围是影影绰绰的山头。中共七大是公开举行的，为防止日寇对延安空袭，确保大会安全，部队在延安周围的山头上增加了警卫部队和高射机枪。七大会场周围还挖了防空洞，专门组织代表进行疏散演习。桃园边上的八路军总部里，指挥员在简陋的作战室里掌握着全国的战况……

五

"小桃树哇，弯弯枝儿，上边爬着日本鬼子呀。挤眉儿，弄眼儿，馋得嘴里冒酸水儿……"一个孩子哼唱着。

桃园里弥漫着浓浓的桃子的气息。新鲜的桃子摘下来，用刚从延河里打出来的水洗一洗，老乡让毛泽东品尝自家的桃子。老乡给毛泽东削一个，被刚才那个唱歌的小孩抢走了，老乡又削一个，又被那个调皮的

① 刘继兴：《毛泽东的十个经典幽默》，《风雅毛泽东》，辽宁人民出版社2015年1月版，第99-103页。

孩子抢走了。那个调皮的"宝贝蛋"真可爱啊，他吃着桃子，从地上拣了一片红红的桃叶送给毛泽东。

毛泽东笑起来。成熟的桃子有一种撩人的颜色跟气息。毛泽东熟读《西游记》，对小说中的典故了然于胸。他问老乡："蟠桃园中，天天灼灼桃盈树，颗颗株株果压枝，可有'孙猴子'偷摘你的桃子？"

老乡说："共产党来了，路不拾遗，夜不闭户，公家人没有一个人摘俺的桃子。"

毛泽东说："按老理儿，谁家的桃子谁家摘，树是我栽的，水是我担的，长了桃子我就要摘，天经地义嘛。可在贪嘴者、私心者那里，这个老理就不灵了，他们想的是不劳而获，摘人家成熟的桃子。"（参见姜占春：《革命回忆录》）

老乡说："真的，没有人摘俺的桃子，倒是有一半个好吃嘴的孩子……人都有小的时候嘛……"

有一天，老乡看见毛泽东、朱德领着一个美国大鼻子——后来人们告诉他那是美国特使马歇尔——经过桃园，走进了八路军总部，门口掮枪的岗兵给他行了个军礼。

在八路军总部作战室里，马歇尔扫一眼不大的屋子，觉得不可思议。他问："共产党领导的一百多万人的军队，延安山沟里的统帅部只有这么点儿大？"毛泽东对他说："我这个统帅部，只发布作战命令，其他什么也不发。要衣服没有，要粮食也没有，要钱也没有，要枪要炮也没有。"[1]马歇尔摊开手，摇了摇头。他看不懂共产党人……

老乡看着毛泽东、朱德把美国人送走了，就悄悄地问哨兵："你咋给那个美国人打敬礼？"哨兵说："人家是客人嘛！"

① 杨尚昆：《接待中外记者西北观察团和美军驻延安观察组》，《国际友人在延安》，陕西师范大学出版总社有限公司2014年4月版，第57-68页。

六

早看，延安的日头；晚看，延安的星斗。

一天，看桃园的老乡听到一群公家人绘声绘色地转述毛泽东的一席话：

抗战胜利的果实应该属谁？这是很明白的。比如一棵桃树，树上结了桃子，这桃子就是胜利果实。桃子该由谁摘？这要问桃树是谁栽的，谁挑水浇的。蒋介石蹲在山上一担水也不挑，现在他却把手伸得老长老长地要摘桃子。他说，此桃子的所有权属于我蒋介石，我是地主，你们是农奴，我不准你们摘。……我们说，你没有挑过水，所以没有摘桃子的权利。我们解放区的人民天天浇水，最有权利摘的应该是我们。[1]

老乡在一旁咂巴着嘴品味毛主席的话，不言语。

作家舒群口若悬河地说着："如此摘桃，可称新闻。而'桃兴'传统，由来久矣。例如：《诗经》桃夭、《汉书》桃花水、《风俗通》桃人、《水经注》桃原、《玄中记》桃都、《事物纪原》桃版、《荆楚岁时记》桃符、《古文观止》桃花源记、《太平广记》陈桃、《绿窗新话》茜桃、《元曲》误入桃源、《传奇》桃花扇、《醉翁谈录》桃叶渡；《敦煌变文》左伯桃、《三国演义》桃园结义、《红楼梦》重建桃花社……以及其他'桃水'、'桃林'、'桃陵'、'桃花巷'、'桃花庵'、'桃花浪'、'桃花汛'、《桃源春草图》、《桃源忆故

① 毛泽东：《抗日战争胜利后的时局和我们的方针》，《毛泽东军事文集：解放战争时期》（一九四五年八月—一九四七年二月），军事科学出版社、中央文献出版社1993年12月版，第8-22页。

人》，甚至《桃园》与《桃色的云》等。而蒋介石的‘摘桃’，将叫‘桃’什么呢？叫也只能叫‘桃盗’‘桃贼’‘桃长手’之类，归终还得叫‘桃鬼’（‘逃宄’）吧……”[1]

舒群的一番话把老乡听得一头雾水。老乡心想，还是毛主席的话说得明白，还是毛主席把道理掰扯得清楚。你看嘛，日寇占领了大半个中国，侵略者占领的土地上，没有一支“国军”，都是“共军”领着老百姓在那里打仗，这里的“桃子”应该由“共军”摘嘛……一想到这里，老乡一咧嘴，“扑哧”一声，笑了。

“老乡，你笑啥哩？”舒群问道。

老乡眯着眼说：“我估摸着，毛主席摘桃子的话，是他在俺这桃园里琢磨出来的。”

舒群笑起来，革命同志都笑起来。延安的桃园啊……

七

秋风把桃树的叶子刮跑了一些，还有一些红的黄的叶子在枝头摇着。客人明显地少了，桃园里的许多时光变得安静。老乡晒着太阳，回味着革命同志在桃园的议论：桃园三结义、二桃杀三士、投桃报李、桃花依旧笑春风、桃花流水鳜鱼肥，还有榆林的桃花水豆腐……

那边的军委总部，进进出出的人更加忙碌了。老乡听见总参谋长叶剑英哼了一句古诗：“衔枚夜度五千兵，密领军符号令明。”听不全懂，不过意思多少还是明白一些的。

生意不那么好，桃园的老乡倒是打心眼里高兴。他看见，这些天许

① 舒群：《延安童话》，《舒群文集》第2册，春风文艺出版社1983年2月版，第223-274页。

多同志显然是得了“令箭”，好家伙，个个骑马挎枪，劲头十足地离开延安，连那些文化人——舒群、丁玲、陈学昭、李纳等都打起绑腿，往前线去了。老乡连忙砍下疙里疙瘩的桃枝，做了几根马鞭子，送给他们。

延安的秋天严肃起来，像一个个出征的人披上了战袍。

那个叫蓝曼的诗人，要离开延安了，专门来到桃园，高声朗诵道：

“桃林”春天的花朵，
在我眼里永不凋落。
我的耳边永远响着，
动听的山歌。

蓝曼：《再见，延安》节选

田家英的爱人董边也来到桃园，向老乡告别：“老乡，看好自己的桃子。”

老乡兴奋地说：“同志，你到前线后，要摘大桃子，小桃子也得摘，可不能让那些手长的人把咱们的桃子摘走了。”

边区政府主席林伯渠对老乡说：“待我们取得全国政权后，一定要把延安这方革命圣地建设成一个美丽的花园，把延安周围的山全绿化起来，让山堑都变成‘万花山’。”

歌声从河岸上传来：“桃花来你就红来，杏花来你就白……”

小米的宗旨

延安出来的，是喝过延河水、吃过小米饭的。

——毛泽东

《帮助老乡扬场》　邹雅　选自：神州版画博物馆藏品

它小小的、圆圆的，颗粒状，带着黄土地的印记来到天地间，默默地养活了无数生命，人们亲切地称它：小米。

红军长征到达陕北，毛泽东的勤务员陈昌奉第一次见到小米。他说："这里没有大米，尽是金黄金黄的小米。这可难坏了我们这些江西老表。我们不但不知道怎么做，而且有人还是第一次看见这新鲜玩意儿呐。有句成语说'巧妇难为无米之炊'，而我们这帮人，现倒是'拙夫难为有米之炊'了。"毛泽东说："要学嘛，到了新的地区，就要学会新的地区的生活习惯。要不，我们会饿死的！"[1]

陕北是中国最贫穷的地方之一。千百年来，这里生产小米。"春种一粒粟，秋收万颗子。"得亏这小米，在危难时刻救活了一群共产党人。

中共中央落脚保安，张闻天的爱人刘英生病，高烧不止，几位医生看了，确认是流行性感冒，但是没有药，一片药都没有。医生急得直搓手，没有一点办法。眼看刘英救不活了，就把她隔离到一个单独的窑洞里。刘英一时昏睡，一时糊涂，每天只喝一点小米稀粥。张闻天干着急，也没有办法，工作又忙，只能每天早晚两次通过窑洞窗户的小窟窿眼，跟刘英说上几句安慰的话。他把自己每月五元的津贴全部交给警卫员，交代其买点鸡蛋给刘英做羹吃。刘英连续高烧二十多天，凭着小米和鸡蛋羹的力量，还有坚强的革命意志，竟然痊愈了。

美国记者艾格尼丝·史沫特莱在跟随红军活动时看到一件让人目瞪口呆的事情：打了一天仗，战斗结束时竟没有饭吃。小米倒是能搞到，但是部队没有钱付款，指挥员不允许不付款就把小米拿走。这一刻，小米称量出纪律的重量，检验出一支部队的成色。在这个饥饿

① 李新芝、郑俊明主编：《毛泽东纪事（1893—1976）》上册，中央文献出版社2011年11月第2版，第228页。

的夜晚，指挥员对他的战士们讲解毛泽东的“三大纪律八项注意”。“三大纪律八项注意”中有关于不给钱不能从当地人那里拿走任何东西的规定。让史沫特莱吃惊的是，这支饥饿的队伍用嘹亮的歌声唱着《三大纪律八项注意》度过了那个晚上。史沫特莱说，“他们的歌声像弦乐交响曲”。

天下人心归延安。许多追求进步的青年来到陕北，来到延安。诗人柯仲平在其1939年发表的诗歌《延安与中国青年》中写道：“我们不怕走烂脚底板，也不怕路遇‘九妖十八怪’，只怕吃不上延安的小米，不能到前方抗战；只怕取不上延安的经典，不能变成最革命的青年。”这首诗真实地反映了当时从全国各地千里迢迢奔向边区的知识分子的心理。张道时等人从菲律宾回国，他们到武汉八路军办事处，要求投奔延安。办事处的同志向他们介绍说：“延安人精神上朝气蓬勃，生活上实在是艰苦，毛主席、朱总司令也住窑洞、吃小米，你们怕不怕？”张道时说：“只要能到延安，任何困难都不怕。”有的说：“我们不怕吃小米，小米不过比大米小一点。”

延安的主食是小米。小米不仅比大米小一点，也没有大米好吃，小米饭壳子多，吃起来像满嘴跑沙子，往下咽时拉嗓子眼儿。许多人在国统区是“大米白面反饥饿”，到了解放区是“小米窝头扭秧歌”。毛泽东在抗大上课时说：“你们从各地出发的时候，有的是想到了，恐怕也有的人没有想到延安的艰苦。在别的地方有鱼有肉有大米饭，这里却只有小米饭，还得爬清凉山。”“你们会不会打草鞋？能不能吃小米？会不会爬山？能吃小米，会打草鞋，会爬山，才能算是抗大的学生。”①

① 齐得平：《我管理毛泽东手稿》，中央文献出版社2015年1月版，第69页。

八路军的标志性装束是：一肩斜挎着步枪，一肩斜挎着小米袋。小米，一粒粒的小米，支撑起革命者；子弹，一粒粒的子弹，射向了侵略者。1939年3月15日，毛泽东穿着膝盖打补丁的衣服会见印度援华医疗队成员，他说："我们吃的是小米，拿的是步枪，却满怀信心要战胜日本强大的武装。"[①]小米！步枪！毛泽东用"小米"和"步枪"来形容人民军队艰苦奋斗的精神和敢于战斗敢于胜利的英雄气概。

延安的小米养育了一群新青年。抗日军政大学的丁雪松回忆说："刚到延安时，偶尔还能吃到大米、白面、猪肉，以后只能吃到小米、高粱米。一度给养供应不上，只能靠粗糙的黑豆过活。……个别人因为吃不惯小米、高粱米而打退堂鼓，最终离开了延安；也有人待了一段时间，终因过不惯严格的军事生活而开了小差。有些南方同学刚到延安时，看到黄澄澄的小米饭还以为是蛋炒饭，吃到嘴里，才觉得粗糙难以下咽。不吃也得吃，硬着头皮慢慢咀嚼，久而久之，就感到粟米之香了。特别是女同志，个个吃得红光满面，身体壮实起来。有人还高兴地写信告诉父母'延安小米养人，把我养胖了，养结实了'。回想我们几个队干部在一起吃饭，常花几分钱买点酱油、香油、辣椒、醋，往小米饭里一拌，嘿，甭提有多香了。"

小米的香，扑鼻而来。

作家陈学昭访问延安时，听到两个女战士哼唱："陕北的土包子，住的土窑子，吃的小米子……"女战士唱罢，清脆地笑起来，眼睛明亮，一脸灿烂。陈学昭的身份是《国讯》杂志特约记者，她在通讯稿中写道："自从我到后，他们为优待外来的参观者，为了外来的人一下子

① 中共中央文献研究室编：《毛泽东年谱（1893—1949）》中卷，中央文献出版社2002年8月版，第116页。

不能习惯于吃小米、素菜，每次都特地给我烧大米饭，另加一只葱炒蛋。第一、二天我还没有注意到这个事情，有一次，他们开饭时，我偶然立在门口，看见他们的饭桶——洋油箱——里面尽是小米饭。”[①]在大生产运动还没有开展之前，延安的物资供给相当困难，只有技术人员和知名作家才能享受到大米的优待。

1939年12月，曾志来到延安，她与毛泽东在井冈山时就熟悉，一别八年。毛泽东请她吃饭，“饭菜端上来了，大米、小米加土豆的三合饭，一碗白菜，一碗豆芽（豆芽带着许多壳子，很老了），只有那碗烧土豆里有几片薄薄的肉。”曾志在延安住了一段时间后感叹，“延安虽吃小米，且壳子多、口感不好、拉嗓子眼儿，但管饱。这很重要，吃饱肚子比什么都好。”她在做地下工作的日子，许多时候吃不饱肚子。

国民党对陕甘宁边区进行封锁，扬言“不让一粒粮、一尺布进入边区”，延安一时间进入最困难的时期。生活最苦时，毛泽东一日三餐也只能喝小米稀粥。为了解决吃的问题，边区开展了大生产运动。中央机关、学校和部队都开荒种地。毛泽东说：“我赞成多种谷子，人吃小米，谷秆喂牲口，一举两得。”又说，“选种很重要，应当种狼尾谷，一是产量高，二是谷穗上面有小毛刺，可防鸟吃谷子。”[②]

延安的荒地多，适宜种植谷子。芒种前后种上谷子，中秋节就能收获。新谷子下来，碾盘上一碾，黄灿灿的小米从谷糠中分离出来，又可以吃上小米干饭了。开展大生产运动，使得革命者丰衣足食，小米经过精加工，吃到嘴里时不见壳子了。

---

① 上海鲁迅纪念馆编：《陈学昭纪念集》，上海文艺出版社2006年4月版，第235页。

② 陈俊岐：《延安轶事》，人民文学出版社1991年2月版，第4页。

年轻的美术家蔡若虹从上海来到延安，被安排住在鲁迅艺术学院简陋的窑洞宿舍里。第二天清晨，蔡若虹被一阵哨声惊醒，走出窑洞一看，鲁艺的教员和学生都拿着镢头在排队。“你们上哪儿？”“上山。”“上山干吗？”“开荒。”“开什么荒？”大家哄笑起来：“开什么荒？生产粮食呀！种小米呀！”这一天，蔡若虹一个人待在窑洞里，他想象着艺术家拿锄头的样子。他想：鲁艺的同志们在从事“两种粮食”的生产——小米和艺术。黄昏时候，他站在窑洞外的山坡上张望，等待那些“两种粮食”的生产者回来。突然，一阵歌声在背后头顶上飘起，朝山顶看去，“真正是罕见的奇观啊，只见一轮满月正从山顶的边缘线上露了出来，跨着月亮走过的，正是我在等待回来的开荒队伍。他们把长裤卷在大腿上，衣服挂在锄柄上，一边走一边唱歌，他们的歌声把脚下的月亮震动得晃晃悠悠的……我昂着头，简直看傻了眼，诗情突然爆发……”蔡若虹急急忙忙在日记本上写下这样的句子，“现代的盘古／用锄头和木刻刀／代替双斧／在黄土高原的脊梁上／生产小米／和小米一样的艺术。”

小米，小米一样的艺术……

1940年元旦，鲁艺排练的《日出》在延安正式公演。毛主席看了演出，表扬说：“很好。”演员下妆的时候，只见一个小战士小心翼翼地端着两碗凝固的猪油来到后台，说：“毛主席让给拿过来的，说是下妆用。”延安的演员没有下妆油，也没有下妆纸、下妆棉，他们曾经用麻油下妆，因为点灯油不够用，就把麻油省下来留着晚上点灯，下妆时只好用小刀把油彩刮下来，再用清水洗。演员们看着毛主席送来的这两碗猪油，心里暖烘烘的，可是谁也不舍得用它下妆。“用它下妆，多可惜呀！”“拿这猪油炒小米饭，全体演员会个餐，不比咱们几个用它下妆强？”一句话说到大家心坎上——毕竟每个人肚子里都有馋虫在呼喊。大家立即响应：“赞成！把毛主席的盛情，吃到肚子里，记得结实啊！哈哈……”“对对，会个餐。咱这脸，还是拿小刀刮吧！”于是，他们用两碗猪油炒了小米饭，金黄的小米油亮油亮的，香气四溢，全体演职员美美地会了一顿餐。

也有人吃不惯陕北的小米饭，看不到革命的前途，开小差，离开了延安。“这种人开小差的好，我们可省点小米饭。”毛泽东在抗大上课，要求革命者坚定信心，不怕挫折，战胜困难，“继续下去”。他举例说：“假定世界上最初只有一粒小米，现在却有了千千万万粒米，为什么呢？因为这一粒米抱定宗旨‘继续下去’。”①

小米的宗旨……

一粒小米抱定“继续下去”的宗旨，变成了千千万万粒米。一个个革命者抱定“为人民服务”的宗旨，为民族独立和人民解放奋斗着、牺牲着、发展壮大着。

中直机关1945年前后的粮食供给标准是：大灶，干部每人每日小米一斤四两，战士、杂务人员每人每日小米一斤半；中灶，每人每日小米一斤四两。吃着小米的革命者在艰难困苦中顽强战斗：“我们都是神枪手，每一颗子弹消灭一个敌人……”

延安的《解放日报》是中国共产党的党报，刊登稿件有稿费，有时稿费供应不上，就以小米代替，每千字可得两升小米。

曹靖华在《小米的回忆》一文中写道：“周恩来、董必武或者八路军驻渝办事处的同志每次去延安回重庆时，总是尽可能多地带些小米，

① 齐得平：《我管理毛泽东手稿》，中央文献出版社2015年1月版，第94-104页。

将其装进用土布缝制的七八寸见方的小口袋里，送给周围的人们。”这样的小米，不仅仅是物质的小米，还是一种同志的小米、精神的小米、携手前行的小米。

1945年夏，延安大旱，谷子等庄稼减产已成定局。中直机关召开防旱备荒大会，陈云动员讲话。他说，一天一人半斤小米就饿不死，一斗三四升的小米就能顶一个月。中国有句古话，“日储一勺米，千日一石粮”。每个人都要节约呀！

王震的三五九旅在南泥湾屯兵开荒，不忘开源节流，比如：夏季每天三餐，冬春每天两餐，把吃小米饭改为吃“豆杂杂”——把豆腐渣、小米、蔬菜掺在一起加盐煮熟，以节省粮食。三五九旅的经验在全边区推广，连中共中央机关也实行了冬季“两餐制”或“·丅两稀”（两顿干饭一顿稀饭）。这给毛泽东留下深刻记忆，他在新中国成立后撰写的《党内通讯》中提出“节约粮食”，其中写道：“按人定量，忙时多吃，闲时少吃，忙时吃干，闲时半干半稀，杂以番薯、青菜、萝卜、瓜豆、芋头之类。”字里行间可以看到延安时代的影子、革命者喝小米稀粥的样子。

1946年8月6日，毛泽东对美国记者安娜·路易斯·斯特朗说：“我们所依靠的不过是小米加步枪，但是历史将最终证明，这小米加步枪比蒋介石的飞机加大炮还要强些。”[1]这句话后来被浓缩为“小米加步枪打败飞机加大炮”。小米！步枪！普通的词语被赋予英雄气质，这句话成为毛泽东的成功预言。

美国医生马海德来陕北之前，从来没有见过小米。他到陕北后吃

① 牛兴华、叶期平、任学岭：《毛泽东在延安》，中央文献出版社1999年7月版，第235页。

小米，吃到嘴里满嘴跑，吃到胃里胃部痛，他为中国共产党人的革命精神所感动，坚持留在延安，参加中国革命。大生产运动之后，党中央决定：凡是援助边区抗战的外宾，可享受最高生活待遇。一份史料记载，1947年1月发给马海德（包括其妻子、孩子）的伙食、用品和杂支定额是："大米四十斤，白面六十斤，肉四十斤，白糖二斤，茶叶四两，石炭六百斤，火柴一包，油光纸五张，铅笔两支，杂支费边币五万元。"马海德和夫人的生活水平比毛泽东等中共领导人高出许多。

毛泽东每天吃什么呢？毛泽东的秘书叶子龙说："一是钱钱饭，把小米与黑豆碾成的片（当地人称其为'钱钱'）掺在一起煮成的饭。这是毛泽东在延安时最常吃的主食。毛泽东还喜欢吃用大米、小米、豆类、红薯、山芋掺在一起蒸的饭，他还为其取了个好听的名字叫'八宝饭'。另外就是用大米和小米混合制成的'二米饭'，这种饭在解放后仍是毛泽东餐桌上的看家主食。副食以蔬菜为主，极少见到肉，油也不多。常吃的有辣椒、土豆、菠菜、小白菜等。"[1]

1947年3月，胡宗南率领二十多万大军进攻延安，中共中央主动从延安撤离。彭德怀率领西北野战军二万多指战员与二十多万敌军周旋，伺机歼灭敌人。彭德怀天天和战士们一样，就着白萝卜吃小米干饭。警卫员怕彭总这样天天吃下去胃受不了，就买了一只鸡炖了炖，给彭总送去。彭德怀铁青着脸问："哪来的？""买的。""干什么？""改善一下……""不吃！拿回去！"

毛泽东等中央领导人撤离延安后转战陕北——最初两个月还在保密中。1947年4月，毛泽东经过毛乌素沙漠边上的青阳岔。有一天，毛

---

① 叶子龙口述，温卫东整理：《叶子龙回忆录》，中央文献出版社2000年10月版，第79页。

泽东问警卫人员："老百姓对中央撤离延安有什么反应？"一位警卫人员回答说："老百姓说，家里养条狗，坏人来了还咬几口，共产党在我们这儿吃了十几年小米饭，胡宗南来了，一枪不放，丢下老百姓就走，真不如我们家养的一条狗呢！"毛泽东听后说："他们讲得对，骂得好呀！话很难听，可是蛮有道理。如果我们真走了，过了黄河，离开陕北，就不好交代呀！"过了一会儿，毛泽东又自言自语说："强盗来了，喂的狗也会出来叫几声，何况我们呢？"①

小米步枪打胜仗！1947年5月14日，西北野战兵团在真武洞（今安塞区）召开庆祝"三战三捷"大会，一万多军民参加。周恩来代表中共中央和毛泽东宣布：党中央和毛泽东仍留在陕北，吃陕北的小米，跟陕北人民一道战斗。

毛泽东转战陕北，在最危险的时候，被敌人三面合围，只有东渡黄河一个方向可走。大家都劝毛泽东东渡黄河，躲一躲，毛泽东坚决不离开陕北，为此还和任弼时吵了一架。毛泽东说："我们在延安住了十多年，现在一有战争就要走，我无颜面对陕北父老，我决心与陕北人民在一起，不打败胡宗南，决不过黄河！"②毛泽东不过黄河的决心与智慧中，有青阳岔那个老百姓逆耳之言的提醒，也有来自小米的默默叮咛。

1947年的谷子种上了。在远远近近的枪炮声中，谷穗摇曳，蝈蝈鸣叫着。中秋时节，谷子在战争状态下收获了，同时收获的还有一场接一场的胜仗。

---

① 高富有、高英：《共和国元勋轶事：国务院机关事务管理局原常务副局长高富有回忆录》，中央文献出版社2013年1月第2版，第76—79页。

② 冯爱祥编著：《窑洞与中国革命：毛泽东在陕北的足迹》，中央文献出版社2011年6月版，第111页。

1948年3月，胡宗南一败再败，败局已定。收复延安，指日可待。毛泽东决定，东渡黄河，走向解放全中国的新征程。

毛泽东过黄河的时候，深情回眸。他说，不能忘记陕北，不能忘记陕北的小米饭、陕北的小米洋芋蛋。

黄河在奔腾，革命在前进，那巨大的波流中，有着微小的——小米的——颜色与颗粒……

马兰草的故事

一支穿草鞋的革命队伍行进着，向着自由，向着太阳……

《开荒》　古元

班长张思德带着全班战士匆匆行军，为了赶时间，他和战友们抄山间小路疾步行走。山路费草鞋，打好的草鞋才穿几天就被磨得七零八碎，石头磕碰得双脚生疼。张思德正一溜烟走着，一个趔趄，差点被一丛蓬蓬野草绊倒。

“老乡，这草叫什么名字？”老乡说：“这是马兰草，毛驴要是被它缠住腿脚，很难脱身，都叫它‘扯倒驴’！”周围升起一片粗犷的笑声。

张思德扯扯那蓝莹莹的草叶，使很大的劲也没有扯断，就掐下草芯中那朵摇摆的蓝花，插在自己的背包上。

马兰草是陕北最常见的野草，湍流边、峻岭上、长林里、荒地中，到处都有它的身影，到处都是它的家。春天抽条吐绿，遇点雨水就疯长，条带状的叶子，不怕脚踩，不怕车轱辘轧，不怕干旱，叶子能长到一米多长。到了夏天，湛蓝的马兰草草芯里开出紫蓝色的花，像燃烧着的蓝色火苗，引来一群蜜蜂和蝴蝶。秋天枯黄的叶子结着白霜，冬日里被一把野火烧掉了。老乡不那么待见马兰草，因为它没啥大用处，如果不是为了防止它往庄稼地自由蔓延而需要铲除，平常日子里几乎没有人看它一眼。

行军休息的时候，战士们都趁机用破布条捆绑修补自己的草鞋，破布条也是短缺的。陕甘宁边区处于被封锁被“围剿”中，部队没有稳定的给养保障，吃的穿的都靠自己动手。张思德盯着马兰草出神，长长的叶子，柔韧性这么强。他说：“这草也许可以打草鞋。”老乡说：“马兰草叶子割手，上面还有小刺，牛羊都不吃，打草鞋扎手，穿起来扎脚。”行军又开始了，张思德想起长征中红一、红四方面军在懋功会师时，曾经看过一部叫《破草鞋》的独幕话剧……战友们见张思德不说话，就开玩笑说：“班长，小心‘扯倒驴’。”张思德笑着说：“长征中要是有头毛驴，能少死好多战友。”有的说：“马兰草故意拉张班长的腿，它不会是千年狐狸精变的吧？”快回到宿营地的时候，张思德割了一捆马兰草背在身上，战友们不知道张思德要干什么。

这是1939年的秋天，八路军留守兵团的张思德差点被一株马兰草绊倒，他记下了马兰草的名字。马兰草，这种在荒凉大地上生长千百年的野草，第一回进入革命者的视野。或许，野生的马兰草，一无是处的马兰草，一直等在路边的马兰草，千百年来等的就是这一天呢！巧的是，这一年秋天，陕甘宁边区振华造纸厂的技师华寿俊也差点被马兰草扯倒，他的目光也凝聚在马兰草上。

国民党顽固派对陕甘宁边区进行经济封锁，企图困死共产党人，中共中央所在地延安物资十分短缺。随着抗日军政大学、鲁迅艺术学院、陕北公学等三十多所学校的建立，《解放》《中国青年》等报刊的创办，纸张更是供不应求。从外面买纸太贵，买不起；即使买到了，也不容易运进来。纸张的短缺影响到边区新闻和教育事业的发展。边区政府机关报《新中华报》1938年6月30日刊发启事说：“因值抗战期间，纸张来源困难，本报自6月份起已将报纸出版分量减少一半。”革命者不能没有图书看，学生不能没有课本念，报刊也不能不出，怎么办？边区政府为了解决纸张之困，安排延安自然科学院的工程师华寿俊到振华造纸厂工作，给他分配的任务是尽快造出纸来。

华寿俊来到造纸厂，首先面临的是造纸原料奇缺的问题。用农作物秸秆做原料，纤维强度太低，况且谷草、秸秆又是大牲畜的主要饲料；用树木做原料，成本又太高。这让华寿俊很是苦恼。一天，他在半山坡开荒时，一丛修长的叶子挡住了锄头的去路，他一锄头刨去，使劲拉了几下，没有把野草拉断，反而被野草拉得打了个趔趄。他蹲下身子，只见这从野草高高低低地立在阳光里，紫蓝色的花朵上爬着两只毛茸茸的蜜蜂。

华寿俊问："这草叫什么名字？"旁边的人介绍说："这叫马兰草，当地群众称之为'扯倒驴'。"华寿俊看到，漫山遍野生长的都是马兰草，蔓生得把路都覆盖了。华寿俊"放下锄头，两条浓黑的眉毛一皱，棕红色的面颊掠上一道严肃的光辉，站在开满兰花的马兰草坡上默默地思索。"马兰草草叶草茎的纤维如此坚韧，令华寿俊心中一喜：如果把这种草作为造纸的原料，不但成本低廉，而且取之不尽，用之不竭。

一支穿草鞋的革命队伍行进着，脚比路长，人比山高。

张思德对着马兰草出神。他左看看右看看，就从马兰草身上看见一双又一双结实的草鞋来。马兰草叶子不是扎手扎脚吗，把它收拾软乎了它还扎人吗？如何把它收拾软乎呢？张思德先把马兰草晒干，用水泡透，然后再把马兰草蒸一蒸，捞出来晒干，经过这一系列"工艺"，再一摸马兰草，叶叶柔软。张思德挑选长的马兰草拧成绳子，有的拧四股，有的拧三股，四股的打草鞋底，三股的打草鞋帮。马兰草做的草鞋打出来了，他穿起来一试，柔软又不磨脚。他给班里的战士每人打了一双。马兰草打的草鞋可真耐穿，山地行军可以穿十天半月，如果没有行军，能够穿一个来月。战友们高兴得把张思德抬起来，喊了声"一、二、三"，把张思德抛向空中，战友们没有去接张思德，眼看他自由落体——落到一堆马兰草上。战友们一个个开怀大笑，一个个抱着马兰草把张思德埋在了草堆里。这一堆马兰草，是战友们割来的，是给张思德班长打草鞋用的。从前行军中没人理睬的马兰草，为革命战士所关注所爱惜。教导员听说张思德用马兰草打了耐用的草鞋，给他出了道谜语："两只草船没有篷，十个客人坐当中，白天来来往往，夜晚人去船空。"

华寿俊开始用马兰草进行造纸试验。有人说："自古以来没有关于用马兰草造纸的历史记载，马兰草怎么能造纸？"造纸厂的许多同志对实验结果没有多少信心。华寿俊带领大家认真选料，去掉杂草与尘土，将草切成寸许，放进蒸煮锅里用碱法处理纤维，然后打浆，用滤水网捞起纸浆，放上竹帘过滤洗浆，摇晃均匀。最后一道工序是晒纸，整理轧光。经过两个多月的努力，奇迹出现了，米黄色的马兰纸造出来了。

《新中华报》1940年12月8日报道："青年化学家（华寿俊）的尝试成功了，边区漫山遍野的马兰草，变成丰富的造纸原料，现在已用了十万斤马兰草造成二十万张纸，印成各种书报刊物，边区的新闻事业获得极大的帮助。因为他的制法简便，节省了很多人力与时间，纸的产量大增，过去造麻纸，每月只产四五百刀，现在草纸每月产两千刀，最近要扩大纸厂，实现每月产二十五万张纸的计划。"为表彰华寿俊的突出贡献，1940年，陕甘宁边区政府授予他"劳动英雄"的称号。朱德总司令员为他颁奖，并在家中接见了他，称他是"我们的发明家"。

离离原上草，青了黄，黄了青。千百年来生生不息、无声无息的马兰草，遇见了一支"土里土气"的革命队伍，从此，它仿佛通了灵性，无声地呼喊：我是马兰草，我要新生！马兰草呼唤着，期望招来宇宙人间的关注。革命者听见了这无人倾听的声音，拉起马兰草，释放出马兰草身体中深藏已久未被发现的功用。马兰草派上了用场，它像追求进步的革命青年一样，走上革命的征程，不惜"革"自己的"命"，将自己的身躯编织进绚丽的革命谱系，融入民族解放、穷人翻身的革命洪流。

一支穿草鞋的革命队伍在大地上朝气蓬勃地战斗着。草鞋是马兰草打的，草鞋的底下是泥土、是祖国，草鞋的上面有阳光、有歌声……

1940年春天，张思德调到中央军委警卫营，担任通信班班长。张思德1933年10月参加红军，之后经历过长征，1937年加入中国共产党，是个老兵了。当班长期间，他积极参加大生产运动，到深山老林里烧过炭，在南泥湾垦过荒，还领着全班战士摇纺车纺线，他成为远近闻名的烧炭专家、开荒模范、纺线能手。工作劳动之余，张思德带着战友们打草鞋，让连队里更多的同志穿上马兰草打的草鞋。1942年7月，中央警卫教导大队和军委警卫营合并，整编为中央警备团，部队干部骨干编制减少，张思德由班长改为战士，他没有任何怨言，诚恳地说："当班长是革命的需要，当战士也是革命的需要。"教导员说，张思德跟那马兰草一样，拿来打草鞋是好样的，拿去造纸也是好样的。

华寿俊造出马兰纸后，不断改进工艺，马兰纸的质量越来越好，可谓物美价廉。边区政府公营造纸厂和私营造纸厂达到五六十家，基本上满足了边区出版、办公、学习和生活用纸所需。边区政府发布通令，老乡收割马兰草供给纸厂，可以代公粮。

马兰草变身为草鞋，牵挽着革命者在荆棘中奔波的大脚。马兰草化身为纸张，供革命者书写奔跑的诗句。延安出版的《列宁选集》、毛泽东著作、《解放日报》和《边区群众报》，以及延安整风时期的学习文件如《整风文献》，都是用马兰纸印刷的。共产党领导老百姓翻身得解放，劳苦大众从共产党人手中接过的土地证印在马兰纸上。延安的革命者住在窑洞里，窑洞的窗户是用马兰纸糊起来的。鲁艺美术系的师生每个月能够领到十来张马兰纸，记笔记、打草稿、写作品，根本不够用。"我们星期天到后沟里去割马兰草，把它送到附近的造纸厂，换来马兰纸。"作家袁静说，"为了学习群众语言，我用边区自造的马兰纸订成小本本，走到哪儿记到哪儿……"她的《刘巧儿告状》就写在马兰纸上。革命家谢觉哉饱含深情地写诗赞曰："马兰纸虽粗，印出马列篇。”朱德总司令在长诗《游南泥湾》中称赞说：“马兰造纸俏。”边区政府主席林伯渠专门在办公室里养了一盆马兰花，纪念马兰纸的诞生。

马兰草，马兰草打的草鞋，马兰草化身的马兰纸。一束马兰草，摇荡着历史的风云……

张思德参加了延安整风运动，上级发给他一本《整风文献》，他读了一遍又一遍。他还在马兰纸上写下一份两三千字的自传和反省材料，受到党支部的表扬（可惜的是，这份材料在转战陕北的时候丢失了）。张思德和战友们还利用休息时间打来马兰草，挑选长的叶子做草鞋，剩下的送到造纸厂，一百斤马兰草能换来二十五张马兰纸。张思德和战友们就用这些马兰纸练习写字、记笔记。张思德干一行爱一行，任劳任怨，处处为他人着想，被中央警备团评为“即知即行的模范”。

一支穿草鞋的队伍在民族解放、人民翻身的道路上奋斗着、牺牲着，马兰草以它独有的姿态融进革命队伍……

1943年3月，张思德因为表现突出，被选调进毛泽东主席内卫班，成为毛主席身边的警卫战士。部队给警卫班每人发一双布鞋，战士们除了上哨时穿布鞋，平时舍不得穿，在劳动和日常生活中穿的都是草鞋。毛泽东看到战士们穿着草鞋，就问：“你们的草鞋这么漂亮，是谁打的？”战士们说：“是张思德给我们打的。”

一天，警卫班的战士和毛主席一起在菜地里干活，大家都把布鞋、草鞋脱在地头。毛主席看见战士们的鞋都破了，招呼大家说：“你们穿的鞋都破了，尤其是你们几个小八路的鞋，这样下去，穿不到换装的时候就没有鞋穿了。我们不能搞特殊去提前申请补发。我看张思德打的草鞋就很好，你们几个小八路应该向他学习。”然后，毛主席对张思德说：“草鞋无样，边打边像。你们几个长征过来的老兵都会打草鞋，要教他们几个小八路打草鞋。你们几个小八路要向几个红军战士学习。”张思德听毛主席的话，开始手把手地教战友们打草鞋。

警卫班的战士学会打草鞋后，一致决定：给毛主席打一双草鞋。大家趁毛主席休息的时候，量了量毛主席的旧鞋子，然后你一手我一手，一齐动手，很快打好了一双草鞋，送到毛主席面前。毛主席问：“这是谁打的？”战士们说：“我们都动手了，我们都学会了打草鞋。”毛主席特别高兴，他一边穿上草鞋，一边吟了句古诗：“多情夜雨马兰草，无限春风莺粟花。”

1944年春天，张思德被临时抽调到一个农场执行开荒烧炭的任务，这是延安大生产运动的一部分。大家天天看到张思德勤劳的样子：他一手拿枪一手举着马兰花的样子，他坐在那里笑吟吟地打草鞋的样子，他穿着马兰草做的草鞋在田间劳动的样子，他披着马兰草做的蓑衣冒雨检查炭窑的样子，他用马兰草拧成绳子用来捆木炭的样子，他背着木炭下山的样子……那个明亮又温暖的端午，马兰草刚刚开花吐芳，张思德扯来马兰草叶，缠了一个又一个粽子给大家吃。一个天上升起盘子那么大月亮的晚上，张思德还给大家念起了诗人卞之琳的小说《进城·出城》。他说他喜欢小说的第一句：“头上戴斗笠，身上随便穿一件什么，大踏步走去，单凭脚上北方所不惯穿的草鞋，就给老百姓认出了是什么人，‘八路’。”大家鼓起掌来，都为自己脚上的草鞋骄傲呢！同志们都喜欢张思德，喜欢跟他在一起。谁也没有想到，1944年9月5日那天，张思德在维修一座炭窑时，炭窑突然坍塌，张思德被压在了里面。战友们把他挖出来时，他已经停止了呼吸。

警备团的战士们采来松柏枝搭建灵堂。战友们知道张思德喜欢马兰草，专门用马兰草制作了一个花圈，上面插满山花，放在张思德的棺材上。

1944年9月8日，张思德的追悼会在枣园西面庙梁山下的操场上举行，延安各界一千多人参加。毛泽东题写的挽联“向为人民利益而牺牲的张思德同志致敬”挂在灵堂的中央。“造纸模范”华寿俊赶来参加追悼会。中央警备团驻地附近的老乡还按民间习俗给张思德带来了冥钱，冥钱是用马兰纸做的。

毛泽东亲自参加了张思德的追悼会。这是中国共产党成立以来，第一次为一位普通战士举行追悼会。在追悼会上，毛泽东发表了《为人民服务》的著名演讲，提出了“为人民服务”的宗旨。“为人民服务”的宗旨写进了毛泽东所作的党的七大报告《论联合政府》。党的七大文件都是用芳香的马兰纸印刷的。中国共产党“为人民服务”的宗旨深入人心，“为人民利益而牺牲”的张思德也跟“为人民服务”宗旨一样，在革命者心中扎下根来。

马兰花开花五瓣瓣。一支穿草鞋戴五星的队伍，一支为人民服务的队伍，一股无可阻挡的铁流，向着胜利，前进着，奋斗着……

马，毛泽东打天下的马

“你看，咱们像不像《西游记》里去西天取经的师徒？”

《送马》　力群　选自：神州版画博物馆藏品

警卫班班长胡长保在前面走着，然后是身材高大的毛泽东；毛泽东后面是饲养员余达木，他牵着一匹土黄色的马，马上驮着毛泽东的办公用品和行李；马后面，黄应和挑着挑子，两头的铁箱子里装的是文件；挑子后面跟着卫生员钟福昌、勤务员陈昌奉……

胡班长对马夫老余说："我们跟唐僧不一样，我们是北上抗日。"

"说得好。"毛泽东说，"唐僧他们是'西游取经'，我们是'北上抗日'，他们是'游'，我们是'上'，不一样哩。"[1]

"还是有点像，唐僧有匹白龙马，咱们也有一匹土黄马。"老余饲马，说话离不开马。

毛泽东说："唐僧这个人，一心一意去西天取经，遭受了九九八十一难，百折不回，他的方向是坚定不移的。但他也有缺点：麻痹，警惕性不高，敌人换个花样就不认识了。孙猴子很灵活，很机智，但他最大的缺点是方向不坚定，三心二意。猪八戒有许多缺点，但有一个优点，就是吃苦，臭柿胡同就是他拱开的。你们别小看那匹小白龙马，它不图名，不为利，埋头苦干，把唐僧一直驮到西天，把经取了回来。这是一种朴素、踏实的作风，是值得我们取法的。"[2]

听毛主席表扬马，老余打心眼里高兴。他负责的这匹土黄马，是毛泽东自1927年发动秋收起义以来骑的第二匹马。

秋收起义受挫后，毛泽东对部队进行三湾改编，随后领着衣衫破烂的队伍上了井冈山。他赤脚穿着草鞋，破破烂烂的草鞋把他的脚磨得血迹斑斑。团长卢德铭看在眼里，调来一匹战马，供毛泽东使用。马是

① 陈昌奉：《跟随毛主席长征》，解放军出版社2009年9月版，第180页。

② 王首道、刘征、陈伯钧等：《熔炉》，《回忆毛主席》，人民文学出版社1977年9月版，第242—256页。

好马，名号黄彪马，是毛泽东的第一匹马。“书生”毛泽东打马上山，开始了“枪杆子里面出政权”的马背生涯。1929年1月，“朱毛”红军离开井冈山开辟新的根据地时被敌人袭击，毛泽东的弟弟毛泽覃腿部中弹，毛泽东就把黄彪马送给了他。毛泽覃作战时为掩护游击队员脱险英勇牺牲。

这第二匹马，是闽西革命根据地的领导人傅柏翠赠送的。1929年3月，毛泽东带领红军从井冈山来到闽西，与傅柏翠一见如故，毛泽东称他“闽西傅先生”。在闽西上杭，傅先生看毛泽东行军打仗连匹马都没有，就将自己的坐骑让给毛泽东。毛泽东高兴，翻身上马。那匹马认生，一下子把毛泽东掀翻在水塘里，傅先生连忙把毛泽东从水塘里拉上来。从此，这匹马，还有马夫余达木，跟随毛泽东转战闽西、赣南。1930年2月，毛泽东骑马行军，想起赠他战马的傅柏翠，哼诗《减字木兰花·广昌路上》：“漫天皆白，雪里行军无柏翠。头上高山，风卷红旗过大关。此行何去？赣江风雪迷漫处。命令昨颁，十万工农下吉安。”其中的“雪里行军无柏翠”，是说傅柏翠留守闽西，不能和他在行军中互相酬唱，谈古论今。二十多年后，毛泽东将《减字木兰花·广昌路上》中的“雪里行军无柏翠”改为“雪里行军情更迫”。

长征前，毛泽东交代老余要把马掌钉好。

山路上，马蹄的铁掌清脆响亮。没想到，这一走，走得这么远，马蹄铁都磨薄了，马蹄声变得沉闷。老余想，天天行军，得赶紧给它钉上新的马掌。

“竹杖芒鞋轻胜马”，毛泽东很少骑马，更多的时候是步行。战事不紧张的时候，道路平缓的时候，毛泽东蹬鞍上马，从上衣的大口袋里掏出一本书。马鞍是木头做的，前面有一块隆起的木头，看书时就把缰绳挂在那块隆起的木头上。马跟毛泽东时间长了，好像懂得毛泽东的习惯，每当毛泽东把缰绳挂在木头上时，它就不疾不缓，稳稳地走，让毛泽东平稳地看书。马喷着鼻息，四蹄带着节奏，毛泽东有时就吟起诗来。

张闻天（洛甫）骑马时，不小心摔下马来。毛泽东急忙上前，把张闻天扶起来。一看，张闻天没有摔伤，毛泽东就哼了一首打油诗："洛甫骑马过湖南，四脚朝天滚下山。人没受伤马没死，菩萨保佑你平安。"走了一会儿，又哼一首："洛甫洛甫真英豪，不会行军会摔跤。四脚朝天摔得巧，没伤胳膊没伤脑。"①

星夜行军，夜黑得很，怕暴露目标，部队不准打火把。摸黑行军的时候，指战员边走路边打瞌睡，这是长期战斗生活中磨炼出来的本事。大家一边睡，一边一个跟着一个，深一脚浅一脚地行军。毛泽东怕大家掉队，过一会儿，一个一个地招呼大家："老余。""在呐。""黄应和。""到。""钟福昌。""到。""陈昌奉。""到。"老余说："陈昌奉，你走不动了，就拉着马尾巴走。马放屁你也不要松手。"土黄马这时候恰巧放出一声响屁，大家一听，都笑起来，不瞌睡了。

老余一天到晚跟马在一起，伺候马伺候得周到，连吃饭都和马一块，平时一鞭子也不舍得打马。行军休息时，马静静地站在那里，他忙着饮马，给马理鬃挠痒，抚摸马的鼻梁和嘴唇。晚上，老余和马说话，给马讲故事，每天都是把马安置好了，他才在马旁找个地方躺下来休息。他从来不脱衣服，一晚上给马喂几次草。敌机轰炸时，马容易暴露目标，还容易受惊，老余总是早早地把马拉到大树底下隐蔽起来，如果没有隐藏的地方，他就抱着马脖子就地掩护。毛主席骑马时，他总是把马鞍子放得平平帖帖，山路颠簸，马鞍子容易倾斜，他很注意看看鞍子

① 《毛泽东的三则轶事》，《浙江老年报》2006年12月22日，第3版。

正不正，防止马鞍子磨破马背、马肚子。

毛泽东指挥红军四渡赤水，一边“调动”敌人，一边消灭敌人。老余说：“咱这匹马，把赤水河的水都快喝干了。”毛泽东说：“好！饮马赤水。”[1]毛泽东跟老余说话的时候，土黄马正深深地低垂着头，用嘴轻轻地吹拂了一下水面，开始喝起来，像红军战士品尝茅台一样。老余看到，土黄马的肚子逐渐圆了起来，他扯起马缰上路，马肚子里“咣当咣当”响着。

从安顺场到泸定桥之间，经过一条河。大部队正在过桥，一看是毛主席来了，战士们都站在桥两边，请毛泽东先过。老余不由分说，牵着马上了桥，马一踏上小桥，受到惊吓，大声嘶叫着，高高地跃起，桥上的队伍就乱起来。毛泽东连忙让老余把马牵回来，给部队让路。毛泽东对老余说：“要记住，无论什么时候，我们要想到部队，想到大家！你们想，为了我们一匹马，误了那么多同志行军，该多不好呀！”[2]老余听了这话，内疚了许多天。

过夹金山时，风雪交加，还下着雹子。雹子打在马身上，马受了惊，四蹄乱刨，想挣脱而去。老余死死地抓着缰绳，任凭它乱蹦乱跳也不松手。暴风雪停下来后，老余的手被雹子打肿了，额头上也打了几个乌青疙瘩。

红一方面军跟红四方面军会师了。红四方面军兵强马壮，一看就比红一方面军阔气。老余悄悄地对陈昌奉说：“你看，他们的警卫员都骑着马。”张国焘的一群警卫员，个个骑着高头大马，有的马脖子上还挂着铜铃铛。领导人开会去了，首长的警卫员在一起聊天。张国焘的一个

① 陈昌奉：《跟随毛主席长征》，解放军出版社2009年9月版，第167页。

② 杨万青、李昌凡编著：《一代领袖风范》，能源出版社1989年12月版，第55页。

警卫员问："你们没有马吗？"陈昌奉说："毛主席说了，年轻人老骑马，就不会走路了。"

二十二勇士飞夺泸定桥后，部队在铁索链上搭上木板，供后续部队通过。铁索桥摇摇晃晃，桥下白浪汹涌，涛声震天，令人目眩。土黄马走到桥前，先用鼻子嗅嗅试探，然后屁股向后坐，吓得不肯上桥。老余把自己的上衣一脱，给马蒙上眼睛，牵着它，慢慢地走上去。

战事一歇，毛泽东不是看书，就是哼诗。他说，许多诗是在马背上哼成的。长征一路上，毛泽东写了不少诗，诗句中还多次涉及马，像《十六字令》中的"山，快马加鞭未下鞍""奔腾急，万马战犹酣"，《忆秦娥·娄山关》中的"霜晨月，马蹄声碎，喇叭声咽"……毛泽东说："在马背上，人有的是时间，可以找到字和韵节，可以思索。"[①]他自称"马背诗人"。其实，他骑马的时候并不多，他不过是借"马背"形象地说明革命的异常艰辛和诗人的豪迈情怀。

在陇东高原，毛泽东指挥红军与敌人的骑兵打了一仗。勤务员陈昌奉站在山上，看见在红军的打击下，敌人乱窜乱逃，敌人受惊的马、没有人骑的马，在山间乱跑乱蹦，仰着脖子嘶叫着。陈昌奉兴奋地说："主席，我们两条腿的把敌人四条腿的追得满山乱跑。"老余说："谁说是四条腿？人家是六条腿。""怎么是六条腿？"老余说："连马带人不是六条腿吗？！"毛泽东听了哈哈大笑起来。

这一仗，光是清一色的枣红马就缴获了一百多匹，这些马又高又大，又肥又壮，甚是喜人。不少首长在这里换了马。马夫老余一看，沉不住气了，他左选右挑，牵来一匹比枣红还红的膘肥体壮的大马来，高兴地对毛泽东说："主席，咱们也换一匹吧？"身边那匹土黄马好像听懂

① 欧阳雪梅：《长征中的毛泽东及三人军事指挥小组》，天地出版社2017年6月版，第205页。

了老余的话，把头拱在老余怀里，一副留恋的样子。毛泽东看了看那匹高头大马，它颈上披散着垂地的长鬃，身上还散发着热烘烘的马汗味，果然是匹骏马。毛泽东回头看看土黄马，说："不要换了，咱们这匹马从上杭跟我们到现在，走了不少路，也算是经过考验的了。"[①]老余听了毛泽东的话，抚摸着土黄马说："老伙计，咱俩一起到陕北吧。"

老余见毛泽东不让换马，就从战利品中抱回来一个皮马鞍子。这皮马鞍子，皮子又光又亮，两旁还有两个口袋，底下的肚带也是皮的，往土黄马背上一放，土黄马增添了几分精神。老余把配上新鞍的马牵到毛主席面前。"果然是，人靠衣装马靠鞍。"毛主席话题一转，"不过，还是别换了，那个木头马鞍挺好的。"[②]老余又把那个皮马鞍子送了回去。

六盘山是中央红军长征中翻越的最后一座高山。1935年10月，红军又打了一场胜仗，毛泽东心情舒畅，诗兴大发，哼了一首《长征谣》："天高云淡，望断南飞雁，不到长城非好汉！同志们，屈指行程已二万！同志们，屈指行程已二万！六盘山呀山高峰，赤旗漫卷西风。今日得着长缨，同志们，何时缚住苍龙？同志们，何时缚住苍龙？"[③]后来，毛泽东把《长征谣》改为《清平乐·六盘山》。

勤务员陈昌奉在前面走着，后面是毛泽东；毛泽东后面，饲养员余达木牵着一匹土黄色的马；马后面，黄应和挑着挑子，挑子后面跟着卫生员钟福昌。班长胡长保牺牲在长征途中，没能跟着到达陕北……

1937年1月，毛泽东骑着马，出了保安，走向延安，走向领导全国

① 陈昌奉：《跟随毛主席长征》，解放军出版社2009年9月版，第248页。

② 陈昌奉：《跟随毛主席长征》，解放军出版社2009年9月版，第248页。

③ 《淮海报》1942年8月1日。

人民争取独立和解放的中心。

在延安凤凰山，土黄马老死了。毛泽东看到马夫余达木一下子老了许多。老余四十多岁，从1929年调到毛泽东身边负责喂马，一门心思都在马身上。毛泽东就托人给老余找了个对象，老余说什么就是不见，他说：“我的任务是什么？是喂马。我这辈子，能把毛主席的马喂好，不耽误毛主席的事，就心满意足了。”“马不影响找媳妇嘛！”“公鸡叫了，人老了，没有那个打算了。”老余一直为毛泽东养马，却没有看到抗战的胜利，于1944年去世了。

延安没有公共交通工具，革命者办公访友时，或者以步当车，或者用骡马代步。土黄马死后，中共中央西北局派人到三边（定边、靖边、安边）一带给毛泽东等领导人选马。他们买回来两匹马，一匹是小青马，一匹是小红马。这两匹马，个头都不大，但力气大、速度快，跑起来平稳，性情又温驯老实，特别适合在山地骑行。小青马给了毛泽东，小红马给了周恩来。

一二〇师师长贺龙骑着他的乌龙驹来看毛泽东，恰好看见毛泽东窑洞前的小青马。他觉得小青马跟“毛大帅”（毛泽东到陕北之初自称“毛大帅”）的身份不相称，他就把自己的铁青乌龙驹留送了毛泽东。

乌龙驹是贺龙的心爱之物。它身材高大、浑身乌青、一尘不染，毛色闪闪发亮，两耳尖挺，野气十足。据说，这匹马曾被敌人抢走，为了它，贺老总还率兵打了一场恶仗，硬是把它夺了回来。

毛泽东在延安，开会，上课，拜访各界人士，路程近的，徒步而行；距离远的，就骑上小青马前往。

1938年4月28日，毛泽东骑马到鲁迅艺术学院，鲁艺的莫耶（歌曲《延安颂》的词作者）看见：“主席骑马来了，马就拴在山下的石牌坊上……”毛泽东在鲁艺讲话，他说：“鲁迅先生在《毁灭》的后记中说到，《毁灭》的作者法捷耶夫是身经游击战争的，他描写调马之术写得很内行。像上马鞍子这类细微的动作，《毁灭》的作者都注意到了，鲁迅先生也注意到了……《红楼梦》是一部很好的小说，特别是它有极丰富的社会史料。比如它描写柳湘莲痛打薛蟠以后，便‘牵马认镫去了’，没有实际经验是写不出‘认镫’二字的。事非经过不知难，每每一件小事却有丰富的内容，要从实际生活经验中才会知道。……艺术家固然要有伟大的理想，但像上马鞍子一类的小事情也要实际地研究。”[1]“牵马认镫”是《红楼梦》中小得不能再小的细节，出自第四十七回《呆霸王调情遭苦打，冷郎君惧祸走他乡》，被驾驭者毛泽东看个仔细。

贺龙留下的乌龙驹，后来成为江青的坐骑。毛泽东的秘书叶子龙在《叶子龙回忆录》中说：江青骑着乌龙驹，曾经闯了一场大祸。那是1939年7月10日傍晚，周恩来骑马去中央党校讲课，江青骑着乌龙驹同行。马过延河，江青扬鞭策马，乌龙驹四蹄腾起水花，夺路而去。周恩来骑的小红马受惊，高高扬起后蹄，继而狂奔。这下把毫无防备的周恩来掀翻马下，撞在河滩的石头上，造成右臂骨折。周恩来虽然经印度医生柯棣华治疗，后又去莫斯科医治，但还是落下了残疾——右臂再也伸不直了。

1940年前后，海外爱国人士捐献两辆汽车给延安，相关部门准备分一辆给毛泽东使用。毛泽东提出，一要考虑军事工作的需要，二要照顾年纪较大的同志。结果，一辆给了分管军事的朱德，一辆供“延安五老”使用。毛泽东依旧是骑马出行。

鞍马劳顿，毛泽东骑马时也摔伤了。那天，毛泽东骑马去枣园开

① 吴直雄：《毛泽东妙用诗词》上册，京华出版社1998年6月版，第279—280页。

会，返回时，马儿受惊，他从马上摔下来，左手被摔伤，好在无大碍。此后，在有关部门的干预下，毛泽东外出很少骑马了。小青马的主要任务是给毛泽东送信、送电报、送文件，到新华印刷厂取报纸等。小青马静立的时候，像一位思想家。

毛泽东小时候的同学萧三从苏联回延安了，毛泽东将小青马借给萧三。萧三骑着小青马，荣耀得不行，逢人就说："这是毛主席的马。"

一天，毛泽东约诗人艾青谈话，忽然想到延河涨水了，过河不方便，连忙写信给艾青："河水很大，派马来接你。"小青马领命而去。

1947年3月，中共中央主动撤离延安。毛泽东转战陕北，指挥西北和全国的解放战争。毛泽东撤离延安时乘坐汽车，不久这辆车就坏了。毛泽东说："看来这个铁家伙不愿意跟我们钻山沟了。好么，就把它留给胡宗南吧。没了它，还省得拖累，我们还是老办法，走！"[1]小青马又成为毛泽东的交通工具。

一天，毛泽东看见马撅起尾巴拉屎，粪团一声一声沉重地落在地上，他对警卫员说："今年的马粪，就是明年的粮食。"

毛泽东转战陕北，鞍马烽尘，与敌人周旋一年。离敌人最近时，可以听见敌人的说话声、叫骂声。无哗战士衔枚勇，小青马的嘴巴也给绑上，以免它嘶叫暴露目标。一天，毛泽东骑马横渡五女河，小青马刚到河中央，山洪呼啸着奔袭过来，警卫人员正手足无措，小青马一跃而起，冲上岸来。人们惊叹：好险！

毛泽东十分爱惜小青马。一天，他发现马蹄铁掉了，怕伤了马蹄，就坚持徒步行军。摄影师程默说："陕北山区沟溪水道特别多，跋山涉水又多是在夜间，拍毛主席骑马的照片特别不容易。"有一天，他终于

① 叶子龙口述，温卫东整理：《叶子龙回忆录》，中央文献出版社2000年10月版，第93-100页。

抓拍到毛泽东骑马的形象，这张照片叫《毛主席转战陕北》。

马蹄飞过春风生。革命的春天快要到来了。

1948年3月23日，毛泽东骑马来到吴堡县川口村，准备由此处东渡黄河。毛泽东坐在船上，回首陕北高原，思绪万千。陕北十三年艰苦奋斗，革命胜利的时刻就要来到了。船到黄河中心，毛泽东突然看见，不远处搭载牲口的那只船剧烈颠簸，马和骡子互相挤撞，他的小青马身影一闪，掉进浪头汹涌的黄河中。望着在水里挣扎的小青马，毛泽东十分着急。谁知那小青马竟会游泳，它在激流中挣扎着往回游，一直游到西岸。同志们把小青马送到另一只船上，让它回到毛泽东的身边。

1949年3月23日，毛泽东坐着车，进了北京城。他说："今天是进京的日子，进京赶考去。"[1]小青马跟随毛泽东一起进了北京。

马上打天下，马下治天下。新中国成立后，毛泽东不再骑马。小青马作为军功马被安排在北京动物园，由老红军周根山精心饲养。周根山当年和毛泽东的马夫老余认识，也是爱马如命的人。周根山对马说："你知道吗？我从前就是一匹战马。"他每天和马说着话，抚摸马的鼻梁和嘴唇。他一天一天地给小青马理鬃挠痒，小青马老了，毛色渐渐由青变白，它走路的声音已不像当年哒哒响亮，更像一个老人扶着拐杖走路的声音。1962年，小青马老死。1964年8月，延安派人运回小青马标本，作为国家一级文物，陈列在延安革命纪念馆。

20世纪50年代中期的一天，毛泽东乘飞机从武汉回北京，途中遇到强雷雨，飞机的天线被击坏，通信联络中断，飞机在空中上上下下颠簸。毛泽东镇定自若，依旧看着报纸。飞机降落后，毛泽东对上机迎接

---

① 中共中央文献研究室编：《毛泽东年谱（1949—1976）》下卷，中央文献出版社2013年12月版，第47页。

的空军司令员刘亚楼说：“我们又享受了一回骑马的滋味。”[①]

凭阑静听潇潇雨，千里波涛滚滚来。犹记当时烽火里，铁马从容杀敌回。

“备马！”马下治天下的毛泽东豪情万丈，他要饮马黄河、饮马长江。

1959年4月，在中共八届七中全会上，毛泽东说：“如有可能，我就游黄河、游长江。从黄河口子沿河而上，搞一班人，地质学家、生物学家、文学家，只准骑马，不准坐卡车，更不准坐火车，一天行六十里，骑马三十里，走路三十里，骑骑走走，一直往昆仑山去。然后到猪八戒去过的那条通天河，翻过长江上游，然后沿江而下，从金沙江到崇明岛。……我很想学明朝的徐霞客。”[②]1959年，没有成行。

1960年，毛泽东的专列过济南，他对舒同、杨得志说：“我就是想骑马沿着两条河走，一条黄河，一条长江。如果你们赞成，帮我准备一匹马。”[③]马备好了，1960年，仍没有成行。

1961年3月23日，毛泽东在广州说：“我很想恢复骑马的制度，不坐火车，不坐汽车，想跑两条江。”1961年，毛泽东骑马的想法仍没有实现。

1962年，毛泽东的秘书高智调到陕西工作，他对高智说：“你先打个前站，我随后骑马就去。”高智等着，毛泽东没来。

① 叶子龙：《回忆毛主席》，载李敏、高风主编《领袖毛泽东》中卷，中央文献出版社2014年4月版，第209-220页。

② 中共中央文献研究室编：《毛泽东年谱（1949—1976）》第四卷，中央文献出版社2013年12月版，第12页。

③ 中共中央文献研究室编：《毛泽东年谱（1949—1976）》第四卷，中央文献出版社2013年12月版，第352—353页。

1965年1月，高智到北京见到毛泽东，毛泽东说道："我还是想回延安、陕北看看，吃陕北的小米，骑马沿黄河走一遍。"[1]

马匹早准备好了，毛泽东还试着骑了几回，似乎马上就要上路了。

最终是，马鞭生青苔，马鞍落尘埃。毛泽东没能实现骑马考察两河的愿望。

一个时代的马蹄声嘚嘚远去……

① 高智：《在毛主席身边工作的点滴回忆》，《西安文史资料》第十七辑，陕西人民出版社1991年6月版，第294-328页。

马，马上打天下的马

长征中，革命队伍中的马极少，骡子、驴子也不多，供给老弱病残使用。往往是，骡马背上驮着伤病员，尾巴上还“牵”着一个人。骡马以巨大的忍耐力达成人的愿望。

《大青山的骑兵》　李少言

过雪山，刘英说：“蔡畅、刘群先都是拽着马尾巴上的山。”刘群先是博古的夫人，她风趣地说：“行军中骡马比老公好！”这可不是调皮话，是生死之经验。

过草地，詹才芳看见几位士兵准备放弃担架上的一个病人，翻身下马询问，士兵说：“救不活了。”詹才芳说：“不要扔，这么年轻，个子又大，扛机枪是把好手，你们给他一条马尾巴试试。”病人乃尤太忠，尤太忠拉起马尾巴，深一脚浅一脚走出草地。詹才芳、尤太忠皆授开国少将。

长征中，杨勇负伤，骑马前行，忽听有人叫他小名，循声望去，一小个子红军倒在路边水沟里，面目憔悴。定睛一看，是小学同学、姨表兄弟胡耀邦。杨勇问：“是不是病了？”胡耀邦无力地点头。杨勇将胡耀邦扶上马来，自己带伤牵马，两人如此走出茫茫草地。胡耀邦后来任党的总书记。

长征中，敌人骑兵呼啸而来、呼啸而去，令红军头疼。为了增强红军同敌骑作战的信心勇气，便于指战员熟记同敌骑作战的战术要领，红军总政治部宣传部部长陆定一写了《打骑兵歌》，由杨尚昆的爱人、时任宣传干事的李伯钊谱曲。《打骑兵歌》很快在部队流传开来：“敌人的骑兵不可怕，沉着勇敢来打他。目标又大又好打，排子枪快放齐射杀。我们瞄准他，我们打垮他，我们消灭他，无敌的红军是我们。打垮了敌人百万兵，努力再学打骑兵，我们百战要百胜。”红军还排练了《打骑兵舞》，生动活泼地克服了一些战士怕遇敌人骑兵的心理。

还有一首《打骑兵》（佚名词、陆友曲）唱道：“敌人的骑兵来了，交叉火力组织好，要交叉火力组织好。目标越大越好打，集中火力打垮他。机关枪哒哒哒哒，排子枪快快放啊！手榴弹扔出去啊！杀！管叫他人血马血染黄沙！”

傅连暲医生随部队长征，组织上知道他不善于骑马，又走不了长路，就给他配了一顶轿子。傅连暲不愿坐轿子，赶紧学骑马。毕竟他是新骑手，马术一般般。一天经过湘南的一条狭窄山道，一边是山，一边是河，他骑在马上，看见部队从后面赶来，连忙让道，哪知马一失蹄，他和马一起掉进河里。马被激流冲走，他被战士们救起。毛泽东得知消息，把自己的被子送给他，蔡畅给他送来一匹骡子。

贺龙长征中有匹大青马。贺龙说这匹马“不但跑得好，它还很有德义呢！比如你前面有人这样躺着，它就停下不走了。翻大雪山的时候靠它救了多少条命啊！至少有五六十条。每次总是好几个人，尾巴上颈项上都拖着，我自己还要一手提一个。就这样往返了好几回。要不然死的人会更多些。你们想，山又高，又大，又冷，空气很稀薄，身体坏一点儿的，还没喘口气就倒下去死了”[①]。“后来，这匹马被猴子偷走了。这在西康是常有的事情。”

黄新廷长征途中缴获一匹大白马，双耳尖立，骑行平稳安然。他割爱送给贺龙，贺龙视为珍宝。行军间隙，大白马被一群猴子牵走。部队前行数日，忽见大白马自行追赶部队而来。人叹曰：“真神马也！”

红军的马，八路军的马，大都是从敌人那里缴获而来。长征刚到陕北，红军与张学良的部队打了一仗，俘获几百匹马，成立了红军骑兵侦察连。毛泽东说：“北方平原多，骑兵作用大，我们有了自己的骑兵了，很好，很好。”[②]后来，又消灭马鸿逵部两个骑兵团，俘获战马千匹，创办了一所骑兵学校，把俘虏过来的马术教官、兽医以及会钉马掌、会配马鞍的工人补充进来，教授骑兵的基本战术和基本技能。红军

① 沙汀：《到华北前线去》，载王巨才主编《延安文学作品：报告文学》，太白文艺出版社2015年9月版，第17-21页。

② 星火燎原编辑部编：《解放军将领传》第七集，解放军出版社1988年5月版，第341-392页。

骑兵队伍从此发展壮大起来。

彭德怀善骑，敢打能胜。平台山“切尾巴”战役胜利后，毛泽东写诗赠彭德怀：谁敢横刀立马？唯我彭大将军。

1936年11月22日，中国文艺协会成立大会在保安县（今志丹县）举行，丁玲任大会主席，李伯钊当选为文协临时主席，毛泽东等领导人到会讲话。李殷森写了一篇报道《陕北文艺运动的建立》，其中说道，会场“隔墙有战马的嘶声传来，他们中间有好些是身经百战和走过两万五千里的‘英雄’”。

徐海东的坐骑是一匹白马，扬鞭奋蹄，疾如闪电。1936年5月，红军东征返回陕北途中，他骑马碰倒一个战士。徐海东急挽缰绳，马受惊，跳跃起来，一下子把徐海东甩了出去。两个星期后，徐海东苏醒过来，发现门牙没有了——镶嵌在了一棵树上。这件事情记载于斯诺的《西行漫记》。斯诺的夫人海伦·斯诺1937年5月在延安见到徐海东，看见徐海东“微笑起来，露出几颗金牙，特别引人注目”。

陈学昭在《延安访问记》中说：“八路军的老干部无论男女都善于骑马，这是使我最惊叹不止的。”

1937年5月，周恩来在延安南面的崂山被土匪袭击。附近的山上有个红军通信班，听到枪声连忙向步兵一连报告，电话线已被敌人割断。通信班又通过另一条直达总参的线路报告情况。总参得知消息，立即报告毛泽东等中央领导。刘伯承命令立即把中央首长使用的马集中起来，由中央警卫团团长黄霖率队驰援。毛泽东急得鞋子也没有提上，帽子也没有戴，大声说：“什么也不要顾虑，无论如何要把副主席救回来！”[1]黄霖率领几十个战士打马如飞，赶到崂山时，枪声稀落，土匪

①黄霖：《延安轶事》，解放军文艺社1982年10月版，第102页。

正在周恩来乘坐的卡车上抄拣东西。黄霖一见，收紧缰绳，他骑的是萧劲光的马，那匹马没有听从召唤，依然扬蹄奋进。黄霖撒开缰绳，飞身下马，脚未立稳，手扣扳机，眼到枪响，土匪死的死、逃的逃。保卫周恩来的官兵十几人牺牲，万幸的是，周恩来无恙。周恩来返回延安城时，毛泽东骑马到南门迎接。毛主席用少有的方式，双手张开，迎向周恩来，两人紧紧握手，很久都没有松开。

1937年8月，主力红军改编为八路军。红军第一方面军第一军团骑兵团改编为八路军一一五师骑兵团（后改为骑兵营），刘云彪任团长，肖锋任政委，下设三个连。8月22日，部队召开誓师大会，六百多名骑士荷枪骑马排成方阵，作为抗日先遣队开赴华北抗日前线。

“没有枪没有炮，敌人给我们造。”八路军的战马都是从敌人手中缴获的，这是一件多么神气而快活的事情。1940年初，骑兵营扩建为骑兵团，对外称“晋察冀军区骑兵团”，刘云彪任团长，蔡顺礼任政委，下设四个营，共五千多人。这支伟大的马队，是一支集团冲锋的队伍。马的力量与革命者的智慧相融合，汇集成奔流的长河。

毛泽东、朱德衣着不讲究，衣服上打着补丁。毛泽东的口袋里常常鼓鼓囊囊装着烟荷包，像一个老农一样走在延河边。抗大的学员说：“朱德同志像马夫，毛泽东同志像伙夫。”

贺晋年等十几位游击队员被马鸿逵的马家军抓获。马家军把贺晋年等人的衣服扒光，五花大绑，脖子上再套根绳子，另一头系在马尾巴上，拖着走。天黑了，每个人被装进麻袋，只露出个脑袋，再拿绳子在脖颈处把麻袋口系死。如此残忍折磨，革命者不屈不挠。这时，马鸿逵的母亲路过，见到被绑着的十几个人，觉得不吉利，她说：“我活了这一大把年纪，头一次出远门，就碰上这档子事。传我的话，他们是好人坏人我不管，不要让他们死在我们马家手里。”贺晋年得以生还，后来成长为一位战将。在东北剿匪时，贺晋年骑的第一匹马是缴获的日本战马，身上没有一根杂毛，后来累死了；第二匹是缴获“胡子”（土匪）的枣红马，剽悍、烈性，在牡丹江岸边掉入悬崖摔死了。

晋察冀边区诗人方冰的《马》，仅有六句，写出了人与马渴望战斗的心情：“马在棚里暴叫／我披上衣服，点起灯／走到马棚里去／——吓，忍耐些／我的战斗的伙伴／出击令就要下来了！”

罗荣桓和林月琴谈对象时，两人的住处隔着一条延河。延河一涨水，见面得绕道好几里地。人们开玩笑说：这延河简直是隔着“牛郎织女”的银河。红二十五军的王平政委得知老领导被“银河”阻隔，特意挑选一匹白马，送给罗荣桓。罗荣桓得了白马，每天晚饭后骑马而去，警卫员要跟着他，他说：我去练马，你不用跟了。警卫员心里纳闷：首长早就会骑马，怎么现在又练起马来？他不知道，罗主任是“单刀约会”去了。

史沫特莱到延安后，朱德送给她一匹马，这匹马是贺龙从云南缴获、经过长征带到延安的。史沫莱特在一篇文章中写道：“清晨，我在山间漫步，穿过峡谷，一路采摘野花——燕草、橘红色的大百合、鸢尾花等，在这里它们显得漂亮极了。然后，我骑上心爱的‘云南’——贺龙在云南缴获的小马，朱德送我的，一阵风似的驰过峡谷，翻过小山。”

史沫特莱本来要随丁玲任团长的西北战地服务团一起去前线劳军，不小心从马上摔下来，伤势虽不重，但却无法上前线了。

西北战地服务团走上抗日前线，为抗日军民演出。服务团配备一匹马，供伤病员骑，马尾还常常被拔下来几根用作提琴的弓毛；配备四头小驴驮道具和行李，这是“捉着驴狗子当马用”。驴子矮小，陕北叫它们“驴狗子”。“驴狗子”驮着服务团的行装，奔走在前线。在太原，防空警报响起，高射炮雷霆般轰鸣。四头驴狗子惊恐万状，脱缰狂奔，甩掉背上的行李，跑得不知去向。

平型关大捷后，林彪意气风发。一天，他穿着缴获的日军黄呢大衣，骑着缴获的日本大洋马，举着日本指挥刀，飞马驰骋。阎锡山部队的一个班长看见有人骑日本洋马，大鹫飘起，以为是日本军官，他和一位士兵举枪射击。一颗子弹从林彪前胸进入，洞穿右肺叶。林彪一头栽下马来，昏死过去。几天之后，林彪醒来。阎锡山前来探望，肇事的班长和士兵被五花大绑着押来。阎锡山说："我要当着你的面，枪毙了这两个混账东西！"林彪说："枪法不错，是个好兵，饶了他们吧。"两位士兵扑通跪倒，放声大哭。林彪送到延安治伤时，毛泽东到医院看望，对林彪说："凡事不能做过头，物极必反、乐极生悲就是这个道理。这次你是不幸中的万幸，要接受教训哩。"①

海伦·斯诺的《延安采访录》记载，她1937年5月采访罗炳辉时，罗炳辉送给她一颗珍贵的宝石。这颗宝石呈圆形，顶端有一道白纹。罗炳辉说："我在西藏从一个喇嘛手里得到的。这颗宝石代表黑土、蓝天和白云。我不相信它有什么效应，可是据说你要带上它骑马，就永远不会从马背上摔下来。这颗宝石非常古老，是这个喇嘛从另一个喇嘛手里弄到的，在理塘寺，又把它作为礼物送给了我。这个喇嘛是从拉萨来的。"海伦说："我把这颗宝石镶在一枚戒指上，现在依然戴着。自那以后，我确实没有从马背上再摔下来。"

海伦·斯诺骑马时，警卫员、马夫总是在马鞍子上插上几朵鲜花。

一匹又一匹马，伸着修长的脖子探向清澈的河水，那缓缓流动的水映照着马的鼻梁、马的脸。马脖子上的漂亮的鬃发耷拉下来，几乎遮住了它的眼。陈学昭在《延安访问记》中说："傍晚，延水边又有许多的马匹在喝水，它们的姿势没有一匹是相同的。'饮马傍交河……'这句诗引起我许多想象……"

① 叶子龙口述，温卫东整理：《叶子龙回忆录》，中央文献出版社2000年10月版，第49–50页。

粟裕将军行军途中，经常召开“马背会议”，只见他骑马在前，像张果老一般倒坐马上，与后面骑行的诸将，面对面，且行且议。讨论完毕，众将领命，打马而去……

左权开会回来，骑马前行，勤务员景伯承骑着彭雪枫的大红马跟在后面。忽然，大红马撒起野来，一溜烟驮着景伯承跑回驻地，把左权丢在后面。景伯承看到左权一个多小时后才回来，惭愧得不行。左权说：“你没有摔倒吧？把马嚼口勒紧它就不会乱跑了。今后小心点，摔坏身体是很不值得的。”[1]

1939年1月，光未然在吕梁游击区行军时，堕马受伤，左臂骨折，转到延安边区医院疗伤。不幸中的万幸是，他趁在医院疗伤期间，躺在病床上口述了他的长诗《黄河》，这才有了冼星海谱曲的《黄河大合唱》。

美国医生乔治·海德姆到延安，投入中国人民的解放事业中。他把自己的美国名字改成中国名字，叫马海德。为什么姓马？在阿拉伯文中“海德姆”是“马”的意思，而且马姓还是边区回族同胞的常见姓氏。中央机关专门给马海德配备了马匹，从此“马大夫”骑着马到处给人看病，他说：“我是马大夫，不是马的大夫。”一天，马海德从前方回来，大家欢迎他讲话，他说：“我是骑火车回来的……”

杨朔的通讯《英雄爱马——记劳动英雄程金明》中写了一个具有相马和养马本领的人，叫程金明。程金明介绍他的“相马养马经”：“牲口的毛色是大青、二黑、三红、四栗色，所谓先买一个装样，后买一身皮毛。又说先买一张嘴，后买四条腿，眼上晃三晃，看它吃利不吃利。晃三晃，闪眼就不瞎，能吃不能吃，要摸槽道宽不宽……天包地，吃草

① 景伯承谈、田嫁丰记：《左权同志轶事》，载黎辛主编《延安文艺作品精编：散文、报告文学卷》，浙江文艺出版社1992年4月版，第162–165页。

利；地包天，吃草厌，上下牙对齐最好——买到好口，管它瘦不瘦！马有滴泪旋（前大腿上面有旋毛）、肚前旋、扛槽旋（前胸）、二抹笼旋（耳根后）……性子就大，不好用。……尾巴小，太胆小；尾巴大，不害怕。……后蹄掩前蹄，能走一百里；后蹄超过一虎口，能走一百九。步打步，吃不住！……草喂饱，料喂力，水喂精神。喂麸子，皮毛发明；喂玉米，皮毛发奓（直）。一天三喂三饮，牲口长膘不生病……”程金明不但会相马养马，还会治马，他的经验是：“牲口卧倒，乱摆头，便是鼓眼的症状；前蹄子刨地，是前结；后腿蹲地，是后结；耳朵直，嘴张不开，便是中风。其余的像露蹄、牛黄，许许多多的病，不用兽医，他都能动手医治。”

中央管理局在城北门外开了一家马药店，药店里有两位工作人员，一位是阎医官，从前在国民党军队里当过兽医，被俘虏过来后加入红军。还有一位是给阎医官打下手的小伙子。这个马药店给许多骡马治好了病，名扬古城。

聂荣臻缴获一匹日本大洋马，毛色闪闪发光，个子高大，要搬个凳子才能跨上马背。聂荣臻把这匹马送给朱德。一天，摄影家徐肖冰看见朱德正与一群官兵说笑，旁边的这匹战马长嘶不已，他觉得朱德的威武气质与这匹马很匹配，就提出给朱德拍一张骑马的照片，朱德同意了。一张朱德骑马的著名照片诞生。1977年7月6日，中华人民共和国邮电部发行纪念邮票《中国人民伟大的无产阶级革命家朱德同志逝世一周年》全套四枚，其中就有这张骑马照片。朱老总尽管喜欢这匹大马，平日并不骑它，因为它走起来一颠一颠地，坐在上面很不舒服。朱德1940年从太行山回延安时，把这匹马带回了延安。这匹大洋马在延安被安排到运输队，加入了大生产运动。

红军的好马大都在前线。许多领导同志回延安，都带着自己的马。

一一五师第六团团长阎玉森被选为七大代表，从山东出发时，他和警卫员、马夫三人，带着两匹马，到延安时只剩下他一人一马了，其他两位同志和一匹马在路上都牺牲了。剩下这一匹疲惫之马，到延安的第三天也因劳累而死。

在延安，中直机关的骡马有一千多匹。

留守兵团的贺晋年有匹枣红马，是内蒙古伊克昭盟盟长沙克都尔扎布（沙王）赠送的。这匹马，个子不大，跑起来很稳。

萧劲光有一匹“千里藏针”骏马，是蒙古旗王送给他的。

桥儿沟是鲁迅艺术文学院所在地，老乡笑话鲁艺的师生说：“嗨，他们骑马回来，不知道把马拴住，不知道马会吃庄稼。”

诗人卞之琳为了骑马挎枪上前线，几次借来周扬的马，练习骑马。

于光远在《一个“没用”的知识分子在延安的生活经历》中说，一个晚上，他骑马路过延安柳树沟的一座桥，对面正好有个老乡赶着两头毛驴上桥。夜黑，彼此都没有看见对方，看见时双方都已走到了桥中间。这桥只有一米来宽，错不开道。于光远看见身下是四五米深的河沟，在这么窄的桥上他不敢下马，怕跳下去掉进河里，他对老乡说：“同志，你能不能让我过去？”老乡说：“你瞧，我赶的是两头牲口，驮着这么长这么重的木头，能够回头吗？你只有一个人、一匹马，应该是你回头。”这话在理，可是于光远没有本事让马在这么窄的桥上回头。老乡气得直骂他笨，只好慢慢地从两头牲口旁边爬过来，牵上马的勒口，“喔喔”地叫着，让马一步一步地退到桥头。于光远这才从马背上跳下来。老乡看着这个公家人这么不中用，大概是心里生气，顺手拍打一下马屁股，那匹马撒腿就跑。于光远怕马丢了，急忙去追……这是一个知识分子在马面前、在老百姓面前的“洋相”。

毛泽东《在鲁迅艺术学院的讲话》（1938年4月28日）中说：“俗

话说：‘走马看花不如驻马看花，驻马看花不如下马看花。’我希望你们都要下马看花。”“下马看花”是从“走马观花”那里引发出来的。“走马观花”源自唐代诗人孟郊的《登科后》，曰：“春风得意马蹄疾，一日看尽长安花。”毛泽东通过“人”“马”“花”三者的关系，说明一种思想方法。

“延安最近给匪首萧华送来一个美人，此人经过特种谍报训练，能飞身上马，双枪百发百中。”八路军一一五师政治部主任萧华与王新兰结婚时，国民党的电台如是播报。

延安时期，马匹有“公马”与“私马”之分。公马是大家都可以借来骑的公共马匹，私马是按规定配备给高级干部的专用马。

1943年，中央管理局制定颁发《马匹分配使用制度》，规定如下。一、中央委员，原则上配备每人一匹马。二、党中央各部正副部长及军委各部、局长，原则上配备每人一匹。三、处长级干部及高级技术人员，因特殊需要须配备私马者，经中央管理局审查批准。四、公用马的配备，中央军委直属机关与学校按下列工作酌情配备：①机要通讯；②行政事务；③研究性的机关、学校。五、公用马配备后，按本单位的具体情况，自行规定走多远的路才能骑马。《制度》还规定了用马签批手续和最低里程的限制。比如，规定“一般干部和通信员，因公外出使用马匹，至少在十里行程，并须经其所在单位之科长或秘书签字证明”；还规定，对年老体弱的同志使用马匹给予“优待”，如年龄在五十岁以上者，不仅允许短程用马，而且可直接告知管马号者备马。

中央管理局颁发的《马匹分配使用制度》还规定了使用马匹的注意事项：1.使用马须于出发前半小时通知，以便备马；2.不得使马匹无休止地快跑，到达目的地前二十分钟，应缓步或下马，令其休息；3.马匹出汗后，不得令其在路上饮水；4.到一地停止休息，须将缰绳放松，返回后应即将马匹交还马号；5.马匹在外留宿，须带草料票，负责喂足喂好。此外，还规定“凡违反者，给以批评或处分”。

大生产运动中，革命人拾粪种地。中央党校二部的杨立和张一琦没有拾粪工具，两个人“拿了几张报纸下山了，到公路上，放下知识分子的臭架子去拣粪，见到骡马粪，用手一抓，放在报纸里，用手捧着，不一会儿就拣了一大包，喜气洋洋地捧回来”。三部的陈野苹冬天拾粪，看到马粪已经冻成了块，毫不迟疑地用双手去抓捧。他说：“这时我并不感到臭和脏，而是惜之如黄金，不忍遗弃一块。人谓‘黄金如粪土’，我说‘粪土如黄金’。”

蔡树藩将军，独臂，可以骑马，乒乓球打得也好。

1935年12月，红五师师长贺炳炎在湖南瓦屋塘战斗中第六次负伤，须立即对右臂截肢进行抢救。当时，无手术器械，医生找来伐木用的锯子；止痛没有麻药，医生准备用吗啡代替。贺龙在一边忧虑地说：“吃这么多吗啡，往后怎么打仗嘛。”贺炳炎一听，将吗啡掷于地上，把一条毛巾塞在嘴里。手术结束，毛巾被咬烂。贺炳炎配有一匹战马，他让重伤员骑在马上，让轻伤员拽着马尾，自己独臂为伤病员引缰，就这样走过了长征。

许光达前线作战，遇敌机扫射，坐骑被击中，马一头栽倒，把许光达压在身下。许光达正要从马下抽身，敌机折返回来，又一番扫射，再次击中死马。许光达在马下安然无恙。

许多骏马，钻进山野，钻进硝烟，仿佛钻进了大地的深处，永远看不见了。

“风在吼，马在啸，黄河在咆哮，黄河在咆哮……”1939年冼星海创作了《黄河大合唱》。他写“保卫黄河”时写到得意处，兴奋得边走边唱，他说：“我要写成四部卡农，四个声部穿插起来，象征着千军万马。”

《八路军的铁骑兵》（荒草词、贺绿汀曲）唱道：“人不离马，马不离鞍，白天夜晚扰乱敌人。打他东边打他西边，打得敌人四处窜。八路军的铁骑兵，机动灵活打敌人，大平川大草地，展开了游击战！马不停蹄，人不作声，铁骑兵团搜索敌人。跨过沙漠穿过树林，要把敌人消灭净。八路军的铁骑兵，机动灵活打敌人，大沙漠大森林，展开了游击战！跨上战马举起马刀，铁骑兵团冲入敌阵。战马飞奔马刀闪光，打得敌人无处逃。八路军的铁骑兵，坚决勇敢打敌人，大平川大草地，展开了游击战！”

在河北唐县，一个骑洋马的日本军官向一位中国老人问路，老人听不懂日本话，没有回答，日本人一刀把老人的左臂砍断。老人一怒之下，用右手中的镰刀把日本军官砍下马来，又经过一番搏斗，终于把日本军官打死，老人也晕死过去，后来被八路军救活了。作曲家劫夫遇见了这位英雄老人，专门给他写了一首歌曲。

1940年，陶勇在与日军作战中，缴获一辆摩托车，从此不再骑马，以摩托为坐骑，驰骋苏北大地。

萧克驻扎河北阜平某村，一天，警卫员把马拴在一棵小楸树上。萧克看见，急忙挥手制止：“小树上拴马，会把人家的树拽死的，拴到大树上去。”八路军群众观念之强，可见一斑。

诗人贾芝在抗大学习时，听到一位战斗英雄讲述一件亲身经历的事情：有一天，看到八路军一队骑兵从身边飞驰而过，冲锋而去，仔细一看，其中几位骑兵的头颅已经没有了——他们在战斗中被敌人砍掉头颅，但马背上的身躯还保持着战斗的姿势。贾芝为之震撼，他和郑律成合作，创作了《抗日骑兵队》。

罗元发将军总结出阻击敌骑兵的窍门：组织三层火网，第一层为迫击炮、机关枪，见尘土飞扬即发射；第二层为手榴弹、轻机枪步枪，见马头即发射；第三层为步枪上刺刀，敌突破前二道火网后，组织步兵上刺刀拼杀，枪刺长于马刀，步枪还可射击，又射又刺，亦能阻敌之骑兵。

陈士榘负伤，转到延安拐峁医院治疗。一日，一女子骑马送来一封慰问信和二百元钱。信封书“陈士榘同志启”，为毛泽东手书，送信者江青也。

抗日战争某役，周贯五骑一匹大青马指挥部队与日寇鏖战。敌一发炮弹呼啸而至，弹片击中大青马。大青马咆哮腾越，将军被抛出十来米远，大青马当场死亡，周贯五被摔得腰椎错位。

1943至1945年，陈赓部围困日寇占领的沁源，这一围，就是三十个月。其间，先后作战二千七百余次，毙伤日伪军四千四百余人，俘获日伪军二百余名。日寇及汉奸寸步难行，最后不得不杀军马充饥，于1945年4月狼狈不堪地撤出沁源。“沁源围困战”闻名全国，《解放日报》发表专门社论《向沁源军民致敬》。

陕北流行一首民歌叫《骑白马》，歌曲《东方红》脱胎于这首民歌。

毛泽东在中央党校作报告时说：“有的女同志不愿嫁经济工作者，似乎认为他们是不大名誉的人，认为与其嫁一个骡马队长，不如嫁一个政治干事，才算不辱没了她。所有这些观点，实在都是错得很的，不适合我们此时此地的条件的。”①

鲁藜的诗歌《老连长和他的儿子》（1944年），写了抗战中多年未见面的父子偶然遇见的情景。其中写道：“一个连长骑马在街上走／他的烟锅装满烟草／身上摸不着洋火／凑巧，对过走来一个青年农民／他正噙着烟袋／那么，连长右手扶住鞍桥／左足掀紧了镫／探出满是胡须的脸，

① 毛泽东：《必须给人民看得见的物质福利》（1942年12月），转引自林崇德主编《师德通览》，山东教育出版社2000年9月版，第140页。

同他对了对火／青年瞪着眼／看对方粗黑的胡茬，有点惊奇／连长很满意地吸烟／正想扬马，去赶他的宿营地／青年急忙地叫：／‘爹！你从哪来？’／用力拖住了他的马尾巴……”

黄金山从延安出发开赴抗日前线时，改名黄骅，立志在民族救亡图存的洪流中做一匹“革命的骏马”。他久经沙场，出生入死，1943年6月在河北省新海县被叛徒杀害，时年33岁。为纪念黄骅，1945年新海县更名为黄骅县。

“衔枚夜度五千兵，密领军符号令明。”抗日战争胜利后，中共迅速组织人马开赴前线，连文艺界人士也带着家眷奔赴新区。孙犁在《善暗室纪年》中说：“路上大军多路，人欢马腾，胜利景象。小孩置于荆筐，　马驮两个，如两只小燕。”

蟠龙战役中，彭德怀指挥解放军歼灭马鸿逵军，打得他人仰马翻，缴获几百匹战马。

1949年4月，魏巍被任命为晋察冀野战军骑兵第六师第十六骑兵团政委，该团由国民党起义部队改编而来。魏巍和团长每人配两匹好马，一匹驮行李，一匹当坐骑。两年多后，魏巍发表了《谁是最可爱的人》。

马蹄敲响大地。那铜号般的马嘶，高亢、嘹亮、苍凉，迎来了一统江山。

1949年10月1日，新中国开国大典。骑兵作为地面方队最后的方阵接受检阅。骑兵分为两个序列行进，前面是骑兵团方队，后面是骡马拖曳的七十五毫米野炮营方队。骑兵团方块队一共五个，每个方块队以连为单位组成，纵向横向皆八排，六十四名战士，六十四匹马。每个方块队的马均为一色，依次为白马连、黄马连、红马连、青马连、黑马连。马尾后面的尘土弥漫开来。

马上打江山的时代结束了！

延安时代开始了！

1936年，延安叫肤施。

黄土高原深处的肤施，是座具有悠久历史的古城。在这片土地上，秦、汉设置高奴县、定阳县，南北朝设置广武县、临真县，隋改为肤施县。肤施，来源于清凉山万佛洞中刻画的尸毗王割肤饲虎鹰的佛教故事，肤施就是“施肤”。宋、金、明、清数朝，这里均归属延安府。

《人民军队回来了》　杨涵

且说1936年，中共中央率领红军落脚陕北保安。保安与北面的肤施为邻。肤施地盘上，驻扎着东北军王以哲的部队，他们是中国共产党统一战线的对象。早在1936年1月25日，中共中央就发出了《红军为愿意同东北军联合抗日致东北军全体将士书》；同年5月5日，又发出红军革命军事委员会关于《停战议和一致抗日通电》，号召联合抗日一致对外。中共中央建立了以叶剑英为首的东北军工作委员会，下设安塞、延安两县工委，采取多种方式，对东北军和国民党地方武装开展统战工作。

1936年12月12日，西安事变发生。张学良、杨虎城为了防止蒋介石嫡系部队对西安进行进攻，收缩东北军、西北军的兵力，集中于西安周边。他们给中共中央发来电报，要求红军接防肤施。按照红军与东北军达成的协议，东北军在12月15日前撤离肤施，交给红军接管。

1936年12月18日，红军接管肤施

12月15日，天寒地冻，东北军撤离肤施。

这一天，中央军委副主席周恩来要求中央军委警卫团政委黄春圃（江华）立即带领队伍接管肤施，争取和平解放，如果不行，再武力解决。

黄春圃接到命令，带领红一团和军委手枪连的部分官兵，于15日中午赶到肤施。他们来到肤施城北门，得知城内还驻扎着国民党地方民团和县府保安队等近千人，为避免冲突，红军没有直接进城，暂时驻扎在城外。

黄春圃等人一面与肤施高县长谈判，一面派人进城做瓦解民团的工

作，并布置红军形成对肤施城的军事包围。

红一团团长黄罗斌、政委钟玉山（钟辉）带领部队占领了肤施古城周围的清凉山、宝塔山和西山等制高点。游击队、赤卫军也陆续占领周围的各个山头，白天挖工事，晚上点烟火，制造声势，威慑城中的武装力量。

16日这天，周恩来来到肤施，他要从这里乘飞机去西安，处理西安事变。高锦尚县长到机场为周恩来送行。送走周恩来之后，高县长邀请黄春圃进城晚餐。席间，有人悄悄给黄春圃送信，说国民党反共分子绥德专员带着一百多人也在城里。黄春圃一听，怕反共分子捣乱生事，立即找个借口从饭局脱身，返回城外，连夜研究接受肤施方案。

方案决定：如果城内的民团明天不撤退，红军即武力进驻肤施。

同时，黄春圃司令员写给高县长一封信，连夜送了过去："共同设法，恢复交通，维持治安，一切行政组织，毫不变动。"

这些天来，西安事变的消息影影绰绰地传来，城内的民团和县府人员惶惶不可终日。他们得知张学良、杨虎城扣押了蒋介石，又看见西安来飞机接走了共产党的周恩来，更加惶恐。16日晚，延安民团团长李翰华带着自己的人马离开肤施，那个绥德专员也连夜潜回绥德。

17日凌晨两点左右，红军解放安塞县时逃到肤施的安塞民团团长唐海燕和肤施民团队长曹清俊率部起义。

天一亮，黄春圃率领红一团等部队进城，收缴了民团的武器，接管了县府、县党部各机关和所有的军械、物资仓库。

红军一进城，立即宣传西安事变的消息。红军战士对老百姓说："不要怕，不要慌张，中国人不打中国人，中国人要一致抗日。"

城里的老百姓这时才知道：出大事了，蒋介石在西安被扣留了。

一位叫角麟的青年教师从外地到肤施任教，无意间走进这一段历史。他在《速写陕北九十九》中记载了红军进入肤施前后的经过。

“我是12月11日到了此地的，12日平静无事，13日就发生很大的变化了。驻在此地的军队，12日夜里，向南撤退了。有了什么事故呢？谁也不知道。……人心是非常惊慌了。”

17日中午，“红军的代表进城了”，“进城来的红军，衣服褴褛，实在不成样子。他们把住的地方安置好了，就好像没有纪律一样，到处乱跑。看到可以走（进）的人家，他就走进去。我们学校也来了一些，一进门，他笑嘻嘻地说：‘你们还怕吗？现在不要怕了！’看他的样子，好像叫花子一样，但他一谈起话来，世界的和平阵线与侵略阵线，中国的抗日阵线与亲日阵线，他清楚得很。”

“好像没有纪律一样，到处乱跑”是他的观感，他不知道，这是红军在宣传群众、发动群众，与群众打成一片。

黄春圃率领红军进城后，根据中央指示，组成以王观澜、黄春圃为首的工作委员会，王观澜任书记，具体负责接管中的各项工作。根据军委命令，成立城防委员会，白志文任司令员，黄春圃任政治委员，在白志文尚未到任的情况下，黄春圃代理城防司令，负责肤施的军事工作。

工作委员会立即开展工作，行使地方行政权力，颁布法令政策，释放政治犯，发放粮食救济贫民，建立延安各界抗日救国会和各种群众组织。

肤施城内有三千左右的居民。许多漂亮的房屋和院落已经空无一人，它们的主人是闻风而逃的大地主或国民党官员。同时，肤施四乡的一些土豪劣绅和有钱人家从乡村躲进肤施城内。周围的农民已经建立红色政权，老百姓听说肤施已经解放，纷纷涌进城内，捉拿本乡本土的土豪劣绅。工作委员会按照统一战线政策，发布规定：进城抓土豪劣绅的，必须经城防司令部批准，不能随便抓人，不准没收商店作坊，以保持秩序的安定。

不久，中共中央和中央机关将要从保安县迁到肤施的消息传来，全城洋溢着一派欢乐的气氛。延安抗日救国会及各街道分会广泛宣传红军北上抗日和中共中央的方针政策，学生们练唱抗日歌曲，商会筹集给党中央和红军的礼品、慰劳品，各方面都在准备迎接党中央的到来。

1937年1月13日，中共中央进驻延安

1月10日，毛泽东和中央机关从保安动身，前往肤施。

离开保安这天，毛泽东抱着他刚出生不到一个月的女儿，高兴地说："我的娇娃，你赶上好时光哩，我们就要到城里住呢！"[①]

1月10日，毛泽东一行翻山越岭，途经张家渠、井沟岔、背沟村，行程23公里，傍晚时分到达志丹县侯市乡寺儿台村（亦作"寺台村"）。

1月11日晨，毛泽东一行从寺儿台出发，经侯坡、王南沟、樊庄、冯庄、白庄、李家沟、小桥沟村，行走30公里，到达安塞县王窑乡高沟口村。毛泽东住在老乡高丕信家里。高丕信82岁的时候还记得毛泽东住在他家时的情景。他说："毛主席来的那年我才10岁，毛主席来了后，家里给他腾出窑洞。"第二天，毛泽东离开的时候，高丕信看见他骑着白马，还有个女人坐在轿子里给一个小女孩喂奶。

1月12日，毛泽东一行离开高沟口，经白渠、白坪、招安、枣湾、茶坊、云坪、侯沟门、黄崖根村，行程30公里，到达安塞县沿河湾乡碟子沟村。

---

① 叶子龙：《从瓦窑堡到保安》，《叶子龙回忆录》，中央文献出版社2000年10月版，第31-40页。

1月13日，毛泽东一行从安塞碟子沟出发，经延河湾、河庄坪进入肤施地界。

一路上翻山越岭，不是高高的山，就是深深的沟，树木的叶子都落光了，许多小鸟在树林里飞来飞去。途经关隘之处，可以看到山顶上的碉堡，不过里面都是空的，这里已经成为红军、游击队控制的地区。除了远远地看见几只狼，一路上安全顺利。军事顾问李德说："以前我们从瓦窑堡向保安行进是在黑夜的掩护之下，并时刻防备敌人的袭击。而这次转移到延安，是在大白天进行的，实际上没有采取什么防备措施，周围还充满了胜利的气氛。"①

为了保证中共中央安全进驻肤施，中央军委警卫团团长黄霖带领警卫部队精心做好警卫工作。

1月13日一大早，黄霖和肤施抗日救国会正副主任曹化山、马生有带领群众代表，赶到离城四五公里的杨家湾路口，迎候党中央的领导同志。

陕北的1月，正是数九寒天，刚刚下了一场大雪。各界群众踏着积雪拥向北门外，迎接中共中央的到来。欢迎人群中，有城乡群众、机关干部、学生和游击队战士，还有从四乡赶来的群众代表。他们从北门一直排到数里外的大砭沟口，高举着五颜六色的旗帜，上面写着"热烈欢迎党中央进驻肤施""中国共产党万岁""团结起来，打倒日本帝国主义"等口号。

下午2点左右，毛泽东、张闻天、朱德等中央领导同志经西北川，沿杨家湾、兰家坪、杨家岭小路，有说有笑地走了过来。各界代表立即跑上前去迎接。

① 李德：《中国纪事》，东方出版社2004年3月版，第239页。

黄春圃、黄霖等向中央领导同志介绍了各界的代表，毛泽东、张闻天、朱德同代表们一一握手问好。

一位同志牵来一头披红挂彩、脖颈上吊着铜铃的高大骡子，请毛泽东乘骑。

毛泽东衣着俭朴，头戴一顶红星八角帽，身着一套棉军服和一件很旧的灰色大衣，脚上穿的是双布棉鞋。他看一眼骡子，并没有骑乘，而是和代表们肩并肩，边走路边交谈。

当中央领导走到大砭沟口时，沿路两旁响起了锣鼓声、唢呐声和鞭炮声。

毛泽东、张闻天等中央领导同志微笑着，频频向群众点头挥手。人群中响起了欢呼声、口号声和歌唱声。

警卫团团长黄霖紧跟着毛泽东等中央领导人，警惕地注视着欢迎的人群。经过延安城门，黄霖一抬头，吓了一跳。原来，在城门墙垛上，架着一条条黑亮的枪，枪后面站着一伙看热闹的府衙门官兵。黄霖的心"扑通扑通"跳着，深一脚浅一脚地走，眼睛眨也不眨地盯着城墙垛上的那几个枪口。他手里紧扣着驳壳枪的枪机，随时准备出手……

中央领导同志在群众的簇拥下走进北门，经过钟鼓楼，一直到达延安抗日救国会的院内。

到肤施的第一天，毛泽东住在二道街抗日救国会驻地罗廷祯家院的东厢房里。

1月14日，抗日救国会在城东门内大操场召开群众大会，欢迎中共中央进驻肤施。会后，在仙园饭店设宴，为中央领导同志接风洗尘。

从长征走过来的革命者，真的是一身尘土。党中央率领中央红军自1934年10月从苏区出发，一路走一路打，经过二万五千里长征落脚陕北。接着，东征西征，几年来一直处于战争状态。一身风尘的革命者，来到延安，终于进入一个相对和平的环境中。

1月20日，毛泽东移居到凤凰山下一位名叫李建堂的中医郎中家的院子里。

1月15日，中共中央召开政治局会议，会议讨论肤施工作问题。毛泽东讲话说："延安工作方针与方法基本上是好的，产生了好的影响，应该继续这一方针。现在不打土豪，土豪喜欢；保护商人，商人喜欢；取消苛捐杂税，使贫民喜欢。以后应进一步使群众更加喜欢，使土豪的喜欢减少。应该使在延安工作的同志明了，延安工作对全国有影响，延安的各种具体工作都应把握这一原则。关于延安的政权形式问题，抗日救国会只是暂时的，这里最好是不派县长，应成立抗日革命委员会，将来要成为苏维埃政权。因为这是我们首都所在地，不应与人共管。"关于金融问题，毛泽东说："认为用白票就不能用苏票、用苏票就不能用白票，这种估计是过分的。我同意总司令的意见，还是在城内苏票、白票混用。我认为中心问题是从外面办货来的问题，用合作社来调剂是可以的。"①

肤施府衙门是毛泽东第一次在公众场合演讲的地方。从毛泽东住的窑洞到府衙门，要步行一公里。毛泽东留着长头发，头戴八角军帽，身着普通的红军军服，脸颊清瘦却神采奕奕。毛泽东走上讲台，先笑着向人们挥了下手，掌声过后，他说："同志们，我们历经了千辛万苦，好不容易来到了这个地方——延安，是为了么事呀？是为了抗日，是为了救国，是为了振兴我们的中华民族，是为了解放我们的四万万同胞！我们要力争达到这个目的，就要实行国共合作，团结一致，结成抗日民族

① 中共中央文献研究室编：《毛泽东年谱（1893—1949）》上卷，中央文献出版社2002年8月版，第636-686页。

统一战线。"[1]这次讲演，毛泽东着重讲了国共合作的好处、国共合作的原因，他说只有民族大团结，才能打倒日本帝国主义。讲得既深刻又生动，给大家留下了很深的印象。

1937年2月，中共中央改肤施为延安

进驻肤施使中国共产党和红军控制的地区一下子扩大了几万平方公里，居民增加了一百多万。这是中国共产党统一战线策略的胜利。

1月28日，中国工农红军大学改名中国人民抗日军政大学，校址迁至肤施。

1月29日，中华苏维埃政府机关报《红色中华》改为《新中华报》，在肤施出版。

1月，红色中华通讯社改称"新华社"。

2月，中共中央决定：改肤施为延安。

延安，长治久安之意。尽管延安也是这片古老土地的曾用名，革命之际将"肤施"改称"延安"，明显地区别于国民党统治时的称谓。名字一新，政权一新，气象一新。

历史选择了延安。革命选择了延安。

延安古城位于三山两河交接处，建有三座城门：东胜门，俗称东门，临延河支流南川河，正对着嘉陵山；南顺阳门，俗称南门，沿南川河而立，视野开阔；北安定门，俗称北门，临延河，正对着清凉山。城西是凤凰山，天然屏障，未设城门，只在西北角留一个巷式拱洞，称小西门，与西沟相通。

① 黄霖：《延安轶事》，解放军文艺出版社1982年10月版，第75-86页。

在保护完整的延安古城里，老百姓过着贫瘠的生活。李德说："在露天集市上，农民和商贩出售肉、蛋、蔬菜和其他食品，还有一些小商店、小吃店和几家有名气的饭馆，仍旧照常营业。总之，延安呈现着一片差不多是正常的和平的生活景象。我们看到这种已经不习惯的热闹的民间生活，感到趣味盎然，但或多或少总有局外人之感，因为我们身无分文，衣食住行一向由地方苏维埃的主管部门以及军队后勤部门负责，这种情况以后几年也没有改变。"[①]

那个叫角麟的教师记载，"过去，红军到了什么地方，就要打土豪，分田地；打劣绅，分财产，弄得非常厉害。现在，到了延安，不这样做了。他们说：'因为日本帝国主义的侵略，土豪做不成土豪，劣绅做不成劣绅，资本家也做不成资本家，大家都同样要做亡国奴。''大家都有一个共同的要求，就是要抗日。日本帝国主义才是我们当前最大的敌人。大家当前最大的任务，是要救中国。'但是，许多豪绅心里还是怀疑，而且还是很恐怖。所以他们有一句话，叫作'先甜后辣'。现在给你一点甜的东西吃，将来辣的时候，要给你下不了台。"[②]

当时，许多人相信国民党诬枉共产党"共产共妻"的蛊惑宣传，一些有女儿的人家怕闺女被"共妻"去，都张罗着给女儿找个人家，早一点结婚，一时间，"办喜事"的人家格外地多。不久，大家的疑虑就消失了。

角麟说："我起初到这里来的时候，冷清清的，一点声音也没有。过了一个多月，变成热烘烘的了。街上，挤满了行人，卖杂货的

① 李德：《中国纪事》，东方出版社2004年3月版，第239页。

② 角麟：《九五先甜后辣》，《速写陕北九十九》，少年知识出版社1937年5月版，第106—107页。

小摊子，出现了三百多个。饭馆，也有了五六家。这是从来没有的现象。当地的商人们都很高兴……”“经过一个多月之后，也就成立了许多妇女会。开民众大会的时候，也就有了妇女来出席。而‘反对童养媳制度’‘反对缠足’‘妇女要参加社会工作’等标语，也出现在街道上了。”[①]

延安处于军事包围与经济封锁之中……

红军没有费一枪一弹，进入延安城。东北军、西北军的军队虽然全部撤走了，但国民党派来了新县长，延安府衙门警察和宪兵专署等机构的人员还都在位，他们手上还有武器。中共中央机关面临着安全问题，这让负责安全工作的中央警卫团团长黄霖内心非常不安。

黄霖一想到那天进城时城门上面那几个黑洞洞的枪口，心里就更不踏实。他想，要是把国民党残留人员全部撵走就好了。然而，这并不是件容易的事。第一，协议上只讲了东北军两个师撤离，没有说不准许人家地方政府机构的存在；第二，西安事变后，中共贯彻国共两党团结合作、统一战线政策，也不允许无端地赶走人家。怎么办呢？黄霖一直也想不出来办法。

一天，黄霖给总参谋长刘伯承汇报工作，说到如何解决延安城内那些国民党残留人员问题。刘伯承说：为了保证党中央的安全，必须加强防范工作，在保安团通向我们总部机关的地方，放些战斗力量强的连队；在中央首长的住处，要增岗加哨。至于撵人家，还不能这样做。现

① 角麟：《九五先甜后辣》，《速写陕北九十九》，少年知识出版社1937年5月版，第107–108页。

在抗战时期，要团结一致对付日寇。如果他们捣乱，破坏抗战，那就是另外的问题了。

根据刘总参谋长的指示，警卫团在宝塔山、清凉山两个制高点上布置了战斗力较强的步兵一、二连。对东西南北四个城门，以及相连接的城墙，也都部署哨位，加强警卫工作。

驻扎在延安城里的国民党人员，不敢明目张胆地进行破坏活动，却是经常在暗地里捣乱。警卫团发现，为中央领导布设的电话线经常被割断。当时物资奇缺，电话线来之不易，一条线路上只有一根单线，一旦切断，就把中央机关同各部队的联系切断了。黄霖下决心抓到偷割电话线的小偷。

一天深夜，黄霖带着两个通信员巡逻到大砭沟时，突然听到不远处传来一阵“沙沙”的响声。黄霖叫通信员就地卧倒，他猫着腰，轻手轻脚地走上前去看个究竟。借着微弱的月光，只见城隍庙旁有两个人正在割通信营布设的电话线。黄霖向两个通信员一挥手，准备上前抓个现行，谁知脚下踩着瓦片，“咔嗒”一声，惊动了那两个破坏电话线的人，他们撒腿就跑。黄霖举枪射击，撂倒一个，另一个家伙没命地窜出山沟。黄霖带着两个战士穷追不舍，只见那家伙一溜烟钻进了县衙门。原来，破坏电话线的是国民党延安府衙人员。黄霖想起刘伯承总参谋长的话来，决定用好这个机会。

黄霖一边大声喊“站住”，一边往衙门里冲。

府衙的卫兵把黄霖拦住，吆喝道：“不准进，干什么的？”

黄霖一把把卫兵扒拉开，吼了一声：“我是中央军委警卫团团长，抓坏人的。”

那个破坏电话线的人一看黄霖要闯进来，准备溜掉。黄霖看得清楚，抬手一枪。这一枪，打在那个家伙的腿上，他倒在地上哼哼唧唧叫唤起来。这一枪，把门卫吓得直哆嗦，不敢强力阻拦黄霖。这一枪，也把府衙内休息的马县长给惊动了。

马县长颤抖着问：“怎么回事？”

黄霖吼道：“你们这里有坏人！”

黄霖拉起马县长，来到破坏电话线的现场。人证物证俱在，马县长哑口无言。

黄霖说：“你们这是破坏抗战，只有汉奸特务才会这样干。县长大人你好好看看吧，这家伙是我当场抓住的，你必须严办，保证今后绝不再发生这类破坏事件。不然，我可不客气啦。”

马县长第二天召开了一个会议，当众宣布枪毙保安大队那个破坏电话线的士兵。县政府在延安城里混不下去，搬到城南门外的七里铺去了。

这事传到毛泽东那里。一天，黄霖查哨路过毛泽东的驻地，毛泽东说：“黄团长啊，这事办得不坏嘛！所谓‘军事接管’，本身就是权力啊，也不排除使用军事嘛。他们好好在这里，共同抗日救国，我们欢迎；他不抗日救国，安静玩乐，我们也不欺负他；他要捣乱破坏，这就不允许了嘛！叫他们离开点，也好。不坏，不坏呀！”[①]

2月份，有情报传来，国民党驻扎在西安、宜川的第二十四军，驻扎在榆林的第八十四军和驻扎在米脂、绥德的第八十六军，准备进攻延安。中央军委迅速制定应对措施。中央机关人员、延安驻军和城内外的老百姓一起，在延安城周围挖战壕、修工事。

毛泽东问警卫团长黄霖：“警卫团长，你成了延安的守备司令了

---

① 黄霖：《保卫中央机关安全的故事》，《延安轶事》，解放军文艺出版社1982年10月版，第26-37页。

哇。你说说，如果敌人一个步兵团进攻清凉山，你打算怎么守？”

黄霖回答：“控制高地，阻敌前进嘛！”

毛泽东又问：“能守多久？”

“一个步兵连可守三天三夜，没问题！”

毛泽东再问：“两个团来了呢？”

黄霖想了想说：“我至少可守两天两夜。还要看哪个部队来攻，要是高桂滋第八十六军的那些土匪烟鬼们来，我还可守他一个星期哩！”①

毛泽东一听，高兴地笑起来。因为延安军民做了充分准备，加上国民党几支部队内部矛盾重重，这次国民党进攻延安的计划很快就流产了。

延安处于敌人的军事和经济的双重封锁之中。进入延安的中共中央及红军有五千余人，而延安只有居民三千人左右。物资供应非常紧张，食品短缺的问题困扰着革命者。党中央和红军从保安搬迁到延安时，携带了一些黑豆、高粱、荞麦，这成为革命者的主食，随着逐日消耗，主食的定量一减再减，以应付长期战斗的需要。毛泽东等中央领导也只能天天吃黑豆，以至几十年后医生说毛泽东牙齿有毛病，毛泽东幽默地说：“太黑了？那是在延安吃黑豆吃的。”②

“肚子不等人。”为了解决吃饭问题，毛主席专门几次找过供应部的同志开会研究粮食问题，采取对应措施。他说：“吃饭的问题，是第一位的大问题。这事，我看还是用我们的老法子，发动群众，自己出主

① 黄霖：《保卫中央机关安全的故事》，《延安轶事》，解放军文艺出版社1982年10月版，第26-37页。

② 权延赤：《盼望挑战》，《红墙内外：毛泽东生活实录》，昆仑出版社1989年5月版，第35-80页。

意、想办法。”[①]陕甘宁省委书记李富春说：“粮食是我们当前最困难的问题，也是同群众的关系最危险的问题。”

革命者将延安城内的公粮和私粮征集起来，以解燃眉之急，没有现金支付的，可以先打欠条；各机关分头到筹粮地区征粮，征来的粮食归各单位所有；各单位的骡马毛驴包括领导人的坐骑，全部集中起来，到农村运粮。还有就是节约主食，采集野菜……

青年教师角麟观察到：共产党人和红军“没有薪俸，任何人都没有薪俸。除非是在外面请来的专门技术人才，如医生、无线电教师等，才有点薪俸，但数目也很少。吃饭，到粮食部去领粮食。小菜，每天每人发三分钱，什么人都一样，就是有些受特别优待的人，每天也只五分钱。三分钱在此地值十二个铜板，连油盐在内，究竟买得到些什么？”一个旁观者，为共产党和红军面对如此艰苦生活而能够坦然对待，心中难免困惑。“但是，在他们说起来：‘现在，有房子住，有小米，有萝卜白菜，差不多等于天堂了。’‘以前过草地过雪山，我们吃草的时候，几百里路无人烟，有三十几种草可以吃。有些有毒的草，吃下去就痛病。那种困苦，是一般人做梦也想不到的。’”

就是在这样艰苦的环境中，全国进步青年涌进来了，学校办起来了，报纸发行了，刊物创刊了，大生产运动后来也开展起来了……

延安像一支崇高的名曲的开端

毛泽东说，边区一定“要做得比全国都好，不但成为抗战的堡垒，而且要成为模范的抗战堡垒”，“使边区成为民主的模范，推动整个国

① 黄霖：《在粮食短缺的日子里》，《延安轶事》，解放军文艺出版社1982年10月版，第38–51页。

家的民主化”。[1]

在延安，共产党人以坚贞之志节、艰苦的作风，办党，办政权，办人民武装，办群众组织，办工农业生产，办文化教育，办一切革命事业……在野者对家国未来的想象在延安有声有色地展现，中国共产党文化在边区开花结果。

延安的黄金岁月开始了！

天下人心归延安！

1937年5月至9月，美国记者尼姆·韦尔斯（海伦·斯诺笔名）以斯诺夫人的身份来到延安采访，继续斯诺对中国共产党人的观察和报道。她在《续西行漫记》中写道：“延安是个古城，……四周是逝去的时代遗留下来的一片荒芜残寂，但是意料不到，延安却是一个十分引人入胜的风景如画的小城。群山似冠，它是冠顶的一粒明珠，各处山头则布满了射击工事和瞭望塔。”“中国共产党在许多方面实现了欧文-傅里叶时期的原始乌托邦社会主义者所梦想的公社生活，只是以英雄气概代替了田园风味。这里的生活则是简单到无法再简单。个人的私产几乎不存在，物质需要缩减到了最低限度。……中国的共产主义是最原始的共产主义，平分了又平分，一直分到原子。人们整年都在亲密友好的精神下吃着家常饭。”

作家何其芳来到延安，他在《我歌唱延安》（1938年）中说：“延安的城门成天开着，成天有从各个方向走来的青年，背着行李，燃烧着希望，走进这城门。学习，歌唱，过着紧张的快活的日子。然后一群一群地，穿着军服，燃烧着热情，走散到各个方向去。在青年们的嘴里、耳里、想象里、回忆里，延安像一支崇高的名曲的开端，响着洪亮的动

① 胡乔木：《胡乔木回忆毛泽东》，人民出版社1994年9月版，第137页。

人的音调。这简短得只有两个字音的名字究竟包括着什么呢？包括着三座山：西山、清凉山、宝塔山；包括着两条河：延水、南河；包括着三座山的中间，在两条河的岸上，一个古老的城和它的人民。”

作家陈学昭出身江南书香门第，来延安之前，她曾经留学法国近十年，并获得文学博士学位。1938年8月，她以重庆《国讯》周刊特约记者身份到延安采访。她在《延安访问记》中说：“延安的街上，没有高跟皮鞋，没有花花绿绿的绸衣服，女子同男子一样，穿蓝布军装，有的还打起绑腿。……我想我所欢喜于延安街上的，是民主与自由的空气吧。在延安的街上，你尽讲，尽笑，从国家人事，以及你私人的感情事情，你尽讲，大声地讲，是可以的，没有人在你旁边、背后偷听，没有人盯你梢，你放心，不用怕，也不用东张张、西望望。延安的街上，还有一个特色，就是，没有一个乞丐。……这个城市，它是天天在变、天天在进步、天天在改良，几天不进城，你就会有种跟不上了或隔膜了的感觉。它虽依然满挤着行人，堆积着牛粪、马粪……还有那些诱人的小食摊，可是墙头有了新的壁报，前方传来胜利的消息，俘虏多少……标语、街头诗，还有边中附小的宣传队的唱歌……”

中共中央成为中国革命的中心，成为革命者心目中的圣地。若干年后，毛泽东说：“我在延安住的时间长，在江西只七年，从1927年至1934年；在延安和陕北住了十三年嘛！……打了两个仗，一是抗日战争，一是打蒋介石！”①

延安，一支崇高的名曲，响着洪亮的动人的音调……

① 高智：《深情的怀念》，载邓力群编《中外名人评说毛泽东》，中央民族大学出版社2004年1月版，第367-380页。

中共七大历史现场

神州疆索，炮火连天，弹痕遍地，一寸山河一寸血。

侵略者的铁蹄踏破中华国运，却挡不住春风应律，鼓荡起春花春草由南中国向浩瀚北国的铺张跟蔓延。

《豆选》 彦涵 选自：神州版画博物馆藏品

这是1945年的春天。中国的春天生长在战斗里。中华民族抗击日本侵略者的战争已经进行到第十四个年头，对日寇的大反攻指日可待。在这个关键性的历史时刻，同宗同祖的中国人同时召开两个决定中华民族命运的大会。

5月5日—21日，陪都重庆，执政的国民党召开第六次全国代表大会。

4月23日—6月11日，大西北一隅的延安，在野闹革命的中国共产党，正在开第七次全国代表大会。

让我们跟随历史的镜头聚焦中共七大现场。

蓝格淡淡的天

4月23日，群山环抱的延安，红格登登的太阳，蓝格淡淡的天。一只苍鹰在湛蓝的天空中盘旋。

延安，古称肤施。肤施这个名字，一说源自尸毗王割肤饲鹰的佛教故事，肤施就是“施肤”。1937年1月，中共中央进驻肤施，改肤施为延安。延安是个比肤施还老的名字，隋炀帝大业三年（607年）设延安郡。延安依偎于广袤而丰厚的黄土高原，在重重叠叠大山的怀抱中，成长为一座历史名城、边塞重镇。

延安城坐落在三山两河交汇处。嘉岭山高高地耸立在城东，清凉山似一道屏风隔在北面，凤凰山站在城西；延河自西北而来，在三山鼎立处接收了清亮亮的南川河，水流顿时壮大起来。延河宛然延安的血脉，有力地跳动着，穿山越谷，蜿蜒向东南流去，汇入中华民族的母亲河——黄河。

“黄河之滨，集合着一群中华民族优秀的子孙……”延河之畔，有人歌唱着抗日军政大学的校歌。

嘉岭山上，矗立着一座巍峨的七层宝塔，像一把巨大的火炬，被巨人般的延安高擎在天地之间。一阵春风吹来，塔檐的风铃声清脆悦耳，与山下蜿蜒而过的延水流淌的声音、远方传来的歌声交织在一起。河岸柳色一新。穿着旧灰军装的共产党人和头上扎着白羊肚毛巾的老百姓在延河边说说笑笑，有的晒着太阳，有的在读书，有的用灰灰菜洗衣裳——因为肥皂短缺。几只羊在河坡上啃着草芽。几个“红小鬼”看着几匹马在河边饮水。

瓦蓝的天空晴朗无云。一位老汉眼睛瞅着延河对面的队伍大声唱道：“咱们的战马喝过河，咱们的战士蹚过河，咱们的大刀河里磨，咱们的英雄回延河……”

只见河对面的那支队伍，有的走上了新搭的延水桥，还有几个人来到河边，脱下鞋袜，蹚水过河，一时间把流水都蹚得急促起来；过得河来，一屁股坐在地上，洗洗脚，穿上袜子，穿上草鞋或布鞋，拍掉屁股上的土，紧走几步跟上队伍。

延河之畔，还走动着好几支队伍，有的步行，有的骑马，还有的坐在延安难得一见的卡车上。

老汉大声对队伍说：“毛主席招呼开会哩？”

“开会哩！”队伍中有人回应着，有人向老乡招手。

“问老毛好！”

延安的老乡习惯把人民领袖毛泽东叫“毛主席”，有的叫“老毛”——“老毛”是个不见外的称呼，当自家人的。老乡们经常在傍晚看见高个子“老毛”在延河边散步，边溜达边想着全中国全世界的大事情，“老毛”迎面碰见了老乡，就停下来，笑眯眯地跟老乡聊天，问收成好不好，被谁欺负了没有。他没有一点架子，先前肤施衙门里衙役的架子都比他大。

“你跟毛主席拉过话没？”

另一位老乡抢着话头说：“毛主席抱过俺家娃，还给俺娃说，长大啊，做一个胆大的边区自卫军！”

4月23日这一天，真的像老乡说的那样，是“毛主席招呼开会”，会议的名字叫中国共产党第七次全国代表大会。这天下午正要举行大会的开幕式。

小麻雀变成大鹏鸟

中国共产党第七次代表大会，简称“七大”。

中共七大距离1928年6月在莫斯科近郊兹维尼果罗德镇“银色别墅”秘密召开的中共六大已经十六七年了。六大之后，多次准备召开七大，因为战争环境和局势动荡等种种因素，不得不一而再、再而三地推迟召开。这十几年间，风云变幻，沧海桑田，中国共产党磕磕碰碰走过来，由一个小党、弱党、被国民党欺负的党，成长为一个朝气蓬勃的党，一个具有中国风格、中国气派的党，一个人心所向、准备建立新中国的强大的党。

七大代表共755人，其中正式代表547人，候补代表208人，他们大都是历尽艰辛才到达延安的。由于战乱，代表们来延安的路上困难重重、险象环生。特别是来自沦陷区的代表，要通过敌人的封锁区，交通不便，环境险恶，有的化装成商人、小贩或乞丐，一步步艰难跋涉而来；有的是由八路军、游击队、地下党一程复一程接力护送过来。一些代表遇到敌人袭击身负重伤，一些同志牺牲在来延安的路途中。如今，历经艰难险阻的代表们终于汇聚到了宝塔山下。

这是中国共产党历次代表大会参会人员最多的一次。这七百多名代表集中了中国共产党的精英和骨干分子，代表着全国一百二十一万党员和党领导的一百多万人的军队，代表着解放区的一亿人民，显示着中国共产党自成立以来前所未有的发展壮大的规模。

七大共有8个代表团，代表着中国共产党的各个方面：

中直（包括军直系统）代表团，56人。主任：李富春；副主任：赵毅敏。

陕甘宁代表团，144人。主任：高岗；副主任：林伯渠、贺龙。

晋绥代表团，52人。主任：林枫；副主任：罗贵波、周士第。

晋察冀代表团，125人。主任：聂荣臻；副主任：彭真、刘澜涛、罗瑞卿。

晋冀鲁豫代表团，107人。主任：刘伯承；副主任：薄一波。

山东代表团，74人。主任：林彪；副主任：康生、朱瑞、陈光、江华。

华中代表团（包括新四军），113人。主任：陈毅；副主任：张鼎丞。

大后方代表团，84人。主任：叶剑英；副主任：孔原。

午时前后，代表们从四面八方向杨家岭的大礼堂汇聚。近的徒步而行，远的乘车而来。

杨家岭山麓与延河之间，散落着蟠龙石碑、石马、石人，老百姓说这是从前杨家将的杨六郎屯兵的地方。“杨家岭”这个地名，也是从杨家将那里传下来的。如今，杨家岭是党中央所在地，是以毛泽东为首的中国共产党领导抗战的总指挥部。

杨家岭的南侧山根下，有座气象恢宏的礼堂，叫“中央大礼堂”。这是七大的主会场。

大礼堂由武汉大学毕业、留苏建筑师杨作材设计。建杨家岭中央大礼堂时，除了专业施工人员，中央机关工作人员都来到这里义务劳动，一些人不明白在边区经济比较困难的情况下，为何还要修建这么一个“宏伟”的建筑，还有人给中央秘书长任弼时和副秘书长李富春提意见。他们不知道，这座礼堂是为七大准备的。中央大礼堂1942年竣工落成。这是一座以石头做建材的大礼堂，长35米，宽30米，大跨度拱式结构，厅内没有一根柱子，高大的窗子能够最大量地采集阳光，所以礼堂外观堂堂正正，里面敞敞亮亮。整个礼堂可容纳上千人。

代表们看到，具有窑洞风格的礼堂大门的门楣上方写着“中央大礼堂”五个大字。大家议论起来。有的说：“这字写得不错嘛！”代表们议论着来到礼堂门口，向警卫人员出示大会秘书处印制的代表证，走进大礼堂。

中央大礼堂里亮亮堂堂，一条红底黄字的环形标语——“在毛泽东的旗帜下胜利前进！”高悬在主席台上面，吸引着每一位代表的目光。主席台正中竖立6面党旗，党旗正中有毛泽东、朱德巨幅画像，主席台两侧是马克思、恩格斯、列宁、斯大林的画像。礼堂大厅两侧挂着一副对联，上联是“坚持真理，修正错误”，下联是“团结全党，服务人民”。会场后面的标语是“同心同德”。大厅的墙壁上，两边插着24面党旗。有人问：“为啥挂24面党旗？”鲁迅艺术文学院院长周扬回答说：“象征着党已经成立24年了。”“党旗下面的三角木座是啥意思？”“英文‘V’，表示胜利的意思。”“是啊，我们就要胜利了！”周扬自豪地说：“这个会场是我们学院设计的！领袖像也是我们绘制的！”“这旗插得跟平剧中将帅出征时背上的旗似的……”大家都笑起来。有人说："七大之后我们就要出征了，打败日本侵略者！建立新中国！"

中共七大距中共六大已有近17年。从1928年的莫斯科到1945年的延安，17年的流血牺牲，17年的风风雨雨，17年的茁壮成长，小麻雀变成了大鹏鸟。如今的中国共产党宛如展翅的鲲鹏，化羽垂天，抟风九万，振鳞横海，击水三千，即将一副翅膀扫遍全中国。

会场内外的代表心情都格外激动，多年不见的老战友于盛会中相逢，兴奋地打着招呼。华中代表团的宋时轮代表拉着邵式平代表的手走过来，对贺晋年代表神秘地说："知道吗？我们的邵大哥要当中央委员了！"贺晋年说："你怎么知道的？"宋时轮眨眨眼睛，指指邵式平的衣服，说："你看，邵大哥连新衣服都准备好了呀！"身为陕北公学教育长的邵式平果然是一身新装。像邵式平这样专门穿上新衣服参加中共七大的毕竟是少数，更多的代表没有条件换上新衣服，依旧穿着日常的那身旧衣服来参加盛会，许多代表穿的棉布军服褪色到都有些发白了。

开幕式上，毛泽东指点两个中国之命运

主席台上，简陋的条桌和木椅迎来了中国共产党的领袖们。

身材高大的毛泽东神采烁烁、器宇逼人，他往主席台上一站，本来只有几盏汽灯照明、光线微弱的舞台，仿佛一下子明亮许多。朱德总司令员久经风霜的脸上刻着深深的法令纹，他微笑着，跟在毛泽东身后。随后是一脸严肃的刘少奇，他是在延安整风前后走进中共领导核心的。周恩来刚刚刮过胡子，下巴泛青，脸上挂着迷人的微笑。最后是大会秘

书长任弼时，人称“人民的骆驼”，他戴着一副黑边眼镜，表情也很严肃。毛泽东走到主席台中央，并没有坐下，而是随手把椅子往一边一挪，这就把刘少奇“放”在了中间。刘少奇一看，连忙搬着椅子绕过毛主席，在毛主席的下首就座，这样毛主席还是处于中间位置。台下的代表看到领袖之间如此谦虚随和，都笑着鼓起掌来。

大会秘书长任弼时招呼说：“请主席团成员到主席台就座。”大会选举出来的主席团成员共15人：毛泽东、朱德、刘少奇、周恩来、任弼时、林伯渠、彭德怀、康生、陈云、陈毅、贺龙、徐向前、高岗、张闻天（洛甫）、彭真。抗日军政大学代理校长徐向前因病住院，没有参加会议。主席团成员来到主席台上，彼此熟悉的战友、同志有些不自然，互相张望着，不知道自己该坐在什么位置——事先也没有排练，主席台上也没有摆名签。最后，大家谦让一番，“五大书记”坐在中间，其他成员坐在了左右两侧稍后的位置。

8个代表团的代表陆续到齐，大家按代表证上标注的座位就座。座位是一排一排的长条带靠背的木凳子，一条长凳子能坐四五个人。只见一个代表坐下来，往凳子上一靠，大声说：“这是霸王椅嘛！”另一个回应说：“对，毛主席说过，我们就是称王称霸，是称‘解放之王’，称‘解放之霸’。”

坐在礼堂前边的是正式代表，候补代表208人坐在礼堂的后面。

生病的王明、王稼祥最后进入会场，是被担架抬进来的。毛泽东看见王明、王稼祥来了，马上走下主席台去迎接。毛主席把东倒西歪的王明扶到特别为他准备的沙发上。沙发安置在会场右边的便道上。有的代表在前几年吃过王明路线的苦头，还有一些代表刚刚从其他根据地来到延安，没有见过王明。许多代表好奇地站起来看王明长啥模样，只见王明个子不高，白白胖胖，细皮嫩肉，神情却是怏怏不乐的。

几朵白云之间泻射出一束强烈的阳光，照耀在中央大礼堂上。

下午三点，大会秘书长任弼时宣布大会开幕。代表们高唱《国际歌》。任弼时说：

我们党自成立以来，已有二十四年了。在这二十四年中，我们党经过了无数艰难困苦的斗争，经过了北伐战争、土地革命和抗日战争三个时期。……我党二十四年来英勇奋斗的最主要的收获是：我党的主张获得了中国广大人民的拥护。……在二十四年的奋斗过程中，我们党产生了自己的领袖毛泽东同志。毛泽东同志的思想，已经掌握了中国广大的人民群众，成为不可战胜的力量。……在这个时候，全国人民，全东方各民族和全世界各国的人民，都在注视着我们，在这巨大的事变中，我们将采取什么政策、什么步骤，来最后驱逐日本侵略者，建立新中国——新民主主义的中国。我们的大会，就是在这样的时机召开的。[①]

在代表们热烈的掌声中，毛泽东致开幕词，这就是《两个中国之命运》。

同志们！中国共产党第七次全国代表大会今天开幕了。

我们这个大会有什么重要意义呢？我们应该讲，我们这次大会是关系全中国四亿五千万人民命运的一次大会。中国之命运有两种：一种是有人已经写了书的；我们这个大会是代表另一种中国之命运，我们也要

① 任弼时：《在七大开幕典礼上的讲话》，转引自中共中央党史研究室第一研究部《中国共产党第七次全国代表大会档案文献选编》，中共党史出版社2015年12月版，第161—162页。

写一本书出来。我们这个大会要打倒日本帝国主义，把全中国人民解放出来。这个大会是一个打败日本侵略者、建设新中国的大会，是一个团结全中国人民、团结全世界人民、争取最后胜利的大会。[1]

毛泽东面目丰满光润，以他那带着湘潭味的富有磁性的嗓音洪亮地宣讲着报告。掌声把毛泽东说话的声音盖住了。

毛泽东以《两个中国之命运》为中共七大开篇。这是针对国民党领袖蒋介石的。

1943年3月，蒋介石署名的《中国之命运》出版，这就是毛泽东所说的“有人已经写了书的”。蒋介石的这本书鼓吹旧道德，拒绝新思潮，大力鞭挞中共，拟定抗战后的建国方略。它在“陪都”重庆被捧为孙中山《三民主义》以来最重要的一本书，成为大学必读书，全体军官、公务员以及“中央政治学校”全体学生和国民党青年团的全体成员都必须读这本书。这本书到1943年底重印了二百多次，其实，这本被人吹上天的小书是由蒋介石幕僚陶希圣捉刀而成。

毛泽东以“中国之命运”做七大的开篇文章，对蒋介石所谓的“中国之命运”进行质疑，讲述中国共产党规划的“中国之命运”。如此“问题接龙”，题目一致，内容各表，充满自己的神气，让人耳目一新。毛泽东说：

在中国人民面前摆着两条路，光明的路和黑暗的路。有两种中国之命运，光明的中国之命运和黑暗的中国之命运。……或者是一个独立、

---

① 毛泽东：《两个中国之命运》（1945年4月23日），《毛泽东在七大的报告和讲话集》，中央文献出版社1995年4月版，第17页。

自由、民主、统一、富强的中国，就是说，光明的中国，中国人民得到解放的新中国；或者是另一个中国，半殖民地半封建的、分裂的、贫弱的中国，就是说，一个老中国。[①]

毛泽东的开幕词《两个中国之命运》，以及他向大会提交的书面报告《论联合政府》，坚持人民立场，顺应人民“建设新中国”的愿望，把中国共产党建立“联合政府”的构想摆在全国人民面前。《两个中国之命运》和《论联合政府》很快摆到了蒋介石面前……

面对两个前途和两种命运，毛泽东坚定地说：

我们的任务不是别的，就是放手发动群众，壮大人民力量，团结全国一切可能团结的力量，在我们党领导之下，为着打败日本侵略者，建立一个光明的新中国，建立一个独立的、自由的、民主的、统一的、富强的新中国而奋斗。我们应当用全力去争取光明的前途和光明的命运，反对另一种黑暗的前途和黑暗的命运。[②]

天上的日头正在西坠，渐渐变得血红血红的，悬在西边的山顶。

毛泽东做完报告之后，朱德、刘少奇、日本共产党领袖野坂参三（又名冈野进、林哲）、周恩来、林伯渠发表讲话。

朱德总司令在发言中风趣地说：“这是在自己的屋子里召开的大

① 中共中央文献研究室编：《毛泽东在七大的报告和讲话集》，中央文献出版社1995年4月版，第18页。

② 中共中央文献研究室编：《毛泽东在七大的报告和讲话集》，中央文献出版社1995年4月版，第18页。

会。杨家岭是我们自己建的礼堂。从第一次代表大会到第六次代表大会都是在人家的房子里开的呀！中共六大是在莫斯科开的呀！这次才是在自己修的房子里开党的代表大会。我们这次大会的特点，不仅是在自己修的房子里开，而且是在毛主席亲自领导下召开的。这是与以往的六次大会都不同的。我们的党经过二十余年的斗争，才有今天这样多的党员和军队，也才有今天的大会。”①

朱老总朴实的话语让人感慨万千。中共一大出席正式代表12人，二大出席代表12人，三大出席代表30余人，四大出席代表20人，五大出席代表82人，六大出席代表142人，都是租房子、在人家的房子里开会。中共七大则是700多人济济一堂，在自己修建的礼堂开会。而且，七大也是第一次没有共产国际参与、独立自主地召开的党代会。

代表们被毛泽东和几位领导人的讲话所吸引，会议进行中没有一个走动的，没有一个喝水的。开幕式结束时，许多代表才觉得口渴了。

会场的后边和侧厅放着几个大开水壶，一摞子一摞子地摆放着一百多只土碗。这是会议的饮水处。

代表们走出礼堂，一抬头，看见干干净净的天空中，月亮明晃晃的，快圆了。

陈毅站在延河边。远远近近的窑洞里透出来一排排层叠的光亮，和天空的星斗一起倒映在清凌凌的延河里。有歌声穿苇渡水飘来：“全国动刀兵，一起来出征，城楼上站定两位大将军，威风凛凛是哪个？朱德、毛泽东。”望着近的灯光远的星光闪闪烁烁，好像置身于广阔无际的宇宙之间。陈毅即兴赋诗《七大开幕》，诗曰：“百年积弱叹华夏，

① 王宗槐：《苦伢子成长为七大代表》，载中共中央党史研究室第一研究部编《七大代表忆七大》上册，上海人民出版社2006年7月版，第431-443页。

八载干戈仗延安。试问九州谁做主？万众瞩目清凉山。”

夜色下，灯火明灭。代表们一边往回走一边议论着。有的说：“你们注意到了吗？今天开会时王明坐在右边，布尔什维克开会规定，右倾的人就坐在右边。”有人说：“你不是也在右边坐吗？”有人回答：“我可同他不一样，他王明是从共产国际回来的，我算老几？”①

代表们的笑声在延河之畔回荡……

七大发言：言室满室，言堂满堂

延河的水一天比一天丰沛起来，流水在碎石的夹缝中发出活泼的流动声。

4月21日，七大预备会议。毛泽东作《中国共产党第七次全国代表大会的工作方针》报告，提出大会的方针是：团结一致，争取胜利。

4月23日，中共七大开幕式。毛泽东致开幕词《两个中国之命运》。这是毛泽东在七大上的第一篇报告。

4月24日下午，大会举行第二次会议。毛泽东提交书面报告《论联合政府》。这是毛泽东在七大上的第二篇报告。《论联合政府》印在延安生产的马兰纸上，早在3月就送给七大代表征求意见，上上下下，反复修改。“常胜将军”陈赓评价这份报告用了四个字：拍案叫绝。

这天的会议一开始，毛泽东放下《论联合政府》，另外作了一个口头政治报告。口头报告重点讲解《论联合政府》里头提出的一些问题，以及《论联合政府》里头没有充分展开论说的一些问题，还有

① 杨国宇：《七大前后日记》，载中共中央党史研究室第一研究部编《七大代表忆七大》上册，上海人民出版社2006年7月版，第633-650页。

七大代表关心的问题。口头报告是毛泽东在七大上的第三篇报告。书面报告是正式文稿，可以公开，是行动指南；口头报告是小范围内的“交心话”，不是定论，内部交流，一般不传达、不公开。毛泽东即兴发言，从下午讲到晚上，他越讲越兴奋，台下时而鸦雀无声，时而掌声雷动，时而欢声笑语。会议中间有人高呼“毛主席万岁！”毛泽东接过话说：“我52岁！”[①]

毛泽东的讲话，习惯于谦虚，习惯于幽默风趣，习惯于春风化雨，化深奥为俚俗，化至理为常识，化黑暗为光明，化物质为精神，化悲痛为力量，化预言为现实。他深情地说：“无数革命先烈为了人民的利益牺牲了他们的生命，使我们每个活着的人想起他们就心里难过，难道我们还有什么个人利益不能牺牲，还有什么错误不能抛弃吗？”[②]毛泽东说着说着，百感交集，他说不下去了，胸脯起伏……于是停下来，缓和一下自己的情绪。

台下的代表们听了毛主席的这一席话，为之动容，为之流泪。蒋介石屠杀共产党员，共产党人流的血真是太多太多了……每个单位都有一份长长的牺牲同志的名单，每个代表都有几个牺牲的同志与战友，每个人的周围都有若干牺牲的同志。自己是幸存者，忍看朋友成新鬼。每亲见一次死亡都是至痛，革命者每时每刻都在承受同志与亲人的死亡带来的痛。一想起这些，有人呜呜地哭了起来。主席台上的贺龙等领导人，可能是碍于身份，或者是经历太多的牺牲，没有哭出声来，只是悄悄地擦掉眼角的泪水。

---

① 孙毅：《我在七大召开的日子里》，载中共中央党史研究室第一研究部编《七大代表忆七大》上册，上海人民出版社2006年7月版，第527-532页。

② 《毛泽东选集》第三卷，人民出版社1991年第2版，第1097页。

毛泽东喝了一口水，缓了口气。会场沉默了一阵子。突然，毛泽东激情迸发，他高昂地说："我们要踏着他们的脚印，举起他们的旗帜奋勇前进。"[1]

毛泽东这一席话，使会场的情绪由悲壮到激昂。

毛泽东做完报告，天已经黑了。晋察冀代表团的陈伯钧代表是毛泽东的老部下，在战斗岁月里一直坚持天天记日记，他在这天的日记中写道："归来时已明月水天一色了。"

"七大群英会"，大会与小会穿插进行，民主气氛浓厚。"知无不言，言无不尽"，"言者无罪，闻者足戒"，"有则改之，无则加勉"——毛泽东在《论联合政府》中讲的这三句话，可谓"言论二十四字诀"——得到落实，批评和自我批评广泛开展，没有禁忌。有的提出中国共产党改名的问题，有的对毛主席讲话中对孙中山评价那么高不理解……众多意见汇集到毛泽东那里，毛泽东都一一给予回答。嚣嚣然，纷纷然，欣欣然，众口众声，畅所欲言，显示出一个朝气蓬勃的革命政党的正大气象。由于许多代表要求发言，有的反映讨论时间不够，主席团决定：延长大会日期，增加发言和讨论时间。各方面的代表都在大会上得到了发言的机会。

4月25日下午，大会举行第三次会议，刘少奇主持。大礼堂附近半山腰的丁香花开了，香气袭人。朱德总司令作《论解放区战场》报告。这份报告由陈毅牵头起草，早已发给代表们征求意见。朱德报告结束时，山顶在落日的余晖中变成黄色，又变成粉红，最后成了深红色。月亮冉冉升起。

① 慕纯农：《参加中共七大的前前后后》，载中共中央党史研究室第一研究部编《七大代表忆七大》上册，上海人民出版社2006年7月版，第365-371页。

4月30日下午，大会执行主席林伯渠端着“斯大林烟斗”，主持第四次会议。周恩来作《论统一战线》发言，说到教条主义给党带来的严重损失时，他难过得流下眼泪，一时说不出话来。战将彭德怀作华北抗日游击战争的成绩和经验发言。陈伯钧代表在日记中写道：“彭老总也在大会上发言，大家对他的意见比较多。”

5月1日下午，召开第五次会议，周恩来主持。陈毅代表华中新四军发言（后来以《新四军抗战始末》为篇名发表）。西北局书记高岗作关于争取中间分子、生产、作风问题的发言。

5月1日发行的《解放日报》刊载新华社通讯《中国共产党举行第七次全国代表大会》，这是中共七大相关消息第一次在报端公布。

5月2日下午，大会举行第六次会议，彭德怀主持。先是张闻天（洛甫）发言。张闻天是中共第五任总书记，他发言中检讨自己是错误路线的代表，赞扬毛泽东是正确路线的代表。代表们对他的发言比较满意。然后是康生发言，由于他没有就整风中审干扩大化做自我批评，引起与会者的不满，他的发言一结束，大会主席团就收到一些条子，质问康生为什么不提自己的错误。

5月3日下午，康生主持第七次会议。博古（秦邦宪）发言，他是中共第四任总书记。他在发言中赞扬毛泽东的正确路线，剖析自己在苏区所犯错误以及给革命带来的危害，检讨了两个多小时，说到痛处，痛哭流涕。他的诚恳态度受到代表们的欢迎。中组部代部长彭真围绕有关城市工作和把工作重点转移到城市进行发言。

5月4日，为庆祝苏军5月2日攻占柏林，主席团决定，休会一天。晚上，放映苏联电影《列宁在十月》和《列宁在1918》。

5月8日，德军无条件投降。毛泽东兴奋地说：“今年打败希特勒，明年打败日本人！”[1]

5月9日下午，执行主席陈毅主持第八次会议。晋察冀边区聂荣臻司令员作关于晋察冀地区所处的战略地位及今后任务的发言。中央军委秘书长杨尚昆作关于执行第三次“左”倾机会主义路线反省的发言。西北财经办事处副主任陈云围绕检讨经验主义、对功过态度、保存城市机器进行发言。华中代表团代表、中央机要处处长李质忠作党的机要通讯工作发言。

5月10日下午，大会执行主席陈云主持第九次会议。中宣部部长陆定一作关于路线和团结问题的发言，他说：“这次大会最大的感动，就是我们党真正地在毛泽东的领导下，空前未有地团结起来了，这是我党从来没有的一件事。”战将刘伯承作群众工作和军事工作的发言，反思了百团大战的教训。山东代表团朱瑞代表发言的题目是《山东在三角斗争中右倾投降主义的反省》。

5月11日下午，第十次大会，高岗主持。中央党校一部主任古大存和中央副秘书长李富春发言。李富春被人誉为“革命的毛驴”，他在讲话中说，争取全国的胜利就是“抢天下”，他讲了能否抢天下、在什么条件下抢天下、如何抢天下。发言中，他用了一个俗语，他说：“我在1934年1月的六届五中全会上被补选为政治局候补委员，这是‘屁股上插党参——候（后）补’。”这条歇后语引起哄堂大笑，毛泽东也笑得不行，笑出了眼泪，一个劲地用袖子擦。这条“候补”的歇后语在七大代表中广为流传。古大存的发言回顾党在广东开展武装斗争中的经验教训，强调必须加强对国民党特务政策的警惕，

① 张兰明：《护送七大代表安全“过境”和参加七大》，载中共中央党史研究室第一研究部编《七大代表忆七大》上册，上海人民出版社2006年7月版，第379-382页。

强调审干的必要性。

5月14日下午、15日下午，大会举行第十一次（贺龙主持）、第十二次（张闻天主持）全体会议。刘少奇用了两个半天作《关于修改党章的报告》（又叫《论党》）。刘少奇在报告中说："我们的毛泽东同志，是我国英勇无产阶级的杰出代表，是我们伟大民族的优秀传统的杰出代表。他是天才的创造的马克思主义者，他将人类这一最高思想——马克思主义的普遍真理与中国革命的具体实践相结合，而把我国民族的思想水平提高到了从来未有的合理的高度，并为灾难深重的中华民族与中国人民提出了达到彻底解放的唯一正确道路——毛泽东道路。"[1]刘少奇是整风之后中国共产党中涌现出来的政治新星，他在报告中全面论述了毛泽东在理论上对马列主义的贡献，正式提出毛泽东思想是我们一切工作的指导方针。刘少奇的报告一次又一次提到毛泽东的名字，达到105次。

5月20日，计划日程是选举，因为代表们认识上不一致，主席团决定推迟选举。这天傍晚，天云似海浪翻滚，金紫色闪电一个接着一个，大雷一声连着一声，大雨滂沱。代表们兴奋地看着群山之间这伟大的气象，一边讨论着中央委员的候选人。

5月21日下午，大会举行第十三次全体会议，彭真主持。晋绥代表团代表乌兰夫作关于少数民族工作问题的发言。他说："毛主席在政治报告中讲到少数民族问题时，把'夷'字改成'彝'字，那个'夷'字带有鄙视的意思，毛主席改这个字非常高明，说明党的少数民族政策

① 中共中央文献研究室、中央档案馆编：《建党以来重要文献选编（一九二一—一九四九）》第二十二册，中央文献出版社2011年6月版，第377页。

是正确的。”[①]旁听会议的日本共产党代表野坂参三（又名冈野进）作《建设民主的日本》发言，朝鲜的朴一禹（又名王巍）作关于日本帝国主义对朝鲜的政策及朝鲜人民反抗斗争情况的发言。

这一天，国民党“六大”在重庆闭幕。国民党拒绝共产党成立联合政府的提议，蒋介石在大会内部的政治报告中说：“今天的中心工作在于消灭共产党！日本是我们外部的敌人，中共是我们国内的敌人！”[②]

5月22日，大会执行主席毛泽东主持第十四次会议。下午，个子不高、脸色苍白的林彪作关于军队工作中群众路线问题的发言。中直代表团刘澜波代表作关于东北问题的发言。晋察冀代表团的马凤舞作关于今后如何进行回民工作并求得回民解放的发言。

5月23日下午，举行第十五次全体会议，朱德主持。叶剑英作国内外总的形势分析的发言。总政治部副主任傅钟作关于团结问题的发言。中央党校二部主任张鼎丞作关于整风问题的发言。

王明没有全程参加会议，没有在大会上发言，他写了书面材料，承认犯过的错误。对于王明的书面检讨，任弼时的秘书师哲认为“不深刻”。“你说得对，”毛泽东说，“王明的问题关键、症结之所在，就是对自己的事（指中国革命问题）考虑得太少了，对别人的事（指苏联）却操心太多了。”[③]一句话，让师哲茅塞顿开。

---

① 马文瑞：《七大——划时代的盛会》，载中共中央党史研究室第一研究部编《七大代表忆七大》上册，上海人民出版社2006年7月版，第72-78页。

② 逄先知、金冲及编：《毛泽东传》第2册，中央文献出版社2013年11月第3版，第727页。

③ 师哲、李海文：《在历史巨人身边：师哲回忆录》，中央文献出版社1995年4月第2版，第263页。

5月24日，大会举行第十六次全体会议，刘少奇主持。毛泽东代表主席团作《第七届中央委员会的选举方针》报告。这是毛泽东在中共七大上的第四篇报告。毛泽东对要选举一个什么样的中央委员会进行阐述，特别就代表们争议的问题进行解释和说明。在谈到“犯过错误的同志应不应选举”时，他说：“要同犯过错误的人共事；对犯过错误的同志，不应一掌推开，只要承认错误并决心改正错误，我们还要选。”

5月30日下午，召开第十七次全体会议，周恩来主持。朱德、刘少奇作结论讲话。主席台上，毛泽东面前搁着泡着茶的搪瓷茶缸和一堆文件，他一边听会一边看文件，不时与朱德、周恩来交换意见。

5月31日，举行第十八次全体会议，林伯渠主持。毛泽东作《在中国共产党第七次全国代表大会上的结论》报告。这是毛泽东在中共七大上的第五篇报告。毛泽东在这个长篇报告中说到了《论联合政府》在国民党方面的反应：“蒋介石是很不喜欢（《论联合政府》）的，他说是国民党有史以来最大之耻辱。……蒋介石侍从室的秘书陈布雷看了这本书说，只有两个字，就是‘内战’。”[①]

中共七大期间，代表们个个心情跃进，沉浸在团结胜利的喜悦中。毛泽东在这天的讲话中，给大家泼了一盆冷水。他一口气讲了七大之后可能面临的十七条困难：外国大骂、国内大骂、根据地被占领、数万军队被消灭、爆发内战、跑掉若干党员、党内分裂、赤地千里等，把能想象的天灾人祸都想到了，极而言之，危而言之，从最坏处打算，不惜“危言耸听”以警醒同志不要被胜利冲昏头脑，显示出毛泽东的深谋远

① 中共中央文献研究室编：《毛泽东在七大的报告和讲话集》，中央文献出版社1995年4月版，第191页。

虑和强烈的忧患意识，也使代表们对中国革命的艰巨性和长期性有了更加深刻的认识。

6月9日，举行第十九次全体会议，任弼时主持。会议进行第七届中央委员会正式委员投票。

6月10日，召开第二十次全体会议，任弼时主持。毛泽东作《关于第七届候补中央委员选举问题》报告。这是毛泽东在中共七大上的第六篇报告。

6月10日晚，七大代表在党校大礼堂观看《白毛女》，这是《白毛女》首演。当台上唱道“太阳出来……旧社会把人逼成鬼，新社会把鬼变成人”时，坐在台下的毛泽东悄悄地拿出手绢，擦拭掉眼角的泪水。

七大当中的花絮

四月下旬，延安赤红的山坡上染上浅绿色，颜色一天比一天浓郁。青草的气味，潮湿的气味，让每个人都感受到春天的到来。延河边浮着一层烟霭，延水哗啦啦地流动，岸边的芦苇也冒了寸绿，蛙声从苇丛中传出来。一个代表吟诵道：“今夜偏知春气暖，虫声新透绿窗纱。”有人开玩笑说：“绿窗纱，这不是小资调调吗？还是毛主席写得好：‘独坐池塘如虎踞，绿荫树下养精神。春来我不先开口，哪个虫儿敢作声。’”“这是毛主席的诗？”“萧三同志说是毛主席小时候写的。”

七大会场内外，气氛十分活跃。

大后方代表团自称“大厚方”代表团。大——大后方团的徐特立代表69岁，头发斑白，留着八字胡须，他当过毛泽东的老师，在七大代表中年龄最大；厚——军委第二局代理局长李涛代表，人送外号“李胖子”，腰围三尺多，身体最厚，绕着他走一圈比绕着别人走一圈费时间；方——女代表方朗，年方23岁，是七大代表中年龄最小的一个。“大后方”与“大厚方”谐音，代表团讨论时自编了这个段子。

七大代表中，有三个代表出自一个村子——陕北清涧县袁家沟村，这三个代表是白冰鑫、白栋才、白治民。毛泽东的《沁园春·雪》就是1936年2月在白治民家的小炕桌上创作的。

有一家出了三名七大代表，这就是杨寿堂和他的女儿杨俊亭、女婿朱春和。杨寿堂和杨俊亭是晋冀鲁豫代表团代表，朱春和是山东代表团代表。

边区代表团中，还有四个代表出自同一所学校——清涧县第二高小，他们是白向银、白栋才、白治民、白国英，其中白向银、白栋才、白治民还是同班同学。

七大代表中，有几对夫妻代表：朱德、康克清夫妇，周恩来、邓颖超夫妇，张闻天、刘英夫妇，李富春、蔡畅夫妇，王明、孟庆树夫妇，博古、张越霞夫妇，聂荣臻、张瑞华夫妇，萧克、蹇先佛夫妇，陶铸、曾志夫妇，刘澜涛、刘素菲夫妇，康生、曹轶欧夫妇，方方、苏惠夫妇，孙毅、田秀涓夫妇，李葆华（赵振声）、田映萱夫妇……田秀涓、田映萱是亲姐妹，她们家里还有一个老三田秀英，三姐妹都在抗日战争中投身革命，其中田映萱、田秀涓同为七大代表，人们羡慕地说：“田家三姐妹，出了两个七大代表。”

4月29日，正在进行小组讨论，山东代表团的李桂枝代表感到肚子阵痛，连忙住进延安中央医院。这天傍晚，她顺利地生下一个儿子，她给孩子起名叫“会生”。晋冀鲁豫代表团代表刘德海的爱人在七大期间生了个女儿，他们给她起了个小名叫“七中”。

5月26日，“延安五老”之林伯渠林老一大早起床，抬头一看，朝阳给一道山梁挡住，红霞已经布满天空。他叼起“斯大林烟斗”，深深地吸了一口，满心欢喜。中午，他与革命青年朱明在边区交际处结婚。他是朱明参加革命的引路人，朱明在延安整风中以一篇题为《从原来的阶级中解放出来》的反省发言而引人瞩目。一个是须发花白的59岁老新郎，一个是水灵灵的26岁大姑娘，可谓梨花海棠之喜。谢觉哉作诗祝贺：“红颜白发相辉映，丽日和风共喜愉。传遍西湖诸士女，梅花今日嫁林逋。”

6月2日，这天是星期六，晴天。晋冀鲁豫代表团的任志远举办了结婚典礼。上午，任志远让警卫员牵着马把新娘接到自己的窑洞里。窑洞已布置成新房，旧报纸把烂墙糊上，上面再贴上画片和大红喜字，还有同志们的贺词。任志远在七大饭堂订了一桌子饭菜作为婚宴，宴请大家。

中国第一枚毛主席像章在七大诞生。为庆祝中共七大召开，鲁迅艺术文学院的凌子风雕刻、铸造了毛主席像章，赠送给七大主席团成员。

中央党校所属的裕丰烟厂特制了“劳动之光”牌香烟，向七大献礼。他们以这种独特的产品展示大生产运动中“自己动手”的成果。

七大代表的伙食保障良好。早餐：二米稀饭，馒头咸菜；中餐、晚餐：四菜一汤，一荤三素，中餐、晚餐的一道荤菜每天变化（红烧肉、扣肉、清炖牛羊肉、狮子头、汆丸子……），代表10人坐一桌。毛泽东、朱德、陈云等领导同志回自己家吃饭。有一天中午，晋察冀代表团的王宗槐和晋冀鲁豫代表团的陈锡联比赛吃馒头，王宗槐吃了4个，陈锡联吃了6个。这样的好伙食，得益于延安军民开展的大生产运动。

选举：民主集中，相争为党

延河的水声一下子近一下子远地传过来。

中共七大的一个重要议程是选举中央委员和中央候补委员。毛泽东说："我们这次大会，可能开成一个成功的大会，但现在只成功一半，大会可以制定出一条正确的政治路线，还有一半就是选出一个好的中央来，这就叫组织路线。只有正确的政治路线，没有正确的组织路线，我们的斗争还是不能成功的。"能否像毛泽东所说的，把中共七大开成"一个团结的大会、胜利的大会"，选举工作至关重要，事关中共七大成败。

选举时，代表们在几个问题上讨论比较热烈：选不选犯过错误的同志？选不选王明？要不要照顾各个方面、各个"山头"？候选人是不是必须通晓各个方面的知识？针对这些问题，毛泽东在会上一一进行解答。为了充分发扬民主，选举日期推迟了。

中央委员会候选人由各代表团自下而上提名产生。先是"海选"，各代表团自由广泛地提名，任何代表都可以提名，没有任何限制。一下子，来自19个根据地的8个代表团提了好几百人的名。大会秘书处把意见集中起来，再反馈给各代表团，几上几下，民主集中，候选人慢慢聚焦。

毛泽东特意征求中直军直代表团代表、张闻天夫人刘英的意见，他以开玩笑的口气问刘英："你是娘娘，有何意见啊？"张闻天在党内负总责的时候，毛泽东经常开玩笑称刘英为“娘娘”。刘英说：“我已经不是娘娘了。”毛泽东说：“你是三朝元老，应该听你的意见。”刘英直言相告：“别的我没意见，就是邓发不能上，他杀人太多。”[1]邓发参加过省港大罢工，六届六中全会上当选中共中央政治局委员，他在1930年担任闽粤赣特委书记、1932年春担任中华苏维埃共和国政治保卫局局长期间，以其激烈的性格和狂热的革命气质开展肃反，一些人对他有意见。华中代表团小组讨论时，有人说到江西苏区杀了不少革命同志，有的要求追查邓发的责任。毛泽东亲自到华中代表团讲话，指出肃反是错误的，是路线问题，不是某个人的问题。尽管毛泽东为邓发解释，但邓发在后来的选举中还是落选了。

选举阶段是中共七大争论最激烈、民主氛围最热烈的阶段。相争为党，不留情面。有的代表晚上坐在延河边还在争论着选谁不选谁。

毛泽东说：“选不选自己，自己有自由。只要在自己选自己对党不利时就不选，否则就应该画自己的圈。我就准备画自己的圈。”[2]自己可以选自己，许多代表第一次听到这种说法，感到很新奇。

有人直言不讳地反映：候选人中井冈山下来的人多了点，对陕北根据地照顾得不够。这相当于给毛泽东、朱德提意见。毛泽东和主席团商量之后，虚心接受，西北方面增加了绥德地委书记习仲勋和参加过秋收起义的张宗逊，去掉了井冈山下来的李井泉和陈光。李井泉时任抗日军政大学政治委员兼政治部主任，他表示：服从主席团的决定。陈光也是老资格，长征中任师长，参加过平型关战役，林彪负伤后还代理八路军

① 刘英：《刘英自述》，人民出版社2005年10月版，第143-144页。

② 方强：《载入史册的宏图盛会》，载中共中央党史研究室第一研究部编《七大代表忆七大》上册，上海人民出版社2006年7月版，第249-255页。

第一一五师师长，资历深，贡献大。他听到把他从候选人中去掉后有些想不通，连晚饭也没有吃，躺在床上说："毛主席，我什么地方对不起你啊！"一连说了好几遍。

晋冀鲁豫代表团代表、被称为"常胜将军"的陈赓平时笑嘻嘻的，他在选举时格外较真。他认为，本代表团副主任薄一波曾经被捕，是在报纸上发表了"反共启事"才出狱的，当党员可以，当候补中央委员不合适。陈赓把自己的意见告诉了刘少奇和周恩来。刘少奇心里清楚，薄一波1931年被捕入狱，于1936年经组织批准，在"启事"上签字后出狱，是他直接经手，直接请示毛泽东、张闻天同意的。刘少奇对陈赓说："我陪着你一起向毛主席反映你的意见。"陈赓说："还是请少奇同志代为转达。"刘少奇向毛主席报告了陈赓的意见。毛主席说："薄一波为什么不可以当中央委员？提候补中央委员就不妥。"[①]毛泽东这样说，是因为薄一波创建"山西青年抗敌决死队"，对建立太岳抗日根据地有较大贡献。

中央宣传委员会委员凯丰（原名何克全）被提名为中央委员候选人。华中代表团的伍修权代表看到凯丰的名字，表示不同意。他说："遵义会议时，凯丰对博古、李德在军事指挥上的严重错误缺乏认识，不支持毛泽东，顽强地抵制遵义会议决议，他不宜参加新的中央委员会。"[②]后来，凯丰就落选了。

"知无不言，言无不尽；言者无罪，闻者足戒；有则改之，无则加勉"，朝气蓬勃的共产党人有倾听的素质，有宽阔的胸怀，特别是对那

---

① 薄一波：《七十年奋斗与思考：战争岁月》，中共党史出版社1996年3月版，第375页。

② 伍修权：《回到延安参加整风和七大》，载中共中央党史研究室第一研究部编《七大代表忆七大》下册，上海人民出版社2006年7月版，第1000—1007页。

些刺耳之声与逆耳之言，有包容的肚量，有采纳的雅量，有不翻脸的修养。经过广泛征求意见，几上几下，主席团核定后，正式提出94人的预选名单，提交大会进行选举。

6月9日下午，大会选举中央委员。原定一个小时的投票时间，结果只用半个小时就完成了投票议程。

中央委员是等额选举，如果不同意某个候选人，在这个名字后面画“×”；如果想补选哪个人，可以在表格后面的空格里填写那个人的名字。凡是得票过半数的，当选为中央委员；得票没有过半数的，作为中央候补委员的候选人。

最有争议的候选人是王明。许多同志受过王明路线的伤害，创伤尚在，苦痛难消。七大代表都经过整风运动，学习了“两条路线”，认为王明给党的事业造成那么大的损失，还让他当中央委员，思想上想不通，不愿意选举王明。

毛泽东反复做工作，动员大家给王明投票。他说：“一个队伍里头，人们的思想有正确的，也有错误的，经常是不整齐的。但对犯错误的同志要有好的态度。家庭里是很少有开除家籍的事情的。阿Q到底姓什么虽不清楚，但也没有听说他曾被开除家籍。”[①]王明等人“虽然犯过路线错误，但是他已经承认错误并且决心改正错误，我们还可以选他”[②]。毛主席临投票时还说：“你们不提王明，我姓毛的投王明一票。”

许多代表看毛主席、任弼时代表中央为王明“拉票”，勉强地

① 《中国共产党第七次全国代表大会的工作方针》（1945年4月21日），载中共中央文献研究室编：《毛泽东在七大的报告和讲话集》，中央文献出版社1995年4月版，第13页。

② 《第七届中央委员会的选举方针》（1945年5月24日），同上，第164页。

投了王明一票。也有许多人没有给毛主席面子，仍旧不给王明投票。晋察冀的代表贾梦月在参加小组会时对毛泽东说："我坚决不选王明。"毛泽东建议让他选王明。投票时，贾梦月犹豫了好一会儿，他想到毛主席的话，最后才在王明的名字后画了一个很小的圈。边区的代表说："投王明的票，那个圈故意画得不圆，投其他领导的票，圈画得很圆很圆。"

晋绥代表团的刘俊秀投了王明的票，他听见后面有骂声："都是谁投了王明的票？王八蛋！"刘俊秀回头一看，骂人的是白坚和李力果两位代表。他说："我投了王明的票，你们选不选他是你们的事，不要随便骂人。"李力果气愤地问："你也选他了？你比我更了解王明，还吃过他的亏。革命差点被他毁了，他还能当中央委员？还能让他来糟蹋党？"几个人说着，气鼓鼓地走了。

一个团体，包容异见者，甚至反动者，事关观瞻，体现胸怀，更是事业兴旺发达、思想蓬勃向上的气象。

王明有病住在中央医院，有身体上的病，也有政治病。同在中央医院住院的七大代表还有八路军第一二〇师政委关向应，他得了肺病，虽然病得很重，骨瘦如柴，但病床的床头上仍反扣着一本延安新华书店印行的《鲁迅小说选集》。因为他嗜读鲁迅，毛主席等人亲切地叫他"小鲁迅"。王明和关向应等人因病不能参加大会，毛泽东委托贺龙等人去看他们，将会议情况向他们通报，征求他们的意见；投票时，大会秘书处专门派人把票箱送到医院，请他们参加投票。

投票之后，代表都回去休息了，计票员开始开票、唱票、计票。从投票箱中收到的选票533票，加上场外选票10张，共计543张选票。

计票员把候选人的名字写在黑板上，一个人念票，一个人在候选人的名字下一笔一画地画“正”字，一个人在一边监票，防止出现错误。计票工作一直进行到晚上。

夜色中，毛泽东走过来。正在计票的同志有些惊讶，连忙给毛主席让座。毛主席笑着对计票人员说：“你们辛苦了。”接着，毛主席询问每个人的得票情况：“洛甫同志、博古同志得多少票？王明同志得多少票？”选票还没有全部统计完成，计票员回答说：“洛甫得票还可以，博古、王明得票少，能不能选上很难说。”毛主席说：“最好能选上，七大是一次团结的大会，犯了错误的人也有代表性，起码代表同他一起犯过错误的人。我们不能把犯了错误的人推出去，而要团结他们，犯了错误，改了就好。”①

毛泽东静静地坐在那里，吸着烟，一直等到计票员把选票计算完。当他看到王明、博古、洛甫都当选中央委员时，高兴地说：“这就好了，七大真正成了一个团结的大会。”得知王稼祥落选时，他惋惜地说：“王稼祥同志在历史上有错误，但也有大功，他觉悟得早，改正错误也早，因为有病没有参加大会，可能对投票有影响。明天选举候补中央委员，我要讲一讲王稼祥同志的功劳。”②

当了中央委员，加重了为人民服务的责任

进入6月，延安满山遍野佳禾葱茏，弥望皆碧。

---

① 马朝琦主编：《“团结的大会，胜利的大会”》，《话说延安精神》，陕西人民出版社2019年3月版，第182-192页。

② 参见高扬文：《难忘的七大》，载中共中央党史研究室第一研究部编《七大代表忆七大》下册，上海人民出版社2006年7月版，第690-703页。

6月10日，大会宣布中央委员选举结果，44人当选为新一届中央委员（按得票多少排列，得票相同的按姓氏笔画排列）：

毛泽东，朱德，刘少奇，任弼时，林祖涵（林伯渠），林彪，董必武，陈云，徐向前，关向应，陈潭秋，高岗，李富春，饶漱石，李立三，罗荣桓，康生，彭真，王若飞，张云逸，贺龙，陈毅，周恩来，刘伯承，郑位三，张闻天（洛甫），蔡畅，邓小平，陆定一，曾山，叶剑英，聂荣臻，彭德怀，邓子恢，吴玉章，林枫，滕代远，张鼎丞，李先念，徐特立，谭震林，薄一波，陈绍禹（王明），秦邦宪（博古）

其中：毛泽东、朱德、刘少奇、任弼时各得543票，全票；陈绍禹（王明）321票，博古275票。李富春、蔡畅夫妇双双当选为中央委员。

毛泽东说："中央委员是我们党的领袖，全党都要拿眼睛来望着它。"[①]

七大中央委员以及随后选出的候补中央委员，是中共经历凶丧耗散之余，岿然留下的革命种子，集中了中华民族的元气，展示出一代繁华。

当大会宣布中央委员名单之后，毛泽东站在主席台上大声说："当选中央委员的人，不要以为自己是做了官，而是加重了为人民服务的责任。"[②]

董必武是大后方代表团的代表，没有参加七大大会，被选为中央委

① 中共中央文献研究室编：《毛泽东在七大的报告和讲话集》，中央文献出版社1995年4月版，第171页。

② 邓颖超：《欢庆与回忆》，转引自中共中央党史研究室第一研究部编《七大代表忆七大》下册，上海人民出版社2006年7月版，第1177页。

员。在延安召开中共七大期间，董必武代表中国共产党和中国解放区人民参加中国代表团，在美国旧金山出席成立联合国大会，这是中共高层第一次以正式和公开身份在国际舞台亮相。其间，他出版了英文版《中国解放区实录》，介绍解放区军民在抗击日军、政权建设、经济和文化建设等方面所取得的成就，扩大了中国共产党的影响。1945年6月26日，联合国大会举行《联合国宪章》签字仪式，董必武与其他中国代表一起在宪章上签名。这一历史瞬间，记载着中国共产党对建立联合国所做的历史性贡献，同时见证和预言了中国共产党即将从西北一隅冲出国门，以崭新的形象走向广阔的世界历史舞台。

参加过中共一大的陈潭秋被选为中央委员。他是一位特殊的中央委员——已经去世的中央委员。陈潭秋担任八路军驻迪化（今乌鲁木齐）办事处负责人，1942年9月被捕，1943年9月27日被新疆军阀盛世才秘密杀害于狱中，时年47岁。七大时，中共中央还不知道陈潭秋和毛泽东的弟弟毛泽民已经牺牲在天山脚下，足见中共生存环境之险恶、交通信息之闭塞。

宣布中央委员的选举结果时，王明的夫人孟庆树焦急地等待着，因为是按得票多少宣布名单的，王明的名字靠后，孟庆树急得站了起来。当她听到王明的名字时，才松口气坐下来。王明当选为中央委员，并没有消除他的不满和怨恨，他写了一首《所谓七大》，攻击七大，反对《论联合政府》报告：“四载整风七大开，毛丢马列独登台。不知国共战争迫，反要联合政府来。矛盾战时异战后，方针东倒又西歪。延河嘉岭烟尘暗，一马横行万马哀。”[1]其偏见与荒谬显而易见。

---

① 郭德宏：《王明年谱》，社会科学文献出版社2014年3月版，第590-591页。

薄一波在代表们的争议中当选为中央委员，是最年轻的中央委员。薄一波经常对人说：“我37岁顺利地当选为中央委员，完全是毛主席的支持。”①

6月10日下午，大会选举候补中央委员。

毛泽东作《关于第七届候补中央委员选举问题》报告，他为王稼祥“拉票”：“在昨天的选举中，王稼祥同志得了204票，不足半数，没有当选。关于这个问题，我要在这里说几句话。王稼祥同志是犯过错误的，在四中全会前后犯过路线错误，此后也犯过若干错误。但是，他是有功劳的。……遵义会议是一个关键，对中国革命的影响非常之大。但是，大家要知道，如果没有洛甫（张闻天）、王稼祥两位同志从第三次‘左’倾路线分化出来，就不可能开好遵义会议。同志们把好的账放在我的名下，但绝不能忘记他们两个人。……主席团把他作为候补中央委员的第一名候选人，希望大家选他。”②

有人对吕正操作为中央候补委员候选人有异议。有的小组提出，吕正操1937年才入党，怎么选他为候补委员呢？主席团解释说，吕正操曾在张学良部队任团长，“七七事变”后率东北军据守华北，开辟冀中抗日根据地。

何长工从秋收起义就跟着毛泽东闹革命，在保卫井冈山战斗中负过伤，他资历老，曾任军长、政治委员，连“长工”这个名字都是毛泽东帮他起的。何长工身体细长，腰板挺得直直的，在七大小组讨论时还用法语唱《马赛曲》，这是他在法国留学时学会的。晋冀鲁豫代表团和晋

① 贺海轮主编：《延安时期著名人物》，陕西人民出版社2015年11月版，第116-117页。

② 中共中央文献研究室编：《毛泽东在七大的报告和讲话集》，中央文献出版社1995年4月版，第230-232页。

察冀代表团都提名何长工为中央委员候选人，可是中央委员候选名单上没有何长工，在候补委员的预选名单中也没有他的名字。何长工心情沉重，闷闷地不说话，有些直不起腰的样子。晋冀鲁豫代表团的代表王英高看在眼里，他看到毛主席给王明、王稼祥说情，就提笔给毛主席写了一封信，给何长工说情："主席：我叫王英高，是八路军总部代表团中的一名代表，傅钟同志是我们小组的组长，何长工同志与我同一个组。第一次预选举中，有何长工同志的名字，经过一次预选后，就没有了他的名字，可能是落选了，我看到他心情很沉重，情绪也不好，我怕出什么事，我又不好问，也不好在小组提，故向主席反映一下，不知当否，请批评指正。"他写好信，跑到毛主席身边，向毛主席敬礼："主席，给你写了封信，反映一个问题。"[1]说着，就把信交给了毛主席。后来，大会主席团反馈给他的消息是，何长工曾参加过张国焘的"第二中央"，还当了"第二中央中央委员"，许多代表不同意他当中央委员。

大会选出中央候补委员33名。他们是：

廖承志，王稼祥，陈伯达，黄克诚，王首道，黎玉，邓颖超，陈少敏，刘晓，谭政，程子华，刘长胜，粟裕，王震，宋任穷，张际春，云泽（乌兰夫），赵振声（李葆华），王维舟，万毅，古大存，曾镜冰，陈郁，马明芳，吕正操，罗瑞卿，刘子久，张宗逊，陈赓，王从吾，习仲勋，萧劲光，刘澜涛

① 王英高：《永世难忘的七大》，载中共中央党史研究室第一研究部编《七大代表忆七大》下册，上海人民出版社2006年7月版，第836-848页。

陈赓在大会选举前大声笑嘻嘻地说：“我当中央委员的衣服都做了，照了相，希望大家投我一票！哈……”他哈哈大笑起来。与会人员也被他逗得哈哈大笑。陈赓幽默，胸无羁绊，透明如玻璃，同志们都喜欢他。当主持人宣布陈赓当选中央候补委员时，他健步跳上主席台，乐哈哈地冲大家做了一个鬼脸，又有些不好意思，全场又一次开怀大笑起来。

中央候补委员是等额选举，代表不同意某个候选人时允许画“×”，再填写自认为合格的人选。晋冀鲁豫代表团的王从吾没有在候选人名单里面，被选为中央候补委员，是唯一不在候选人名单当中而当选的。大家都为他的当选鼓掌。

山东军区滨海军区副司令员万毅没有参加中共七大，被选举为中央候补委员。《大众日报》刊登了新当选的中央委员和候补委员名单，上面把“万毅”写成了“万镊”，滨海军区司令员梁兴初拿着报纸对万毅说：“老万，你看中央委员里还有姓万的，你好好干，也是大有希望的。”过了几天，《大众日报》刊登更正，原来“万镊”是“万毅”，万毅这才知道自己当选为中央候补委员了。

中共七大选举正式中央委员44名，候补委员33名，总共77名。这个数字十分凑巧，开的是七大，选出来的委员是77名，抗击日本侵略者的战争是“七七抗战”……

团结的大会，胜利的大会

11日下午，召开中共七大第二十一次全体会议，也是大会闭幕式。这天的执行主席是彭德怀。大会通过了《中国共产党党章》——这部党章标志着中国共产党在政治上、思想上和组织上走向成熟。闭幕式上，朱德、谢觉哉、吴玉章和徐特立等发表演说。

毛泽东发表的《愚公移山》闭幕词，掀起大会的最后一个高潮。这是毛泽东在七大上的第七篇报告。毛泽东说：

我们开了一个很好的大会。我们做了三件事：第一，决定了党的路线，这就是放手发动群众，壮大人民力量，在我党的领导下，打败日本侵略者，解放全国人民，建立一个新民主主义的中国。第二，通过了新的党章。第三，选举了党的领导机关——中央委员会。今后的任务就是领导全党实现党的路线。我们开了一个胜利的大会，一个团结的大会。代表们对三个报告发表了很好的意见。许多同志作了自我批评，从团结的目标出发，经过自我批评，达到了团结。这次大会是团结的模范，是自我批评的模范，又是党内民主的模范。[1]

毛主席讲到愚公移山这个古老寓言，他记得很熟。他扳着指头说："虽我之死，有子存焉；子又生孙，孙又生子；子又有子，子又有孙；子子孙孙，无穷匮也。"每讲一句，即举手扳一个指头。毛泽东话题一转，大声说道：

"现在也有两座压在中国人民头上的大山，一座叫作帝国主义，一座叫作封建主义。中国共产党早就下了决心，要挖掉这两座山。我们一定要坚持下去，一定要不断地工作，我们也会感动上帝的。这个上帝不是别人，就是全中国的人民大众，全国人民大众一齐起来和我们一道挖

① 《毛泽东选集》第三卷，人民出版社1991年6月第2版，第1101页。

这两座山，有什么挖不平呢？”[1]

毛泽东讲到这几句时，情绪激动，声音提高，口气很大，格外洪亮，头上的筋都鼓起来了。全场寂静。代表们看到，毛泽东的眼睛湿润了，流泪了，他用手擦擦眼睛。毛主席的讲话和情绪把代表们的情绪引向高潮，代表们也激动地鼓着掌流着泪。

毛泽东最后说：

现在中国正在开着两个大会，一个是国民党的第六次代表大会，一个是共产党的第七次代表大会。两个大会有完全不同的目的：一个要消灭共产党和中国民主势力，把中国引向黑暗；一个要打倒日本帝国主义和它的走狗中国封建势力，建设一个新民主主义的中国，把中国引向光明。这两条路线在互相斗争着。我们坚决相信，中国人民将要在中国共产党领导之下，在中国共产党第七次大会的路线的领导之下，得到完全的胜利，而国民党的反革命路线必然要失败。[2]

这是一个成竹在胸的预言，这个预言代表着共产党人的决心和信心。

代表们唱罢庄严的《国际歌》，大会执行主席彭德怀宣布：中国共产党第七次代表大会胜利闭幕！

代表们使劲鼓掌，站起来鼓掌，举起双手鼓掌，含着眼泪鼓掌，鼓了很长时间，把两个手掌都拍疼了。

代表们的耳畔回响着毛泽东《新民主主义论》一文中最后一句话：

---

① 《毛泽东选集》第三卷，人民出版社1991年6月第2版，第1102页。

② 《毛泽东选集》第三卷，人民出版社1991年6月第2版，第1103页。

“新中国航船的桅顶已经冒出地平线了，我们应该拍掌欢迎它。举起你的双手吧，新中国是我们的。”

大会闭幕之后，全体代表合影。

在照相的过程中，刚刚当选为中央候补委员的陈赓问毛泽东：“什么叫候补？”大家同喜欢开玩笑的陈赓开玩笑说：“屁股上插党参——候补。”有人还拿着树枝往陈赓的屁股上插。陈赓招架不住，嘻嘻哈哈地往毛泽东、朱德身边躲。毛泽东对陈赓说：“这个歇后语是富春同志的发明。”

天空中分布着几条东西走向的长云，一会儿被落日染红了，仿佛挥舞的红缎子。

6月11日晚上，代表聚餐。每张餐桌上有一只整鸡，其他都是陕北土菜。旁听会议的日本人佐藤猛夫说：“各种食物堆得像小山似的。与美味佳肴从来无缘的我，直吃到肚子里实在装不下为止。”代表们高兴得频繁碰杯：“喝酒喝酒，天长地久。”

邵式平拉着贺晋年的手来到宋时轮身边，大声说：“时轮同志，你说话不算数呀，得罚你三杯。”宋时轮说：“我什么时候说话不算数啦？共产党人说话都是算数的。”“开幕式上你说什么来着？我可一直记住哩。”贺晋年在一边提醒说：“中央委员，中央委员。”宋时轮一下子想起来了，哈哈大笑说：“开玩笑嘛。我认罚，我认罚。”

晚宴后，鲁迅艺术文学院在中央礼堂演出京剧《玉堂春》。工作人员在每个代表的座位上摆放了一纸兜“礼品”，纸兜里面装着炒花生、炒葵花籽、边区生产的麻糖、一把红枣等。发放“礼品”，这在中共进驻延安十余年来是头一次。

在毛泽东的旗帜下胜利前进！

中共七大期间，延安响起了这一年的第一声春雷，雷声从远方轰隆隆滚来，突然一声巨响，山鸣谷应，大地为之惊悚。

七大是一个团结的大会、胜利的大会，七大的聚光灯照射在领袖毛泽东身上。

“在毛泽东的旗帜下胜利前进！”是七大主会场最引人瞩目的一条标语。

中国共产党自1921年成立，经过14年，到1935年召开遵义会议，初步选择了毛泽东。遵义会议之后，又经过10年，中国共产党坚定地选择了毛泽东，把毛泽东思想作为中国共产党的指导思想。大会通过的《中国共产党党章》第一次确立了毛泽东思想是党的指导思想：

中国共产党，以马克思列宁主义的理论与中国革命的实践之统一的思想——毛泽东思想，作为自己一切工作的指针……

凡党员均有下列义务：（一）努力地提高自己的觉悟程度和领会马克思列宁主义、毛泽东思想的基础……

6月19日，中共七届一中全会第一次会议，选举毛泽东、朱德、刘少奇、周恩来、任弼时、陈云、康生、高岗、彭真、董必武、林伯渠、张闻天、彭德怀13人为中央政治局委员；选举毛泽东、朱德、刘少奇、周恩来、任弼时为中央书记处书记，称之为“五大书记”；选举毛泽东为中央委员会主席兼中央政治局、中央书记处主席。

中国共产党经过24年的风风雨雨，选出一个能够领导全党、率领全国人民走向胜利的领导集体。

中国共产党走过24年艰辛历程，选择了自己的领袖——毛泽东。

中国共产党人经过24年的实践与理论探索，诞生了自己的指导思想——毛泽东思想。

中国共产党经过24年的实践探索，形成了独具特色的中国共产党文化。

毛泽东，成为一个新时代的符号。

延安的6月，一场大雷雨过后，潺潺流淌的延河顿时成为一曲雄壮的交响乐。她铺天盖地，响彻宇宙，震撼八荒。她怒吼着，奔流着，旋转着，势不可挡地汇入雄伟的“黄河大合唱”：“我们是黄河的儿女！我们艰苦奋斗，一天天地接近胜利。”

长风呼啸，黄河奔腾。中国共产党人在毛泽东思想的指引下，不断地反抗，不断地战斗，不断地牺牲，不断地前进。日益壮大的革命队伍在民族解放、人民翻身的历史洪流中汹涌前行。

新中国航船的桅杆已经冒出地平线了！

哲学的窑洞，哲学的延安

哲学是中国共产党文化的主脑。

以毛泽东为代表的共产党人，精心构建中国共产党人的哲学体系。

《军属给前方写信》 牛文 选自：神州版画博物馆藏品

毛泽东立志改造哲学早矣。1917年他在给黎锦熙的信中指出：“当今之世，宜有大气量人，从哲学、伦理学入手，改造哲学，改造伦理学，根本上变换全国之思想。如此大纛一张，万夫走集；雷电一震，阴曀皆开，则沛乎不可御矣！”“非普及哲学不可……人人有哲学见解，自然人己平，争端息，真理流行，群妄退匿。”[1]青年毛泽东认为，“现在国民性惰，虚伪相崇，奴隶成性，思想狭隘，安得国人有大哲学革命家、大伦理革命家，如俄之托尔斯泰其人，以洗涤国民之旧思想，开发其新思想。”[2]他要用新的哲学唤醒和挽救昏睡百年的中华民族。

“唯物史观是吾党哲学的根据。”成长为中共领袖的毛泽东说，“要使辩证法唯物论思潮在中国深入与发展下去，并确定地指导中国革命向着彻底胜利之途，便必须同各种现存的反动哲学作斗争，在全国思想战线上树立批判的旗帜，并进而清算中国古代的哲学遗产，才能达到目的。”[3]

毛泽东在学习中吸收，在吸收中反思，在反思中批判，在批判中创新，一改党内“言必称希腊”“念着谁也听不懂的咒语”的风气，建立起以辩证唯物主义和历史唯物主义为根本，以人民哲学、务实哲学、斗争哲学为特色的划时代的共产党人的哲学。他以鲜明的中国风格和中国气派，创制了现代中国革命的哲学逻辑，塑造了中国共产党

① 中共中央文献研究室、中共湖南省委编：《毛泽东早期文稿》，湖南人民出版社2008年11月第2版，第85–88页。

② 中共中央文献研究室、中共湖南省委编：《张昆弟记毛泽东的两次谈话》，《毛泽东早期文稿》，湖南人民出版社2008年11月第2版，第574–576页。

③ 《毛泽东〈辩证法唯物论（讲授提纲）〉早期版本图录》，《党的文献》2007年第4期，第2页。

的理论形态，形成了共产党人独特的方法论，成为中国共产党文化的精髓。

“我是土哲学，你们是洋哲学。”[①]毛泽东的哲学，不是坐在扶手椅上遐想，而是在黄土窑洞里思考；不以注经释义为最高旨趣，而以回答中国革命面临的突出问题为显著特色。毛泽东用中国人民的语言把哲学说了出来，既有“抽象意义”，又有“具体意义”，讲出了中西哲学的双重文化性格。

哲学可以移人。无有哲学，行之不远。毛泽东说：“清凉山、嘉岭山的人有法——辩证法和战法。”[②]“毛氏辩证法”和“毛氏兵法”，成为中国革命胜利的“大法”。

毛泽东开讲《辩证法唯物论》

一时，钩深致远。毛泽东在延安的窑洞里认真研究哲学，他的桌子上摆放着西洛可夫、爱森堡等人所著的《辩证法唯物论教程》，米丁主编的《辩证唯物论与历史唯物论》等书籍。这情景被美国记者斯诺看见了，他在《西行漫记》中描写道：“毛泽东是个认真研究哲学的人。我有一阵子每天晚上都去见他，向他采访共产党的历史。有一次，一个客人带了几本哲学新书给他，于是毛泽东就要求我们改期再谈。他花了三四夜的时间专门读了这几本书，在这期间，他几乎是什

① 雍涛：《在总结经验教训中阐发马克思主义认识论和辩证法》，《毛泽东哲学的历史发展》，武汉大学出版社1993年8月版，第293页。

② 毛泽东在抗大第五期开学典礼上的讲话（1939年1月28日），转引自任学岭、杨延虎、郝琦：《延安时期青年运动史论》，东方出版社2003年6月版，第37—38页。

么都不管了。”

一时，纵横反思。毛泽东参加延安哲学小组的学习与研讨。学习研讨采取的方式是：每周讨论一次，毛泽东先提出一些问题，让大家准备，讨论时先有一两个哲学家重点发言，然后哲学家和学者进行讨论，毛泽东通常都是在最后讲自己的看法。每次讨论都是晚上七八点钟开始，持续到深夜十一二点钟。

一时，势凌风雨。毛泽东在窑洞里奋笔疾书，一群羊在他窑洞上面的山坡上啃着青草，一群蚊子在他周围开展着“游击战”。窑洞外的一棵枣树上有两只知了扯着嗓子鸣叫，依然遮不住来自延河边的隐约歌声。天黑了，警卫员点起油灯。毛泽东正在写的是《辩证法唯物论（讲授提纲）》，这是他为红军大学（后来改为抗日军政大学，即中国人民抗日军事政治大学）授课准备的讲稿。

一时，气傲烟霞。毛泽东站在露天的大课堂上讲授唯物论和辩证法。抬眼处，浮云飘过；俯视时，延水流淌。他时而双手叉腰，时而掰着指头说话，讲渴了，从身边的一张小方凳上端起搪瓷缸子喝上一两口。学员们以石头或者草鞋作为凳子，以自己的膝盖当桌子，边听边记，不时被毛泽东的话语逗笑。有人会从裤腰间摸出一个虱子，称其为“革命虫”，置于两个指甲盖之间对挤，发出“啪”的一声。

智慧酝酿的馨香与山野草木的气息混合在一起……

毛泽东在《辩证法唯物论（讲授提纲）》中，详细介绍了唯心论与唯物论产生与发展的历史，分析了唯物论的科学性以及它在指导中国革命过程中的重要作用，要求大家学会运用矛盾的观点分析和解决问题。

毛泽东讲对立统一的时候，他一只手抓着自己的另一只手说：“一切事物都是对立的统一。五个指头，四个指头向一边，大拇指向另一边，这才捏得拢。”[①]听毛泽东如是说，大家连忙举起自己的手看，第一次发现，自己的五个指头，因大拇指指向一边，其他四个指头指向另一边，这才拿住东西、捏住筷子。大家第一次知道自己手上也存在对立统一规律，都高兴得大笑起来。革命同志从毛泽东的生动讲解中，初窥了辩证唯物主义与历史唯物主义的门径。

一时，毛泽东正讲话，坐在下面听课的陈赓同志忽然站起来，整了整衣服，直奔讲台。毛泽东一愣，问道：“陈赓同志，可有急事？”陈赓不语，来到毛泽东跟前，拿起毛泽东面前的搪瓷水杯，咕咚咕咚喝了一气。而后，放下水杯，擦嘴，向毛主席敬礼，报告道：“天热，借主席一口水，现在没事了。”学员哄堂大笑，毛泽东亦微微一笑。[②]陈赓是黄埔军校第一期的毕业生，1925年秋东征时救过蒋介石的命，他追随革命，成为毛泽东的爱将。

毛泽东问：“飞机在机场，现在上了天，再过一会儿又要落地，这在哲学上该怎么解释？”学员们作难地叹道：“哎呀，这可没有研究过。”“考住了？”毛泽东笑道，“我来答答试试看，请你们鉴定鉴定。飞机停在机场是个肯定，飞上天空是个否定，再降落是个否定之否定……”“妙，妙！”毛泽东用极其通俗的方法把否定之否定规律说得十分清楚明白。

“否定之否定，第一个否定造成第二个否定之可能。辩证法否定是过程发展之动因，这种否定有两方面的表现：一方面表现为扬弃……一

① 毛泽东：《培养无产阶级的革命接班人》（一九六四年六月十六日），载中共中央文献研究室编《建国以来重要文献选编》第十八册，中央文献出版社2011年6月版，第504-506页。

② 参见1996年3月3日广州采访尤太忠笔录，转引自吴东峰：《幽默陈赓》，《开国将军轶事：大将上将篇》，广东人民出版社2012年7月版，第24-30页。

方面表现为肯定。”毛泽东说，“否定之否定规律在战争领域中的根本表现是‘和平——战争——和平’……”[①]

一阵鼾声传来。

鼾声来自九大队15岁的学员刘炽。刘炽个子小，坐在第一排。他本来是一条活泼的“鱼”，可他太小了，听毛主席的湖南腔，满口辩证呀，机械呀，唯物呀，唯心呀，还有黑格尔、费尔巴哈这些难记的外国人名，哪听得懂啊！他听着听着，就打起瞌睡来了，不光打瞌睡，还打呼噜，一时间鼾声大作。值班排长跑过来，要把他戳醒。毛主席说：“别戳别戳，这个小鬼昨晚没睡好觉，让他睡好了。”[②]听课的学员哄然大笑，把刘炽笑醒了。下课之后，大队长聂鹤亭批评他：“你这个小鬼，毛大帅讲课，你还敢打瞌睡，还在他眼皮子底下打呼噜，睡就睡吧，打什么呼噜，你可把咱全大队的人丢死啰！”刘炽后来成为著名的电影音乐人，代表作有《我的祖国》《英雄赞歌》《让我们荡起双桨》。

毛泽东讲授哲学的记录稿从1938年5月6日开始在《抗战大学》上连载。1940年，经毛泽东修改后，八路军军政杂志社将讲授提纲以内部单行本的形式出版发行。《辩证法唯物论（讲授提纲）》共三章十六节，约六万字，提纲如下：

第一章，“唯心论与唯物论”。分四节：哲学中的两军对战、唯心论与唯物论的区别、唯心论发生与发展的根源、唯物论发生与发展的根源。

---

① 摘自毛泽东读艾思奇《哲学选辑》的批注，转引自陈晋主编：《战争辩证法：和平—战争—和平》，《毛泽东读书笔记精讲》哲学卷，广西人民出版社2017年1月版，第266-267页。

② 冯希哲、敬晓庆、张雪艳：《延安音乐：延安音乐家》上册，太白文艺出版社2012年12月版，第311页。

第二章，“辩证法唯物论”。分十一节：无产阶级革命的武器——辩证法唯物论、过去哲学遗产同辩证法唯物论的关系、在辩证法唯物论中宇宙观和方法论的一致、哲学对象问题、物质论、运动论、时空论、意识论、反映论、真理论、实践论。

第三章，“唯物辩证法”。矛盾统一法则。

由于抗日战争全面爆发，时间不够用了，毛泽东只讲了第三章的“矛盾统一法则”，未能完成第三章。

延河传说：毛泽东做梦

一时，毛泽东做梦。毛泽东梦见自己在延河边散步，四周都是溪流与惠风。几匹白马在河边低头喝水，河水映照出马的白。芦花白，白成芦花，芦花的白和白马的白，不是一个白。河宽水窄，水中露出几块黑的白的石头，有个小朋友踩着石头过河，一眨眼就融入河边的草地看不见了。草地上有一群羊在宁静地吃草，草中间蒲公英热闹地开着黄花。毛泽东走过去，想摘一朵花，忽然看见和培元正坐在河边一块大石头上看书，嘴上叼着一根苇草，双脚放在流水中。

毛泽东问：“思想的苇草，看什么书？”

和培元连忙站起来，翻出书皮朝毛泽东摇了摇。毛泽东看清楚了，是《辩证法唯物论（讲授提纲）》。

毛泽东笑嘻嘻地问：“可看出一些门道？”

和培元把“思想的苇草”拿开，笑着说：“毛主席讲哲学，首先是照着讲。”

毛泽东看一眼流水，水消失在水中。他作不解状，厉声追问：

“什么是照着讲？”

和培元说：“照着讲，就是照着马克思主义的基本原理讲。讲辩证唯物主义和历史唯物主义；讲‘三条规律’——对立统一规律、量变质变规律和否定之否定规律；讲‘五对范畴’——原因和结果、内容和形式、可能和现实、必然和偶然、现象和本质……讲了马克思哲学的基本道理。照着讲，就是‘我注六经’，做马克思主义哲学的宣传者。”

毛泽东转头看去，看一朵花，花消失在花中。他笑起来：“你讲得对。共产党人学习马克思主义哲学，首先得照着讲，照着学，照着做。当然，照着讲，得防止教条主义，教条主义害死人，教条主义就是恩格斯批评的‘坏的时髦哲学’。当然，‘三条规律’‘五大范畴’之说，在我的认识上有些变化。我认为，辩证法的本质即对立的统一法则，辩证法的核心是对立统一规律，其他范畴如质量互变、否定之否定、联系发展等等，都可以在核心规律中予以说明。”[1]

和培元说：“毛主席讲哲学，首先是照着讲，然后是接着讲。”

毛泽东作兴趣状、认真状：“什么是接着讲？”

和培元说：“接着讲就是接着马克思主义哲学来讲。马克思主义哲学并不是以纯粹的哲学形式出现的学院哲学，它是改造世界的哲学。毛泽东的哲学也是如此。毛泽东接着讲，有继承，有发挥，有发展。比如，毛主席把唯物论和唯心论作为一个‘翻天覆地的大问题’来讲，多么生动。比如实践的观点，毛主席把实践的内容讲清楚了，物质生产的过程、阶级斗争的过程、科学实验的过程。这样的例子还有许多。主席

---

① 参见毛泽东1965年读李达《马克思主义哲学大纲》（内部讨论稿）的批注，转引自陈晋主编：《不必抄斯大林》，《毛泽东读书笔记精讲》哲学卷，广西人民出版社2017年1月版，第337-339页。

的接着讲，还有接着中国传统哲学讲，与中国古代朴素的辩证法联系起来，像主席说的，‘失败是成功之母’‘吃一堑长一智’‘不入虎穴，焉得虎子’‘知己知彼，百战不殆’等，把中国传统的东西讲出了新意。这是‘六经注我’，既有内容上的拓展、方法上的递进，还有逻辑上的深化。”

毛泽东说：“我倒是搜集了些材料，主要是总结中国革命的经验。”

和培元说：“主席讲哲学，更重要的是‘自己讲’。”

毛泽东看一眼草丛，那里面是不是藏着一个捉迷藏的孩子？那个孩子是不是藏得太深而把自己忘记了？他作警惕状、怀疑状，追问道：“什么是‘自己讲’？”

和培元说：“‘自己讲’就是用自己的语言讲哲学，就是讲自己的哲学、中国的哲学，就是马克思主义哲学的中国化，就是让西来的哲学说中国的话。”

毛泽东笑起来：“自己作准备，结合实际讲，用中国话来讲，总结革命经验，听的人就有劲头了。深入现实，尤其是结合当今的现实，是唯物主义历史观的本质要求。哲学鄙视现实，真是岂有此理！”

和培元说：“毛泽东自己讲，既有核心话题的转向，又有诠释文本的转换，还有人文语境的转移。《辩证法唯物论（讲授提纲）》第二章《辩证法唯物论》之第十一节，讲的是‘实践论’。坚持实践第一的观点，认识以实践始，以实践终，一切从实际出发。这是新的说法。第三章《唯物辩证法》讲的是‘矛盾论’。记得毛主席讲这一节时，美国记者斯诺的夫人海伦也听课了，主席对她说，‘通过形式逻辑，你不能懂得中国的革命，只能通过矛盾论。’海伦说，‘虽然我不懂“矛盾论”这个术语，但我准备接受这个观点。毛主席把古老的西方马克思主义者的标签，贴在完全不同的中国内容上。’海伦这样说，不准确，但有道理。毛主席讲矛盾论，对事物矛盾运动给予正确的观察、分析和解决的科学方法，特别是将中共领导中国革命的实践经验概括为处理主要矛盾与次要矛盾、矛盾的主要方面与次要方面等问题，注重把握主要矛盾并投入行动。这是‘自己讲’的精彩篇章，自我作故，自我主张，这是中国共产党人的哲学，是马克思哲学在中国的新发展。”

“不愧是青年哲学家，讲得好！且浮一大白！拿酒来。”

天回地游。梦中的毛泽东这时候已经不在延河边，他跟和培元坐在自己家窑洞前一棵歪脖子树下。他昂扬地说：“我们就是要建立中国共产党人的哲学。敝人对‘实践论’那部分比较满意，对‘矛盾论’那部分并不很满意。”

和培元说：“毛主席讲哲学，不是概念的体系，不是静观描述的哲学，不是抽象的哲学，而是直接立足于革命实践的自觉斗争和经验理性。毛主席的哲学是教人去斗争的方法论和意识形态，以引导革命者研究中国革命的逻辑。”

“讲得好。我们不可能是书斋中的哲学家，我也不做什么‘哲学王’。”毛泽东说，“马克思不是说过吗，哲学，只是用不同的方式来说明世界，问题在于改造世界！”

“你，言犹未尽，说下去。”毛泽东不见和培元说话，一回头，问道，“和培元呢？”

这一问，问得漫天飞雪、天地一白。

毛泽东顺着沾着雪花的手指看去，只见一棵雪树一棵雪树一棵雪树……雪树之上是蓝格淡淡的天，蓝天之下是巨幅的站立的白，那站立的白下面是延河，延河上有一条被扫开的冰道，冰道上有和培元弯着腰、背着手的滑翔背影……

艾思奇来了！

一时，秋色斑斓，杂树如花。毛泽东仰观浮云，一朵浮云像马；俯瞰延水，延水边上有几匹白马正在喝水。白马非马，黑马非马，马驹非马，识途老马非马，马克思非马，马海德非马……

毛泽东兴奋地说：“搞《大众哲学》的艾思奇来了！”

1937年10月间，艾思奇来到延安。两年前，年仅24岁的艾思奇因《哲学讲话》而声名鹊起。这本马克思主义哲学的入门书，遭到当局查禁后，易名《大众哲学》出版。毛泽东在1936年底读到这本书。

“你好呀，艾思奇同志。你的《大众哲学》我读过几遍了。”[1]

艾思奇温和忠厚，不善辞令，不苟言笑，有一张方方的脸，有些夫子的样子。他第一次见毛泽东，还有些拘谨。

毛泽东对艾思奇说：“我那本《大众哲学》被林彪看见了，他让莫文骅借走，刻蜡版，利用废旧文件的背面油印了几十本，给红军大学每个小组发了一本。我专门让叶剑英、刘鼎同志买来你的《大众哲学》，给延安的同志们看。”

艾思奇不知道说什么好，站在那里笑着，看着毛泽东。

“一本书叫《大众哲学》，一支歌叫《义勇军进行曲》，它们都有功于革命、有功于抗战。”毛泽东仍处于见到艾思奇的喜悦之中。他说，“我给抗大讲哲学时，讲到唯物辩证法之内外因，借用了《大众哲学》中使用的鸡蛋孵化成小鸡的事例。我说，外因是变化的条件，内因是变化的根据，外因通过内因而起作用。鸡蛋因得适当的温度而变化为

① 邓忠汉：《与毛泽东的哲学情缘》，《马克思主义哲学家：艾思奇》，云南人民出版社2015年1月版，第60页。

鸡子，但温度不能使石头变为鸡子，因为二者的根据是不同的。大家一下子就听懂了。”

艾思奇想起来，自己在《大众哲学》中讲事物变动的原因时举过鸡蛋变鸡子的例子。他心想：我书上写的可比刚才毛泽东这个概括差远了，我的话只是个例句，毛泽东的话堪称经典。

毛泽东说着，拿起刚刚印出来的《辩证法唯物论（讲授提纲）》油印本，签上名，双手送给艾思奇：“希望你阅后提出修改意见。”

艾思奇连忙把自己的新著《哲学与生活》拿出来：“请毛主席批评。”

几天后，艾思奇收到毛泽东的一封信：“《哲学与生活》是你的著作中更深刻的书，我读了得益很多，抄录了一些，送请一看是否有抄错的。其中有一个问题略有疑点（不是基本的不同），请你再考虑一下，详情当面告诉。今日何时有暇，我来看你。”[①]让艾思奇感到惊喜的是，毛泽东读《哲学与生活》时，饶有兴趣地做了长达十九页的摘录。

艾思奇收起毛泽东的来信，径直来到毛泽东的住处。

毛泽东说：“说曹操，曹操到。我正看你的《哲学与生活》呢！”

艾思奇比毛主席小17岁，听毛主席这样说，有些羞涩，连忙说：“主席，《辩证法唯物论》我已经拜读了。在毛主席的新哲学面前，蒋介石的力行哲学、陈立夫的唯生哲学和阎锡山‘中’的哲学，都是腐朽哲学。毛泽东的新哲学，是马列主义中国化的哲学，发展了马克思主义哲学。”

“是吗？说来听听。”

“在《实践论》中，主席以心理与逻辑相统一的观点，提出由感

① 毛泽东：《致艾思奇》，《毛泽东书信选集》，人民出版社1983年12月版，第112页。

觉知觉到概念、判断推理再服务于实践，以实践为真理标准的‘辩证唯物论的认识论’。在这个哲学认识论中，突出地强调‘直接经验’（亲知），强调‘知行统一’[1]。主席说得好，‘你要有知识，你就得参加变革现实的实践。你要知道梨子的滋味，你就得变革梨子，亲口吃一吃。’[2]”艾思奇说着，咂咂嘴巴，好像吃到梨子一般。他接着说，“主席把‘实践’这个概念拓展为‘革命实践’，这是个创造。‘两个飞跃’的说法也很先进。列宁说，‘从生动的直观到抽象的思维，并从抽象的思维到实践，这就是认识真理，认识客观实在的辩证的途径。’[3]这一句话，如果不注意研究，一读就过去了。主席把这一句话做成了一大篇章，主席说，‘认识的能动作用，不但表现于从感性的认识到理性的认识之能动的飞跃，更重要的还须表现于从理性的认识到革命的实践这一飞跃。’[4]讲清了实践在认识中的作用，由物质到精神，再由精神到物质，这样的表述太精彩、太生动了。还有，‘去粗取精，去伪存真，由此及彼，由表及里’[5]，这十六个字跟主席的‘游击战十六字诀’一样精妙，概括了从感性认识到理性认识的基本方法。这十六个字可谓‘认识事物十六字诀’，既是认识论，又是一分为二的方法论。妙啊！”

艾思奇说到兴奋处，朝自己的大腿拍了一下。他继续说：“认识的

---

① 参见李泽厚：《中国现代思想史论》，天津社会科学院出版社2008年6月版，第182页。

② 《毛泽东选集》第一卷，人民出版社1991年6月第2版，第287-288页。

③ 转引自张铁主编：《马克思主义哲学读本》，辽宁人民出版社1987年3月版，第167页。

④ 《毛泽东选集》第一卷，人民出版社1991年6月第2版，第269页。

⑤ 毛泽东：《中国革命战争的战略问题》，《毛泽东选集》第一卷，人民出版社1991年6月第2版，第163-164页。

总规律——实践，认识，再实践，再认识。这种形式循环往复，以至无穷，而实践和认识之每一循环的内容，都进入到了高一级的程度。主席的《实践论》第一次把认识的总规律用一个明确的公式概括起来，势凌风雨，前所未有，这是中国气派的表达。妙啊！”

毛泽东微笑着倾听着，他好像也被艾思奇的讲述所吸引。待艾思奇停顿下来，毛泽东说：“你这些话也启发了我，从实践到感性认识，再由感性认识上升到理性认识，这两个飞跃的道理，马克思和恩格斯都没有讲清楚，列宁的《唯物主义与经验批判主义》只讲清了唯物论，没有完全讲清楚认识论。我讲《实践论》只解决了实践在认识中的作用问题。主观能动性的问题，物质变精神，精神变物质，这个问题解决了。”①

艾思奇说：“还有，列宁讲到辩证法核心的时候，曾经有一个声明，他说，‘可以把辩证法简要地确定为关于对立面的统一的学说，这样就会抓住辩证法的核心。可是，这需要说明和发挥。’②这句话可以说是列宁在哲学上的遗嘱。列宁提出了这个问题，但他在其著作中没有来得及系统地‘说明和发挥’。毛主席钩沉致远，中得心源，在《矛盾论》中系统地‘说明和发挥’了列宁提出的问题，可以说是实现了列宁的遗嘱。”

毛泽东往艾思奇面前的水杯里续了一些水。

艾思奇收住自己的思路，问主席：“我想听听主席对《哲学与生活》的批评，主席在给我的信中说‘略有疑点’……”

---

① 参见毛泽东：《关于坂田文章的谈话》（1964年8月24日）。转引自冉昌光《社会主义时期的毛泽东哲学思想》，四川人民出版社1991年5月版，第287页。

② 转引自祝大征、史振东主编：《马克思主义哲学的历史进程》，陕西人民教育出版社1992年3月版，第395页。

毛泽东拿起《哲学与生活》，其中有一页折着，上面有他的批语。他指着上面的一句话说："你书中说'差别的东西不是矛盾'，这一点我不敢苟同呀！"[①]

艾思奇看到，书页上写着毛泽东的批语："差别不是矛盾"的说法不对，应说一切差别的东西在一定条件下都是矛盾。一个人坐椅摇笔濡墨以从事作文，是因人与作文这两个一定的条件把矛盾的东西暂时地统一了，不能说这些差别不是矛盾。大师傅煮饭，把柴米油盐酱醋茶在一定的条件下统一起来。店员与作家也可以在一定条件下统一起来。半工半读，可以把工、读统一起来。差别是世上一切事物，在一定条件下都是矛盾，故差别就是矛盾，这就是所谓具体的矛盾。思奇的说法是不妥的。[②]

天色渐渐暗了下来，延安的窑洞里出现了两个探讨哲学的人的剪影。

有一天，艾思奇没有来参加哲学小组的会议。毛泽东问："思奇同志呢？"

有人笑着说："艾思奇同志昨晚谈对象，送对象回去的路上，不小心摔在沟里。对象看他在沟里躺着没起来，以为摔坏了，连忙去扶他。他坐起来说：'我躺在那里思考，摔在沟里究竟是必然的还是偶然的？'"

"这个题目好嘛，必然与偶然是历史哲学的最高命题，今天就讨论偶然性与必然性。比如说，生是偶然的，死是必然的。比如说，中国革命产生自己的领袖是必然的，至于什么人领导，是张三还是李四，是带

① 王伯福：《毛泽东轶事》，山东人民出版社2002年1月第2版，第50页。

② 参见毛泽东：《关于差别和矛盾问题》（一九三七年），载中共中央文献研究室编《毛泽东文集》第二卷，人民出版社1993年12月版，第31—32页。

有偶然性的，毛泽东成为领袖就具有偶然性。”毛泽东说。

大家争论起来。有的说，毛主席成为领袖是必然的；有的说，毛泽东成为领袖是偶然的；有的说，发自偶然，达则必然；有的说，不然不然，发自必然，达则偶然……

毛泽东的辩证法

一时，淅淅沥沥地下着雨，窑洞半圆形的洞顶发出雨声的回音。毛泽东与陈伯达、何思敬、和培元等人在窑洞里讨论辩证法。看见哨兵在不远处的一棵树下站岗，毛泽东大声说：“小鬼。”他向哨兵招招手。哨兵走近窑洞，毛泽东指指门口的凳子，哨兵听话，就坐下了，坐在那里避雨。

有人先讲了延安哲学家的一个段子：“哲学家一天牵着两个毛驴去领面粉，到了粮库那口窑洞前，一看没有树也没有柱子，没有地方拴毛驴。毛驴不拴着可不行，跑丢了怎么办？毛驴跑丢了，面粉怎么办呢？哲学家想，怎么解决这个矛盾呢？他想到解决这个矛盾的办法，就是把两匹毛驴的缰绳系在一起，这不就相当于把两匹毛驴都拴在树上了吗？真是好办法。可是事与愿违，这两匹拴在一起的毛驴闹起矛盾，打起架来。哲学家从窑洞里跑出来，他没有去把毛驴拉开，而是由毛驴打架思考到一个问题：树可以拴毛驴，毛驴为什么不可以拴毛驴？毛驴与毛驴的矛盾是如何产生的？”

大家笑起来，哨兵笑得格外响亮。这时，艾思奇跑进窑洞，问大家在笑什么。

陈伯达转换话题：“笑何思敬同志呢，他研究黑格尔的大小逻辑，他家养了大小两个女儿……”

“大小逻辑跟大小女儿有逻辑吗？一点也不可笑，记得和培元曾经写过《逻辑史鸟瞰》。”

大家都知道，和培元的《逻辑史鸟瞰（研究）》一文发表于1940年8月25日出版的《中国文化》第一卷第六期。

何思敬说：“第一个注意到七条鱼和七天之间共同点的人，使思想史前进了一大步。这是哲学家怀特海说的。”

小雨仍在下着，滴滴答答。

毛泽东一边听大家的议论，一边随手练习书法。他说：“今天不是要讨论辩证法吗？你们看，字的结构有大小、疏密，笔画有长短、粗细、曲直、交叉，笔势上又有虚与实、动与静，布局上有行与行间的关系，黑白之间的关系。你看，这一对对的矛盾都是对立面的统一啊！既有矛盾又有协调统一。中国的书法充满了辩证法呀！”①

陈伯达说：“有一个东西把马克思、恩格斯、列宁和斯大林全部著作的思想贯穿起来，那就是唯物辩证法。毛主席的一切著作中的思想，也被一个东西贯穿起来，那也是唯物辩证法。”

“一个共产党员必须具备对于成绩与缺点、真理与错误这个两分法的马克思主义辩证思想。”②“我并不比别人聪明，但我懂辩证法，会用辩证法分析问题，不明白的问题用辩证法一分析就明白了，要好好学会用辩证法，这个作用很大。”③毛泽东说，“我们学习辩证法是为了什么呢？不为别的，单单为了改造这个世界，要改造这个世界上面的人

① 参见董志新：《毛泽东品〈论语〉》，万卷出版公司2015年2月版，第333页。

② 王毓、王志学主编：《毛泽东哲学著作选讲》，长春出版社1990年5月版，第285页。

③ 陈云：《身负重任和学习哲学》，《求是》1990年第8期，第2-3页。

与人、人与物的老关系……哲学就是辩证法，辩证法就是哲学。”①

陈伯达说：“中国革命极端复杂和极端曲折，正是由于毛主席灵活地运用了马列主义的辩证法，使得我们的同志处在这样极端复杂的矛盾交错的时期，能够不至于迷失方向，既避免陷入‘左’倾错误，又避免陷入右倾错误，使得我们终于摆脱了国内外敌人所放置的暗礁，把革命大踏步地推向前进，而国内外的敌人一个又一个地倒在历史的道路上。”②

毛泽东说：“不从具体的现实出发，而从空虚的理论命题出发，李立三主义和后来的军事冒险主义与军事保守主义都犯过此错误，不但不是辩证法，而且不是唯物论。”③

“毛主席的辩证法，研究的主要是本质与现象，主流与支流，矛盾的主要与次要方面。”陈伯达说，“毛主席不但一切著作都是借助于唯物辩证法，不但写了《矛盾论》这部专门的辩证法著作，而且还在他关于各种问题的许多著作中，对辩证法的一些重要问题，给我们作直接的启示。毛主席在《星星之火，可以燎原》里，直接提出了关于现象和实质的辩证法问题，‘我们看事物必须要看它的实质，而把它的现象只看作入门的向导，一进了门就要抓住它的实质，这才是可靠的科学的分析方法。’④在《关心群众生活，注意工作方法》中，主

① 参见《辩证法唯物论（讲授提纲）》，转引自黎永泰《毛泽东与美国》，云南人民出版社1993年12月版，第664—698页。

② 陈伯达编：《在毛泽东同志的旗帜下》，钢二司武汉大学总部编印1968年3月版，第80页。

③ 毛泽东1936年11月至1939年4月4日读西洛可夫、爱森堡等《辩证法唯物论教程》（中译本第三版）的批注。转引自陈晋主编：《毛泽东读书笔记精讲》哲学卷，广西人民出版社2017年1月版，第166页。

④ 《毛泽东著作选读》上册，人民出版社1986年8月版，第40页。

席直接提出了关于任务和工作方法的辩证法问题，‘我们的任务是过河，但是没有桥或没有船就不能过。不解决桥和船的问题，过河就是一句空话。不解决方法问题，任务也只能瞎说一顿。’[①]在《中国革命战争的战略问题》里，主席直接提出了关于战争的一般规律和特殊规律的辩证问题，局部性和全局性的问题。在《论持久战》中，他直接提出关于唯物的全面的认识论之一系列的辩证问题，批判了主观和片面的认识论。”

毛泽东听陈伯达说完了，好像自言自语一般，说：“古代的辩证法转化为中世纪的形而上学，中世纪的形而上学转化为近代的辩证法。辩证法有时候就是‘变’证法。‘变’就是转化，乃是认识论的问题。要把主观与客观联系起来，才能施之于实际的具体环境，而且要依情况的变化而改变口号和方针。‘风云入世多，日月掷人急。’中国共产党十余年来的斗争，先是国共合作，然后十年内战，到目前的统一战线，就是例子。没有一种事情不是互相转化的，急转化为缓，缓转化为急，劳转化为逸，逸转化为劳，苦战和休整，也是如此。劳和逸，急和缓，有同一性，苦战和休整也有同一性。睡眠和起床也是对立的统一，试问，谁能担保起床以后就不睡觉？反之，‘久卧者思起’。睡眠转化为起床，起床转化为睡眠。开会走向反面，转化为散会。《红楼梦》里王熙凤说，‘千里搭长棚，没有不散的筵席。’这是真理。儿子转化为父亲，父亲转化为儿子，女子转化为男子，男子转化为女子，直接转化是不行的，但是结婚后生男生女，还不是转化吗？团结转化为斗争，斗争再转化为团结。时间一变，你做

① 毛泽东：《关心群众生活，注意工作方法》，转引自田克勤、于桂兰、吴凤文等主编《思想政治工作理论与实践》，中国展望出版社1990年5月版，第177页。

的事便不能不变了。‘变’，不是在脑筋里想出来的，而是依客观条件，根据经验法则，再加脑筋思考制造出来的。了解这个，应用这个，便是辩证法。马克思主义会‘变’的。辩证法从某种意义上讲就是‘变’证法，变，就是变化、转化。由小变大，由大变小；由弱变强，由强变弱；渐变到突变，量变到质变；物质变精神，精神变物质；坏事变好事，好事变坏事；敌人变朋友，朋友变敌人……必然王国变自由王国，唯变所适。蒋介石的士兵今天被缴械了，国军变成共军，明天他们和我们一起战斗，这就是辩证法。”①

哨兵听得眼睛亮了。

毛泽东说：“人们的认识总是在实践中逐步地提高的。比如，中国革命有许多山头，要认识山头，照顾山头，缩小山头，最后消灭山头，这是一个辩证关系。再比如，前途是光明的，道路是曲折的。我们的同志在困难的时候，要看到成绩，要看到光明，要提高我们的勇气，这就是辩证法。王震同志打敌人去，出发时，我对他讲，第一条叫光明，第二条叫困难。看到光明，也要看到困难，这就是辩证法。”②

何思敬说：“毛主席讲过必然性与偶然性的辩证法、一般性与个别性的辩证法、前进性与曲折性的辩证法，并在革命实践中成功运用。”

陈伯达低头记录着。

毛泽东挥一下手说：“辩证法的本质就是批判性和革命性。辩证法在对现存事物的肯定理解中，同时包含着对现存事物的否定性理解，即对现存事物必然灭亡的理解。量变质，质变量。完全一种性质，几百万

① 杨献珍：《尊重唯物论尊重辩证法》，湖北人民出版社1980年6月版，第131—133页。

② 参见中共中央党史研究室第一研究部：《中共七大研究》，上海人民出版社2006年6月版，第260—261页。

年不变，我不信。按照辩证法，这是不可设想的。辩证法的生命，就是不断走向反面。”①

何思敬说：“主席把辩证法讲得透彻。”

毛泽东接着说：“但是，如果只有进步的一面，只有变革的一面，那就没有一定相对稳定形态的具体的动物和植物，下一代就和上一代完全不同，稻子就不成其为稻子，人就不成其为人了。保守的一面，也有积极作用，可以使不断变革的植物、动物，在一定时期内相对固定起来，或者说相对地稳定起来，所以稻子改良了还是稻子，儿子比父亲粗壮聪明了还是人。但是如果只有保守和稳定，没有进步和变革的一方面，植物和动物就没有进化，就永远停顿下来，不能发展了。”②

陈伯达接不上话，只有频频点头：“精彩！精彩！”

毛泽东说：“从来没有一个不变的事物。世界上没有绝对不变的东西。变，不变，又变，又不变，这就是宇宙的发展。既守恒又不守恒，这就是既平衡又不平衡。”③

陈伯达被毛泽东这一席话绕进去了，一面随手做笔记，一面皱着眉头思考着，努力跟上毛主席的思路。

毛泽东慢慢地说：“在实践中实现主体与客体的辩证法的统一。改变外界，同时又改变自己。我们说要尊重辩证法，首先要尊重唯物论。我们的思想不是天赋的。”④

---

① 谢经华主编：《毛泽东与中国社会主义》，湖北人民出版社1993年10月版，第78页。

② 中共中央研究室编：《毛泽东文集》第八卷，人民出版社1999年6月版，第107页。

③ 毛泽东：《关于人的认识问题》（1964年8月24日），《毛泽东文集》第八卷，人民出版社1999年6月版，第392页。

④ 毛泽东读西洛可夫、爱森堡等著，李达、雷仲坚译《辩证法唯物论教程》（中译本第三版）一书的批注（1936年11月—1937年4月）。见《毛泽东哲学批注集》，中央文献出版社1988年3月版，第17页。

这时，邻居老乡家的一条瘦狗跑过来。毛泽东看一眼狗，继续说：“不变，使事物在一个时期固定下来，或者叫稳定下来，这方便我们认识事物。”

老乡的狗卧在毛泽东的脚下。毛泽东接着说：“人的思想是生下来后，看见人，看见狗……千百遍地反映，形成人、狗、树、石头、沙子、粮食等许多概念。概念是逐步形成的，后来逐步丰富，形成判断。概念是个别和普遍的统一。”

毛泽东沉浸在他的逻辑与辩证法中，他接着说：“入学前的小孩，一岁到七岁，接触事物很多。二岁学说话，三岁哇啦哇啦跟人吵架，再大一点就拿小工具挖土，模仿大人劳动，这就是观察世界。小孩子已经学会了一些概念。狗，是个大概念。黑狗、黄狗是小些的概念。他家里的那条黄狗，就是具体的。人，这个概念已经舍掉了许多东西，舍掉了男人、女人的区别，大人、小孩的区别，中国人与外国人的区别，只剩下了区别于其他动物的特点。谁见过“人”？只能见到张三、李四。“房子”的概念谁也看不见，只看到具体的房子，天津的洋房、北京的四合院……”[1]

说话间，已是辩证法的黄昏。

共产党的“上帝”

一时，窑洞里放着一盆红红的炭火。毛泽东与哲学研究会的几个成员围着炭火，一边烤火一边聊天。哲学会是毛泽东提议成立的，由艾思

① 参见金延锋、徐斌、王祖强：《共和国命运的抉择与思考：毛泽东在浙江的785个日日夜夜》，浙江人民出版社2009年10月版，第315—318页。

奇和何思敬主持，每周聚会讨论一次。

美国医生马海德来毛泽东的窑洞里串门，看到一窑洞的人并不奇怪，他说：“这天冷得，延河都结冰了。”

胡乔木把凳子让给马海德，他说：“你应该说，在外因的作用下，量变导致了质变。”

大家笑起来。马海德说：“我的屁股已经坐到窑洞的凳子上，我的脚好像还没有迈进窑洞的门槛。”

何思敬说：“凭这句话，你已经登堂入室。”

“今天已经哲学了吗？”马海德伸手烤着火，扬着脑袋向上看看洞壁上的影子说，“记得1936年，第一次见到毛主席，毛主席劈头问我：‘你搞过哲学吗？’我慌慌张张地说：‘我不过是一个业余哲学爱好者。’”

美国记者斯特朗说：“延安的窑洞像扩大的龙门佛龛。”

“我觉得，这窑洞像欧洲中世纪的地窖……”师哲说。

大鼻子医生马海德已经成为“延安通”，他把自己的身体翻过来，让炭火烤热后背。他说：“鲁艺的木刻家古元有幅作品，题目叫《圣经时代已经过时了》。记得曾经有人在《解放日报》上求购《新旧约全书》，他难道不知道我们过的是上帝之后的日常生活？”

斯特朗敏锐地抓住这个话题，向毛泽东提问：“哲学的一个问题是，有没有上帝？毛主席以为呢？尼采在《查拉斯图拉如是说》一书中说，‘上帝死了’。”

“我谴责尼采，谴责他的谶语。”毛泽东说，“我们有位‘上帝’，他住在万佛洞，那里曾经是如来佛居住的地方，被他占领了，这位好同志，已经牺牲了。”

师哲看见斯特朗摇着头，满头银发都摇晃成一串问号，连忙解释说：“博古，是俄语‘上帝’的音译，他是我们党的领导人之一，在清凉山万佛洞办《解放日报》，他在‘四八’空难中牺牲了。”

斯特朗听明白了，沉默一会儿。她不能放过这个刨根问底的机会，继续追问毛泽东：“毛泽东哲学中有没有上帝呢？”

马海德说：“美军观察组里一位来自肯塔基的士兵说，延安的人就像是上帝的人。意思是说，这里的人纯粹……”

斯特朗不想丢掉询问毛泽东的机会，她打断马海德的话，朝着毛泽东问：“毛主席的哲学中有没有上帝呢？”

“在我毛泽东的哲学中，有没有上帝，不是讨论的问题。”毛泽东十分肯定地回答，“我有一个上帝。你们的上帝信仰是非理性的，我的上帝信仰则是理性的。”

师哲心想：毛泽东常常是像唯心主义那样思考，以唯物主义那样行动。

“我有一个上帝。”毛泽东停顿了一下，接着说，“我们共产党人都有一个上帝。”

大家注视着毛泽东，静心谛听。洞壁上跳动着众人的影子。

“中国共产党的上帝，毛泽东的上帝，就是两个字。”毛泽东停顿了一下，站起来，大声说，“哪两个字？——人民。什么是上帝？人民就是上帝。”[1]

哲学的一个重大问题是哲学与人民的关系。艾思奇、何思敬等都知道，“人民”这个词，在《周易》《周礼》《孟子》《墨子》里都出现过，不过不是现在的意思，那里面所说的“人民”是指全部的人口。日本人把“人民”与“people”等同起来，既有人口的意思，也有人民大

---

① 中共中央文献研究室编：《毛泽东年谱（1949—1976）》第四卷，中央文献出版社2013年12月版，第391页。

众的意思。共产党人使用的“人民”一词，是个严格的政治概念。列宁1905年时就强调：“马克思在使用‘人民’一词时，并没有用它来抹杀各个阶级之间的差别，而是用它来把那些能够把革命进行到底的确定的成分连为一体。”[①]也就是说，不是什么人都能算作人民的，人民是那个与统治者相对立的群体。我们共产党所说的人民是什么？在现阶段，是工人阶级、农民阶级、城市小资产阶级与民族资产阶级，是一切抗击日本侵略者的人。

“上帝就是人民，人民就是上帝。”毛泽东说，“人民是历史的创造者，是历史前进的动力。人民，只有人民，才是创造世界历史的动力。人民起决定作用。”[②]

毛泽东说：“一切干部，不论职务高低，都是人民的勤务员，我们所做的一切，都是为人民服务。人民是主人。”[③]

外面下雪了。

毛泽东走到窗口向外张望了一下，大声说：“映雪宜对高人。今天在座的都是高人嘛。真正的高人是为人民服务的人，而不是自私自利的人。”

张闻天记得，“为人民服务”这句话是毛泽东1939年2月20日在给他的信中第一次提出来的。那封信是讨论“孔子哲学”的。

毛泽东说：“必须站在人民群众这一边，绝不能站到人民敌人那一

① 刘延勃主编：《哲学辞典》，吉林人民出版社1983年2月版，第11页。

② 李济琛、陈志英：《谁主沉浮：旧中国五十年政治风云》，改革出版社1997年4月版，第543-545页。

③ 《一九四五年的任务》，《解放日报》1944年12月16日。

边去。这是一个马克思列宁主义者的根本立场问题。”[①]

艾思奇说：“从延安走出去的人，第一个记得的就是‘为人民服务’。”

张闻天说：“我们共产党的哲学是人民哲学。”

何思敬往火盆里夹了两块木炭，火星腾起，炭火兴旺起来。他说：“为人民服务，这是共产党哲学的价值观。”

毛泽东说：“《列子》里愚公移山的故事你们都知道。愚公……毫不动摇，每天挖山不止。这件事感动了上帝，他就派了两个神仙下凡，把两座山背走了。现在也有两座压在中国人民头上的大山，一座叫作‘帝国主义’，一座叫作‘封建主义’。中国共产党早就下了决心，要挖掉这两座山。我们一定要坚持下去，一定要不断地工作，我们也会感动上帝的。这个上帝不是别人，就是全中国的人民大众。”[②]

斯特朗想：哲人都喜欢用寓言来表达自己的意见。

艾思奇一直看着毛泽东的面孔。炭火映照下，毛泽东的脸明明暗暗，说到人民，他是那么动情，那么深情。艾思奇知道，毛泽东具有强烈的人民意识，他把“为人民服务”作为中国共产党人的宗旨。

毛泽东接着说：“有人嘲笑共产党是‘唯民众论’。‘民为邦本’是几千年来我国圣哲的名言，并非共产党的新发明。这般嘲笑和轻侮民众力量的论客，实在不屑与之做理论上的争辩，只消饿他三天，看他怎么办。无农即无米，无织工即无衣，这是很简单的道理呀！”[③]

① 《解放军报》1967年4月10日。

② 毛泽东1945年6月11日在中共七大以《愚公移山》为题作的闭幕词。转引自陈晋主编：《毛泽东读书笔记精讲》文学卷，广西人民出版社2017年1月版，第5页。

③ 舒湮：《战斗中的陕北》，转引自王巨才主编《延安文学作品：报告文学》，太白文艺出版社2015年9月，第3-5页。

美国记者斯特朗心中一直盘旋着一个问题，她一直认为，共产主义是一种宗教。学者如胡适、雷海宗等都认为共产主义是一种宗教。胡适教授曾说，陈独秀“逐渐地走进二十世纪的共产主义新宗教”。斯特朗记得，毛泽东说过“中国人民正在受难，我们有责任解救他们”[①]，这是上帝的口气。毛泽东的许多句子，看起来不像出于凡人，而是出于上帝之口。她曾经问过周恩来等中国共产党领导人共产主义是不是一种宗教，他们都坚决否认：“共产主义不是一种宗教，而是一门科学。”[②]她一直想知道毛泽东的答案，机会来了，她问毛泽东：“共产主义是不是一种宗教？”

毛泽东深思。落雪声，夜鸟声，风动窗纸声，木炭的火花炸裂声。跳动的火苗把人的影子投射到洞壁上……

师哲想：西方人宗教观念太强大了，动不动就宗教，德国的马克斯·韦伯在1915年出版的《儒教与道教》一书中，强加给中国儒学一个“儒教”的名称，难道西方人要把共产主义也归入宗教之类？

张闻天想：马克思有句名言“宗教是人民的鸦片”，共产主义怎么会是宗教呢？

马海德想：宗教是让穷人不去反抗富人。共产党斗地主、打土豪、分田地，抽多补少，抽肥补瘦，是专门领着穷人收拾富人的，共产主义怎么会是宗教？

斯特朗穷追不舍：“共产主义是不是一种宗教？”

---

① 毛泽东：《为人民服务》，转引自和奕、张山、杨进保编著《〈毛泽东选集〉词语典故手册》，中国国际广播出版社1991年10月版，第294页。

② [美]安娜·路易斯·斯特朗：《最后来访的美国记者》，载任文主编《国际友人在延安》，陕西师范大学出版总社有限公司2014年4月版，第241—255页。

毛泽东严肃地说："是。"

毛泽东的声音一出口，张闻天一惊，何思敬一惊，艾思奇一惊，马海德一惊，师哲一惊，斯特朗有些惊喜。张闻天暗想：毛泽东的想象力如天马行空，绝非真理与逻辑所能控制。

毛泽东慢条斯理地说："如果你愿意，你可以说共产主义是一种宗教。一种为人民服务的宗教。"①

斯特朗惊叹："妙答！世界上很少有马克思主义者会这样说。只有毛泽东敢说，这就是毛泽东。"

毛泽东继续说："西方人说，耶稣的权是上帝给的。共产党人说，我们的权是人民这个上帝给的。"②

马海德又一次翻个身子，烤他的后背，他烤后背的时候，看见洞壁上自己变形的影子。

斯特朗看着马海德，想起一部戏上的台词：把脸向着国王，把背向着上帝。

北方雪花大如掌，河桥路断流嘶响……第二天一大早，人们走出窑洞一看，四周皆为白色。一夜的大雪把延安下成了童话世界，所有的山梁、所有的沟沟坎坎都覆盖上了白雪，所有的枝枝杈杈都沾满了雪花。嘉陵山上的宝塔，一身雪白，宛如一位白玉雕成的天人……

① [美]安娜·路易斯·斯特朗：《最后来访的美国记者》，载任文主编《国际友人在延安》，陕西师范大学出版总社有限公司2014年4月版，第241-255页。

② 参见毛泽东在七大闭幕词《愚公移山》中的讲话。转引自陈汉楚编著：《社会主义在中国的传播和实践》，中国青年出版社1984年8月版，第389页。

靠实事求是吃饭

一时，天空没有半点云彩，万里深蓝中挂着一轮满月。夏日之夜总是凉快的，还有微风穿幽篁的声音，婆娑树影落在窑洞的院落里。毛泽东和一群人围着石桌聊天，石凳不够，还有几个人席地而坐，每个人的脸上仿佛都被明月和树影画上了黑白明暗的脸谱。

一个声音说："刘志丹在陕北搞根据地，未请示中央批准，是'先斩后奏'，不予承认。"

毛泽东说："对先斩后奏，也要实事求是。有些事来不及请示或无法请示，只要对革命有利，就先干起来再说。我们的遵义会议撤换王明、博古，改派陈云同志去莫斯科，也是'先斩后奏'。谁胜利了谁就有理。刘志丹未经中央批准组织的武装，也是共产党的军队，应该承认。"①

毛泽东从口袋里摸出一个烟盒，不料烟盒里只剩下一支香烟，他环视周围，只有高岗和他一样有烟瘾，便随手把烟一折两段，自己点着，吸一口，再衔着另一半，烟对烟，引火冒烟，递与高岗，两人抽了起来。

毛泽东说："实事求是，就是从实际出发，以实践为出发点，就是'实践，认识，再实践，再认识'。这说起来容易，做起来可难了。好比说，我们的大革命失败了，我们的苏维埃革命失败了，为什么？因为有那么一个天上掉下来的东西管着，就是莫斯科那个天上掉下来的，天上掉下来什么东西就照着办。一切从理论出发，从经验出发，王明、博

① 中共中央党史研究室第一研究部编：《七大代表忆七大》下册，上海人民出版社2006年7月版，第798页。

古就是这样，现在的教条主义也是这样。莫斯科说什么就是什么，根本不管中国的地上能长什么庄稼。”

高岗说：“王明就是天上掉下来的。毛主席曾说王明回来是‘喜从天降’。原来我们以为苏联飞机给我们带来什么好东西，却不知道这是祸从天降。”

毛泽东说：“共产党不靠吓人吃饭，而是靠马克思列宁主义的真理吃饭，靠实事求是吃饭，靠科学吃饭。”[①]

“靠实事求是吃饭，这话厉害！”高岗说，“‘实事求是’这个词用了一两千年，毛主席对它作了新的解释，解释得又新又好，我都会背了，‘实事’就是客观存在的一切事物，‘是’就是客观事物的内部联系，即规律性，‘求’就是我们去研究。”

“毛主席是字字翻新。”刘少奇说，“大家注意主席‘实事求是’这个说法，许多人没有看懂毛主席的意思。‘实事’是为‘求’‘是’服务的。毛主席的‘实事求是’，不仅仅是求‘事’，毛主席‘求’的是那个高于‘实事’的东西，就是‘是’。”

艾思奇说：“实事求是的原则应当是真理与价值的统一，它不仅要求认识符合客观实际，还要求从中引出的实践方案有合理的价值取向。只有同时做到了这两条，才算是贯穿了实事求是。”

毛泽东说：“辩证唯物论的特点，在于抓住事物的核心、事实的本质、事实的内部发展规律性，不在于尊重事实的表面。尊重表面事实，是认识的初级阶段，是科学的初期阶段。这个观点艾思奇也说过的。”[②]

① 《毛泽东选集》第三卷，人民出版社1991年6月第2版，第830-836页。

② 参见《毛泽东哲学批注集》，中央文献出版社1988年3月版，第202-203页。

艾思奇在一旁点点头，他佩服毛泽东的记性，真的是过目不忘。他说："求是，并不是'求'一般的所谓事实，那些可以通过直觉直接给予我们的'事实'也很重要，但那是单纯的实存，还不是'是'，'是'乃实存与本质的统一，是那个展开过程中必然的东西。"

毛泽东说："哲学家有随心所欲的自由，可以天马行空地去思考问题，不必顾及其实际效果。而政治家要解决的是实实在在的问题，不实事求是怎么行？马克思主义哲学家，要相忘于哲学，在社会的万丈红尘中历练，像《红楼梦》中的贾宝玉，要在重返太虚幻境之先，先在红尘走上一遭。马克思主义者走路，走到哪个地方走不通就要转弯，因为那个地方过不去。我们的哲学是实事求是的哲学。"

艾思奇说："真正的实事求是，不仅仅在于要理解事实和认识事实，而且要从这理解和认识中求得指导行动、推动工作的方法。"

毛泽东说："政治就是把拥护自己的人搞得多多的，把反对自己的人搞得少少的；军事就是打得赢就打，打不赢就走。这就是实事求是。"

艾思奇说："我们的认识，是为着实践，为着改变世界的，我们不要为认识而认识，单单揭发事实，并不是我们的目的。"

高岗说："我听'革命的好老婆'徐特立说，真正把马克思主义哲学学通了的只有两人，一个是润之，一个是洛甫。"

"洛甫……背了几大麻袋教条回来，教条不要变成教条主义就好。当然教条主义还是革命的，不过是搬教条就是了。"毛泽东看一眼张闻天，继续说，"哲学的研究不是为着满足好奇心，而是为改造世界，认识世界的规律性，找到正确的理论，为着有效地指导实践，改造世界。"

艾思奇说："揭发事实，理解事实的时候，同时要随伴着一套解决事实问题的方法，才叫作实事求是。……所谓的实事求是，不仅在于要‘求’理解‘是什么’的问题，而且要‘求’解决‘是怎样办’的问题。”

毛泽东抚掌：“说得好。”

陈云说：“我曾经以为自己过去犯错误是由于经验少，毛主席却对我说，这不是经验少，是思想方法不对头，要学点哲学。毛主席至少对我说了三次要学习马克思主义哲学。当我仔细学习研究毛主席起草的文件、电报之后，发现里面贯穿着一个基本指导思想——实事求是。那么，怎样才能做到实事求是？我的体会就是十五个字：不唯上、不唯书、只唯实；交换、比较、反复。”

“十五个字，说得好！”毛泽东站起来说，“理论是从客观实际抽出来的，又是从客观实际得到证明的。我在这里讲话，我绝不能说我的话讲出就完全正确。要在实践以后，证明它是正确的，才算正确。今后任何领导者、任何同志，都要有这样的态度。客观实践，实践是考验真理的标准尺度，用什么尺来量真理呢？就是用实践这个尺。马克思主义者量一切东西的尺子，就是实践。只有实践，才能标出一切是非。”

月亮落下山，所有的东西都掉进黑暗中，形成各种各样的黑，只有一孔窑洞里的灯亮着。雄鸡高唱，东方欲晓。毛泽东挥笔给中央党校大礼堂题词——实事求是。不久，“实事求是”四个大字就刻石砌于中央党校大礼堂正面的上方，成为党校的校训、学员的座右铭。

“斗争哲学”的来历

一时，通红的夕阳照得满屋子金碧辉煌，毛泽东在杨家岭大礼堂开大会欢迎邓宝珊。邓宝珊是同情共产党的国民党第二十一军团军团长、晋陕绥边区总司令。他自重庆经西安返榆林，经停延安。

李富春致欢迎词，邓宝珊致答词。邓在答词中，忽然说了一句“你们共产党是讲斗争哲学的”[1]。台下小有骚动。革命同志一看邓宝珊的表情友好，似无恶意，克制着心中的不悦，以保持礼貌。

散会后，宣传部的几个人议论纷纷。有人说，“邓宝珊怎么也讲起反共的话来了？”

中宣部教育科科长赵毅敏说：“他是国民党高官，天天要看国民党报刊，看惯了，他也不懂什么斗争哲学，就随便说了！你们看他的样子不还是很友好的吗？他莫名其妙，弄不清楚的。”

新华社的叶蠖生说：“抗日战争中，尤其是1939年以后，国民党党务系统（‘CC系’）与军事系统（‘复兴系’）都强力地宣传共产党是专讲斗争哲学的；‘复兴系’与‘CC系’的刊物《时代精神》《民意》等长期宣传的内容之一就是骂共产党只讲斗争哲学，他们的目的是挑拨共产党与人民的关系。”

陆定一说：“‘斗争哲学’是国民党反共派对我们的一种污蔑，马克思主义哪里只讲斗争呢？”

李富春笑嘻嘻地说：“我们有‘斗争秧歌’。”

太阳落山了，远处近处的窑洞里闪烁着灯光。毛泽东刚刚与邓宝珊先生喝了几杯酒，送走客人后，他踱着步子，加入大家的谈话中。

毛泽东两颊微酡，他大声说：“有人说我们党的哲学叫‘斗争哲学’，榆林有一个总司令叫邓宝珊的就是这样说的。我说，‘你

① 曾彦修：《“斗争哲学”曾被认为是反共哲学》，载向继东编选《2009中国文史精华年选》，花城出版社2010年1月版，第246-248页。

讲对了’。”[①]

革命同志一听毛主席这样说，都支起耳朵，听取毛主席的高见。

毛泽东说：“自从有了奴隶主、封建主、资本家，他们就与被压迫的人民进行斗争，‘斗争哲学’是他们先发明的。被压迫人民的‘斗争哲学’出来得比较晚，那是斗争了几千年，才有的马克思主义。”[②]

大家听明白了，毛泽东接过对手的谩骂，用自己的世界观揉搓了一番，赋予新意，拿将起来，把“斗争哲学”作为共产党人的武器。

毛泽东说：“不搞阶级斗争，搞什么哲学？……马克思主义三个组成部分，基础是社会学，是阶级斗争。搞哲学的人，以为第一是哲学。不对，第一是阶级斗争。压迫者压迫被压迫者，被压迫者要反抗，找出路，才去寻找思想武器。我们都是这样过来的。从这一点出发，才有马列主义，才找到哲学。总之，有阶级斗争，才有哲学。哲学领域是两个对立的东西在斗争，世界观是唯物主义与唯心主义的斗争，方法论是辩证法与形而上学的斗争。”[③]

和培元说：“斗争哲学是彻底的不妥协的革命哲学。”

毛泽东说：“有斗争有团结，有对立有统一。比如说统一战线，又团结又斗争，以斗争求团结。”[④]

---

① 《在中国共产党第七次全国代表大会上的口头政治报告》，见《毛泽东文集》第三卷，人民出版社1996年8月版，第316页。

② 《在中国共产党第七次全国代表大会上的口头政治报告》，见《毛泽东文集》第三卷，人民出版社1996年8月版，第316页。

③ 参见中共中央党史研究室编：《中共党史资料》第六十辑，中共党史出版社1996年12月版，第191页。

④ 廖盖隆、胡富国、卢功勋主编：《毛泽东百科全书》，光明日报出版社1993年10月版，第645页。

张闻天说：“马克思哲学是一种批判哲学，体现在形而上学批判、意识形态批判和资本批判之中。毛主席说的斗争哲学就是批判哲学。”

中国共产党成立之后，并没有立即进行暴力革命，也不信奉斗争哲学。毛泽东早年曾主张“无血革命”，主张“温和的”“打倒”。毛泽东说：“在对人的方面，主张群众联合，向强权者为持续的‘忠告运动’，实行‘呼声革命’——面包的呼声、自由的呼声、平等的呼声——‘无血革命’。不至张起大扰乱，行那没效果的‘炸弹革命’‘有血革命’。俄国式的革命，是无可如何的山穷水尽诸路皆走不通了的一个变计。国民党打共、捉共、杀共、骂共、钻共，我们不表示坚决反抗，还不是投降主义？”①

“斗争哲学”的理论基础是阶级斗争。张闻天说：“‘阶级斗争’这个词，原文是‘klassenkampf’。对于‘kampf’，日本人最初翻译为‘争斗’，后来又译为‘斗争’。不管是‘斗争’还是‘争斗’，在《韩非子》里面都出现过。‘阶级’这个词，在古汉语中本来表示官级的高低，基本不包含是非敌友的含义。马克思主义‘阶级’的概念，不单指其成员与生产资料的关系，更主要的是意识形态的特征。李大钊曾经将‘klassenkampf’译为‘阶级竞争’，‘竞争’不如‘斗争’那样果断和敌对，不足以表现两个阶级的关系，后来没有传播开来。”

毛泽东说：“记得我在1920年第一次看了考茨基的《阶级斗争》，陈望道翻译的《共产党宣言》，和一个英国人写的《社会主义史》，我才知道人类自有史以来就有阶级斗争，阶级斗争是社会发展的原动力、

① 参见毛泽东：《〈湘江评论〉创刊宣言》，《毛泽东早期文稿》，湖南人民出版社1990年7月版，第293-294页。

初步地得到认识问题的方法论。可是这些书上，并没有中国的湖南、湖北，也没有中国的蒋介石和陈独秀。我只取了它四个字，‘阶级斗争’，老老实实地开始研究实际的阶级斗争。”①

张闻天想：毛主席所说的三本书，主旨并不全是讲阶级斗争的，不过他眼放毫光，取它四个大字“阶级斗争”，自有其道理。

毛泽东说：“我与梁漱溟的彻夜争论也在这里。梁先生认为，中国社会阶级分化和阶级对立不明显、不强烈、不固定，不同意搞阶级斗争。我认为，中国有阶级，阶级斗争十分尖锐，并且是你死我活的阶级斗争。”②

李富春说：“我记得斯诺曾经说过，毛主席年轻的时候，就有强烈的自由主义的和人道主义的倾向，从理想主义到现实主义的过渡只能是在哲学上开始的。阶级仇恨对毛主席来说基本上是他哲学体系中的一种理性的产物，而不是本能的冲动。”

毛泽东说：“我年岁小时，住在乡村，看见人都是人，不知道有阶级。看了《共产党宣言》，加入了共产党。后来回去，乡村就变了样，才知道农村有地主与农民、城市有工人与资本家的阶级对立。”③

蜡烛上面的火苗跳跃了一下。

毛泽东说：“阶级斗争，一些阶级胜利了，一些阶级消灭了。这就是历史，这就是几千年的文明史。拿这个观点解释历史的就叫作历史的

---

① 参见《毛泽东农村调查文集》，人民出版社1982年12月版，第21-22页。

② 参见中共中央文献研究室编：《毛泽东年谱（1893—1949）》中卷，中央文献出版社2002年8月版，第44-101页。

③ 毛泽东：《毛泽东延安时期文稿两篇（一九三八年三月——一九四一年十月）》，《党的文献》2002年第3期，第3-8页。

唯物主义，站在这个观点的反面的是历史的唯心主义。”①

毛泽东思接千载，海阔天空。他说：“《红楼梦》这部书写得很好，它是讲阶级斗争的，要看五遍才能有发言权哩。多少年来，很多人研究它，并没有真正懂。这部书不仅是一部文学名著，也是一部形象的阶级斗争史。还是要看《红楼梦》啊！那里写了贪官污吏，写了皇帝王爷，写了大小地主和平民奴隶。大地主是从小地主里冒出来的，麻雀虽小五脏俱全。看了这本书就懂得了什么是地主阶级、什么是封建社会，就明白为什么要推翻它！”②

有个声音悄悄地说：“《红楼梦》专家。”伸出一指，指指毛泽东。

毛泽东继续说：“我是把它当作历史读的。开始当故事读，后来当历史读。什么人都不注意《红楼梦》的第四回，那是个总纲；还有《冷子兴演说荣国府》《好了歌》和注。第四回《葫芦僧乱判葫芦案》讲‘护官符’，提到‘四大家族’：‘贾不假，白玉为堂金作马。阿房宫，三百里，住不下金陵一个史。东海缺少白玉床，龙王来请金陵王。丰年好大雪，珍珠如土金如铁。’《红楼梦》写四大家族，阶级斗争激烈，几十条人命。统治者二十几人，也有人算了说是三十三人，其他都是奴隶，三百多个，鸳鸯、司棋、尤二姐、尤三姐等。讲历史不拿阶级斗争观点讲，就讲不通。”③

陈伯达说：“阶级斗争，这是毛主席的独家发现，打开了《红楼梦》研究的一个独特视角。”

---

① 毛泽东：《丢掉幻想，准备斗争》，《毛泽东选集》第四卷，人民出版社1991年第2版，第1487页。

② 张仙朋：《为了人民》，《当代》1979年第2期，第155-163页。

③ 张仙朋：《为了人民》，《当代》1979年第2期，第155-163页。

毛泽东说："陈伯达，陈夫子，丹丘生，将进酒，笔莫停。你呢，可以写一写当今的'四大家族'——蒋、宋、孔、陈。"

陈伯达连忙把毛主席的话记在本本上。他后来写出了《中国四大家族》。

这时，远处传来一声狼的嚎叫。大家屏息静听，果然，又一声狼嚎传来。

"狼嚎如歌，驴鸣似哭。刚来延安时，每天晚上听见狼叫。好长时间没有听见狼叫了。"毛泽东说，"蒋介石对我们是'宁可错杀一千，不可放过一个'。我们不用严厉的手段对付敌人，敌人便要用极残酷的手段对付我们。我们对敌人仁慈，便是对同志残忍。我们不给敌人以致命的打击，敌人便给我们以致命的打击。我们的斗争哲学是被逼出来的，是挨打挨出来的，是不得已，不是想出来的。全国人民除了斗争，再无出路。"[1]

萧三说："我记得毛主席年轻时候就说过，'与天奋斗，其乐无穷！与地奋斗，其乐无穷！与人奋斗，其乐无穷！'[2]主席读《三国演义》时还说，'竞争之时，事态百变，人才辈出，令人喜读。'[3]"

"斗争就是辩证。"毛泽东说，"斗争哲学是以斗争求生存的哲学，是你死我活的生存哲学。这根本不同于古代中国的中庸和面子哲学。阿甲演的《法门寺》，你们都看了，剧中的贾桂一身奴才相，让他坐下，他说站惯了。中国人民不要有一丝一毫的贾桂思想，对日本帝国

---

① 毛泽东：《迎接中国革命的新高潮》，《毛泽东选集》第四卷，人民出版社1991年第2版，第1212–1213页。

② 《毛主席，您给我们增添了无限革命勇气和力量》，新华社1966年7月26日电。

③ 陈晋主编：《毛泽东读书笔记精讲》文学卷，广西人民出版社2017年1月版，第175–176页。

主义、汉奸和国民党反动派，要敢于斗争，敢于胜利。”[1]他的湖南口音，“汉奸”发音是“汉干”，“反动派”发音是“反登怕”。

“我喜欢恩格斯的话，‘我们将血战一场，无所畏惧地直视敌人冷酷的眼睛并且战斗到生命的最后一息！’”毛泽东说。

暗夜里，毛泽东的目光如炯炯烈焰，令人弗敢直视。

张闻天垂下眼帘沉思，斗争……党内斗争……

毛泽东像看透了张闻天的心思，话锋一转：“我们讲以斗争求团结，一是无产阶级与地主资产阶级求团结，必须坚决与他们反共反人民的政策斗争；二是无产阶级与农民、小资产阶级求团结，必须与他们的落后性、狭隘性、动摇性斗争；三是无产阶级本身的团结，也要与本阶级的错误倾向作斗争才能达到；四是无产阶级先锋队内部的团结，要通过自我批评与思想斗争来实现。整风是一个大的自我批评，就是以斗争求团结。我们是要把党斗好，不是斗翻，只要不把党斗翻，言论一概自由。”[2]

毛泽东的斗争哲学，是一种令敌人恐惧的哲学，它充满了勇往直前的斗争气势和推倒一切的革命意识，为阴柔气很重的中国文化注入了阳刚之气。斗争哲学以不同于儒家、道家、佛家的精神气质，构成中国共产党文化谱系中独特之部分。斗争哲学成为一种影响力巨大的文化观念，这是一个严峻而热烈的武器。

① 任桂林：《毛泽东同志和京剧》，《新文化史料》1988年第5期，第26–29页。

② 何明编：《伟人毛泽东》下册，中央文献出版社2003年10月版，第870–875页。

评说《论持久战》

一时，大家学习毛泽东的《论持久战》，讨论《论持久战》中的哲学思想。

日本的入侵造成中国社会的剧烈动荡，乱纷纷，乱哄哄，乱糟糟，天下大乱。铁蹄之下，茫茫一片残山剩水。失败主义者跑出来悲观地说，中国打不过日本，日本飞机大炮厉害，中国非亡国不可。盲目乐观主义者跑出来说，小日本算什么，中国很快就能胜利。中国是亡是存？执政的蒋介石讲不清楚，其他人也糊里糊涂，人们的内心充满困惑与焦虑。预判战争，需要大智慧。毛泽东在凤凰山的一孔窑洞里，展眼天下，用九天八夜撰写了《论持久战》，以哲学的观点对抗日战争进行自家的分析，他以卓越的见识，回答天下疑问，澄清天下人心——

中国会亡吗？

不会亡，最后的胜利必定属于中国。

中国能够速胜吗？

不能速胜，抗日战争是持久战。

艾思奇说："《论持久战》第一章，讲的是哲学问题。如何研究战争，如何用马克思主义哲学研究战争。毛主席说，我们的抗日战争，'敌之战略进攻，我之战略防御'，是第一阶段。渐渐地，敌人没有力量进攻了，'敌之战略保守，我之战略反攻'，这是第二阶段。最后，'我之战略反攻，敌之战略退却'，这是第三个阶段。毛主席说，持久战，就是要在战争中间，慢慢增长我们的力量，克服自己的困难，暴露敌人的弱点，增加敌人的困难，使敌人渐渐衰萎下去，改变国际形势，到那时候才能够把敌人赶出中国去。这件事需要的时间很长，要经过很多变化。毛主席说，‘中国的速胜论者，不单是主观主义，同时又是片面看问题的机械论。唯武器论与亡国论者，不单是机械论，同时又是主观主义。’[①]”

陈云说：“《论持久战》的核心是哲学。记得毛主席在阅读西洛可夫、爱森堡的《辩证法唯物论教程》时曾批注道，‘战争首先分析特点，统一战线也是首先分析特点——中日矛盾与国内矛盾。’[②]毛泽东的几篇军事著作都是从分析战争特点入手的，特别是《论持久战》，采取了比较的方法，把敌友之间互相矛盾着的强弱、大小、进步退步、多助寡助等几个基本特点，作了比较研究，批驳了‘抗战必亡’的亡国论和台儿庄一战胜利后滋长的速胜论。毛主席说，亡国论和速胜论看问题的方法都是主观的和片面的，抗日战争只能是持久战。[③]这是毛主席经过比较所作的正确的结论。”

张闻天说：“毛主席没有停留在革命战争和军事斗争的概括和总结上，而是努力把它提高到哲学的高度来认识。一方面，把战争问题提高到马克思主义辩证唯物论的认识论的理论形态来论证，用马克思主义哲学术语来概括；另一方面，他掌握了马克思主义‘具体问题具体分析’这个灵魂，分析中国战争中的规律。毛主席的许多论述，形式上似乎是从一般到特殊，而思维的实践过程却是从特殊到一般，即从感性到理性，从个别到一般的经验总结。毛主席从实际出发，重视

---

① 参见王进主编：《毛泽东大辞典》，广西人民出版社、漓江出版社1992年6月版，第754-755页。

② 陈晋：《毛泽东阅读史》，生活·读书·新知三联书店2014年1月版，第84-87页。

③ 中共中央文献研究室编：《十三大以来重要文献选编》中卷，人民出版社1991年11月版，第881-884页。

事物的经验特殊性，反对套用一般的公式、教条去认识问题和解决问题，但又总是把这特殊性提高到一般性的规律上来，这成为他思想的一个特点。”

朱德说：“毛泽东重视矛盾的特殊性，善于抓主要矛盾，强调主观能动性，他把唯物主义反映论作为方法论，以认识指导实践行动。正是从这种方法论出发，毛主席在十年内战时期根据‘敌强我弱、敌大我小’的客观情况，概括和制订了‘以十当一’（不是硬拼）、运动战（不是阵地）、速决战（不是持久战）、歼灭战（不是消耗战）等一系列行之有效、非常成功的战略战术。毛主席对世界局势和敌我双方的经济、政治、军事、人口、国土、自然条件等进行全面、详尽、细致的分析，提出了抗日战争必将经历战略退却、相持和反攻三个阶段的持久战，反对悲观失望的亡国论和盲目乐观的速胜论。”

叶剑英说：“‘小诸葛’白崇禧把《论持久战》的精神归纳为一句话，‘积小胜为大胜，以空间换时间。’”①

周恩来说：“诚然，大哲学家乃是大预言家。《论持久战》是毛泽东的‘阳谋’，把战争的经过和结果事先都告诉了中国人民还有日本人，日本侵略者只能看着自己按毛泽东规划好的路线一步一步走下去。”

陈云说：“《论持久战》，还有《中国革命战争的战略问题》《实践论》《矛盾论》《战争和战略问题》，这些著作中都充满辩证唯物主义和历史唯物主义哲学思想。我认为，《中国革命战争的战略问题》是帮助人们读懂毛泽东哲学思想的一把金钥匙。为何把这篇讲革命战争的军事著作当成哲学著作？这要结合文章的内容来回答。毛

① 王圣方主编：《抗日风云》，山东大学出版社2015年7月版，第23页。

泽东从马克思主义认识论的高度，总结第二次国内革命战争经验，批判‘左’倾教条主义者在军事上的错误，揭示了中国革命战争的特点和规律；结合中国革命战争的经验教训，运用辩证唯物主义和历史唯物主义的基本原理，论述主观和客观、一般规律和特殊规律、战争的攻守和进退等辩证关系，提出了关于战争和战略战术方面的许多精辟见解。同时，他强调既要研究一般的战争规律，也要研究特殊的革命战争规律，更要研究更加特殊的中国革命战争规律，只有这样，才能真正懂得中国革命战争的战略战术问题。[①]显然，这篇文章论述的虽是军事科学，但包含了丰富的哲学思想，具有认识论和方法论意义，是一篇由军事科学而深入到哲学领域的马克思主义哲学著作。”

正说话间，毛泽东走过来，见话题停下来，问道：“你们说什么呢？”

民众剧团团长柯仲平捋着自己的大胡子说：“都说主席的《论持久战》出版后，发了大财。”

毛主席笑起来：“打土豪来啦？”

柯仲平说：“俺们民众剧团的经费没有保障，大家没饭吃了嘛！”

毛泽东说：“我拿三百块钢洋支持民众剧团。”

何思敬不好意思地说：“我来对了……哲学会也需要一些熬灯费……”

毛泽东说：“好吧，分一些给何思敬。”

周恩来说：“主席，大家的肚子也有些饿了。”

“好吧，稿费请客。”

① 参见任继愈、张岱年、冯契等编：《中国哲学史通览》，东方出版中心1994年1月版，第403—422页。

革命者都爱吃辣椒

一时，大家在一起议论毛泽东的一句名言：“爱吃辣椒的人都是革命者”[1]。

毛泽东是湖南人，湖南人几乎从学走路时起就开始吃辣椒，湖南人不怕辣、辣不怕。世界上再没有任何更辣的东西能难倒湖南人了。

张闻天说：“毛主席在苏区时就对李德说过，‘真正革命者的食粮是红辣椒’，‘谁不能吃红辣椒，谁就不能战斗’。[2]李德是不能吃辣椒的。”

马海德说：“我第一次听毛主席说这句话，是毛主席在保安给斯诺说的。毛主席说，‘革命者都爱吃辣椒’。他举例说，他的家乡湖南出了不少革命家，如黄兴、陈天华和红军队伍里的彭德怀、罗荣桓、贺龙、王震等，都爱吃辣椒。毛主席还论证说，世界上爱吃辛辣食物的国家，往往盛产革命者，如法国、西班牙、墨西哥、俄国等。斯诺听了，反问道，‘意大利人也是以爱吃辣椒和大蒜出名，怎么现在不出革命家，反而出了墨索里尼？’毛泽东笑起来。”[3]

萧三说：“我给苏联摄影师卡尔曼当翻译，听见毛泽东对卡尔曼说，‘革命者都爱吃辣椒’。卡尔曼反问毛泽东，西班牙人也爱吃辣椒，为什么佛朗哥不革命呢？毛泽东风趣地回答说，‘西班牙的辣椒不如中国的辣。吃辣椒的都革命，斯大林、季米特洛夫都喜欢吃辣椒。假

---

① 杜忠明：《餐桌上的毛泽东》，辽宁人民出版社2018年7月版，第22—26页。

② 李德：《中国纪事》，转引自胡锦昌、赵焱森、叶健君主编《长征中的毛泽东及三人军事指挥小组》，天地出版社2017年6月版，第39页。

③ 参见吴连登主编：《毛泽东饮食趣谈》，中央文献出版社2012年4月版，第53—55页。

如他们的辣椒不够吃，叫他们写封信来，我给他们寄去。’[1]”

陈伯达说：“这句话毛主席说过多次。第一次听了新鲜，后来就觉得不那么新鲜了。不过对那些初次见到毛主席的外国人来说总是新鲜的。”

“毛主席说的是哲学。”和培元说，“哲学家都有自己的句子。比如罗素喜欢说‘现在法国国王是秃头’，罗素说这句话时，法国根本没有国王。”

陈伯达说：“你这个说法有意思，我愿细听端详。”

和培元说：“再比如格奥尔格·威廉·弗里德里希·黑格尔有个观点，‘密涅瓦的猫头鹰唯有到黄昏方能起飞’。我读到这个句子就问，这是什么意思？”

陈伯达说：“你刚才说‘革命者都爱吃辣椒’讲的是哲学？”

“培元，我是第一次想到这个问题。”艾思奇问道，“辣椒具有火焰的造型，难道它还具有哲学的形式？”

“上帝说，要有光，就有了光。很少有人这样说话。上帝并不解释，遇到这句话的人则会思考。”和培元说，“毛主席说‘革命者都爱吃辣椒’，或者说‘爱吃辣椒的人都是革命者’。每个人都会对这个陈述进行判断，或者说对毛主席这个判断进行自己的判断。面对这个句子，得去思考，去现实中获得证据，无论证实还是证伪，这个句子的意义已经显现出来。”

何思敬击掌说：“妙！面对毛主席的这个句子，任何人的思维都得经历两个问题，其一，它的定义是真的吗？其二，它能被经验证实吗？

① 卡尔曼：《乘坐小汽车来访的人》，载任文主编《国际友人在延安》，陕西师范大学出版总社有限公司2014年4月版，第191–198页。

哲学家的目的已经达到了。这就是哲学家的句子，这就是哲学家自己创造自己的句子的意义。”

陈伯达喃喃道：“哲学家都有自己的句子……”

水的哲学

一时，窑洞前点起了油灯。油灯放在毛泽东面前简陋的桌子上，桌子上还放着马兰纸、毛笔和自来水笔。周围坐着的有许光达、陈伯钧、萧劲光、萧克、何思敬、艾思奇、陈伯达、任白戈、徐懋庸等。大家谈哲学，蚊子蝇子嗡嗡低飞。有人身上痒痒，忍不住随手从衣缝的某个缝隙摸出个“革命虫”，用两个大拇指指甲盖挤出一道细微的声音，人家都已经习惯了。

一般情况下，谈哲学的时候，毛泽东都是一边听大家七嘴八舌地说，一边随手在马兰纸上记些什么，偶尔插上几句话，主要是听大家说。等到谈话的最后，他会归纳几句话，作为一次座谈的结束语。这天有些不一样，毛泽东率先说话了。

毛泽东目光炯炯，看着和培元说：“培元同志，听说你最近正在谈恋爱，而且是同时谈了两个恋爱。一个是跟对象谈恋爱，一个是跟一位水做的女子亲密接触。”说着，朝和培元眨眨眼。

大家听毛主席这么说，一下子都紧张起来，惊奇地看着和培元。和培元是毛泽东的秘书，还是青年哲学家。他把毛泽东《辩证法唯物论（讲授提纲）》中的一些观点概括为“世界是物质的，物质是运动的，运动是有规律的，规律是可以认识的，认识是有个过程的”[①]，得到毛

① 散木：《延安时期毛泽东的秘书和培元》，《党史博览》2011年第10期，第54-56页。

泽东的认可。他把这个观点在抗大一讲，大家都记住了。大家都知道和培元正跟女子大学的小王谈对象，没想到他“脚踩两条船”，同志们的表情一下子严肃起来。

和培元看着毛主席，先是有些慌乱，然而当他听到毛主席说“水做的女子”时，会心一笑。他在毛主席身边工作，明白毛主席的说话方式，知道毛主席的语言艺术。他低着眉头说：“我承认，正谈两个恋爱。”

大家一听，更加惊奇，甚至有些气愤。有人嚷嚷道：“老实向组织交代。”

和培元不慌不忙地说：“这些天来，我每天跟那个女子一起游泳，那个水做的女子名叫延河。”

哈！大家一时明白过来。《红楼梦》第二回里，贾宝玉说过，“女儿是水做的骨肉，男儿是泥做的骨肉”。这些日子，和培元几乎天天到延河里游泳。

有人说：“和培元，你偷换概念。”

毛泽东看着和培元说：“你在延河游泳，可悟出一些道理？”

艾思奇心想：水在中国哲学家的心目中，可以喻道喻德，毛泽东想说什么呢？

和培元说：“在延河游泳，我发现我思考的问题，哲学家都有思考过。”

“说来听听。”

“游泳时，我想起列宁在《黑格尔〈逻辑学〉一书摘要》中说，为了学会游泳，必须钻进水中。想起主席讲的《实践论》，进一步明白了实践的意义。”和培元说，“学游泳，即使在岸上明白了全部游泳的道理，知道手、腿、脚应该怎样去划水、蹬水，但一到了水里，还是不会游，得喝上几口水，才能学会游泳，就像主席讲的，‘你要知道梨子的滋味，你就得变革梨子，就得亲口吃一吃’[①]。在游泳中学习游泳，在战争中学习战争。”

毛泽东说：“哈，喝了几口延河水，学聪明了。不会游泳的人站在岸上看人家游泳，指手画脚容易。要真正懂得游泳，还是要亲自下水学游泳才行。学游泳必须喝上几口水，只有喝上几口水，才能认识水的特点和掌握游泳的规律。我也是在湘江中被呛了几口水，学会了游泳，在战争中学会了战争。教条主义者就不懂得这样的道理。我讲《实践论》《矛盾论》就是要说明这个道理，我们现在在延河喝几口水，学会了游泳，还不行，这还比较渺小，在不远的将来，我们要到大江大河里游，还得再喝上几口水，甚至再翻上几次船，才能有更大的进步。”[②]

“主席的意思是说，实践是无止境的，不能停留在当前的河流中，不能停滞于在当前的实践中。”何思敬说。

艾思奇说：“马克思第一次把实践提升为哲学的根本原则，转化为哲学的思维方式。”

“实践无止境。”毛泽东说，“我们要不停地游泳，不停地实践，我们要游遍全国所有的大江大河，还要到美国的密西西比河去游泳，到英吉利海峡去游泳。”

陈伯达带头鼓起掌来，他说：“我们要解放全中国，解放全人类。”

毛泽东伸出手，把掌声按下去：“大话先不要说，我们得把水的脾气研究一番。我对水有过研究。我发现，水呀，它是不淹死人的呀！水怕人，不是人怕水……凡水皆可游的，这是个大前提。……若干情况除外，比如说一寸之水就不能游，结了冰就不能游，有鲨鱼的

---

① 《毛泽东选集》第一卷，人民出版社1991年6月第2版，第286-287页。

② 参见张仙朋：《为了人民》，《领袖毛泽东》下卷，中央文献出版社2014年4月版，第511-522页。

地方不能游，有漩涡的地方如长江三峡也不能游。除若干情况外，凡水皆是可游的，这是大前提，这是从实践得来的大前提。比如武汉长江是水，结论是武汉长江是可以游的，比如汨罗江、珠江是水，是可游的，北戴河是可游的，它不是水吗？凡水皆是可游的。要先去摸清水性，掌握水性，然后你就可以指挥水了，而不要让水指挥你。我游泳时，坐在水上，把水当沙发坐；我躺下去，又把水当床睡；我踩水时，把水当成路走……"

那天晚上，和培元回到自己的窑洞里，做完笔记，久久不能入睡。他被毛泽东的话语所感染，引发他对哲学中实践问题的新思考。第二天，他对即将结婚的对象说："哈，毛主席说我谈了两个对象。"

"毛主席都说了，你正谈两个恋爱，这不行。你以后只能跟我一个人谈恋爱，不许跟别的女人谈恋爱，记住没？"

和培元说："记住了。"

"连那个水做的女子也不许谈。记住没？"

"记住了。"

和培元埋头修改他的《论新哲学的特性与新哲学的中国化》。

一个炎热的中午，延安刚刚发过洪水，河滩里的卵石都被冲乱了。和培元与马列学院文化思想研究室的柳湜、张仲实一起到延河游泳，他"扑通"一声一头扎进水里，像一本厚厚的哲学著作掉入水中。水一直打着漩儿，不见他冒出来。

两天之后，也就是1941年7月29日，《解放日报》刊登了一则消息："青年哲学家和培元溺水逝世。"1941年8月20日延安出版的《中国文化》第三卷第二、三期合刊上发表了和培元的遗著《论新哲学的特性与新哲学的中国化》。

桃园论左右

一时，毛泽东上课回来，走在延河边，一眼看见前面一片粉红色的云烟，信步走过去。桃枝横斜，左边是桃花，右边是桃花，毛泽东在左右之间寻找到一条小道，顺着走进了桃园。桃花开在柳树后，柳树长在流水前。

毛泽东说："这么大一片桃树林子，从前竟没有留意。"

这里是王家坪，中央军委所在地，旁边有百十棵桃树，有人称之为"桃园"，有人叫它"桃林公园"。桃园中还有一个茶社，茶社卖茶水、红枣等。桃树下有半爿石磨，几节断碑，便是石桌石凳了。

毛泽东在石凳上坐下。他微微扬起下巴，看着远远近近的桃花。

陈伯达说："《红楼梦》里，贾宝玉看《西厢记》，正是桃花飘落的时候。"

那是第二十三回，黛玉葬花，葬的应是桃花。

有人给毛泽东端来一碗茶水。

"桃花仙人种桃树，又摘桃花换酒钱。"

叶剑英等人急急地跑过来，跑到毛泽东面前，立定，敬礼。

毛泽东拍拍身边的石凳，叶剑英就在毛泽东身边坐下了。

"况阳春召我以烟景，大块假我以文章。《古文观止》中说桃花的文章有几篇？"

叶剑英说："有陶渊明的《桃花源记》。"

陈伯达说："有李白的《春夜宴桃李园序》。"

……人面桃花，桃花流水鳜鱼肥，桃花水豆腐胜似肉……毛泽东的思路铺张开来：元君理庭内，左右桃花蹊……什么是"左"？什么是"右"？

叶剑英说："从军事上讲，面向水流的方向，左手为左岸，右手为右岸。"

"什么是路线上的'左'？什么是路线上的'右'？"

陈伯达接过毛泽东的话说："主席曾说，我们党有两个缺点，一个是'左'，一个是右。"

毛泽东说："我研究共产党党史，在党史的字里行间，看见两个字——左，右。反右必出'左'，反'左'必出右，这是必然性。"[①]

陈伯达说："左右之辨，奇正之循环……"

毛泽东继续说自己的："有个词叫'过犹不及'，'过'的即是'左'的东西，'不及'的即是右的东西。"[②]

无风花自落，左一片，右一片。

毛泽东伸手捏着一片飞花。他说："什么叫'左'？超过时代，超过当前的情况，在方针政策上、在行动上冒进，在斗争的问题上、在发生争论的问题上乱斗，这是'左'。这个不好。落在时代的后面，落在当前情况的后面，缺乏斗争性，这是右，这个也不好。……我们要进行两条战线的斗争，既反对'左'，也反对右。"[③]

毛泽东端起茶碗，一瓣桃花落在茶碗里。毛泽东喝一口水，继续说，"稳步不前，右了；超过实际可能办到的程度勉强去办，'左'了。这都是主观主义。"[④]

---

① 毛泽东：《对于一封信的评论（一九五九年七月二十六日）》，《建国以来毛泽东文稿》第八册，1992年1月版，第380页。

② 陈晋主编：《中庸思想反辩证法》，《毛泽东读书笔记精讲》哲学卷，广西人民出版社2017年1月版，第263—266页。

③ 中共中央文献研究室编：《毛泽东文集》第六卷，人民出版社1999年6月版，第403页。

④ 中共中央文献研究室编：《毛泽东文集》第五卷，人民出版社1996年8月版，第121页。

军委工作的同志听说毛主席来了，都来到桃园。一看毛主席正说话，都静悄悄地站在一边倾听。

“什么叫‘左’倾？什么叫右倾？事物在时间、空间（特别是时间）中运动，人们观察事物如果不合实际情况，看过了叫‘左’，看不到叫右。”毛泽东看见延河岸上走着一位孕妇，手指一指说，“……中国有句老话，‘瓜熟蒂落’‘水到渠成’，就是说要自然地而不是勉强地达到目的。好像妇女生娃娃，七个月就压出来，就是‘左’了；过了九个月不准出来，就是右了。”

大家“扑哧”笑起来，毛泽东看见军委的同志，向他们招招手。

毛泽东说：“本来做得到的，本应该办的，不去办，这就叫右倾保守，但无根据的，行不通的，也去办，那就叫盲目性，就是‘左’倾冒险。”

毛泽东接着说：“一般地说，信心过高，容易犯‘左’的错误；信心不足，容易犯右的错误。”

两只喜鹊扑棱棱飞过来，打落桃花。

“桃园三结义，是统一战线，是团结；两桃杀三士，是分化瓦解，是斗争。”毛泽东说，“搞斗争时要防‘左’，搞团结时要防右。”

一阵风吹来，桃花向左飘；又一阵风吹来，桃花向右飘。

毛泽东哈哈大笑起来：“这多像有些人，比如王明，斯大林刮‘左’风，他就向‘左’倒；斯大林刮右风，他就往右倒。因此，‘左’也是他，右也是他。”

叶剑英说：“我们现在不‘左’不右……”

毛泽东说：“过去革命经过多少年，到延安之后才找到既不是陈独秀的右倾，也不是后来的‘左’倾，而是不‘左’不右之倾，那是花了很大代价才找到的。”[①]

毛泽东忽然问道：“‘左不栽桃，右不栽李’什么意思？”

陈伯达说：“我知道民间有‘前不栽桑，后不栽柳’的说法，还没听说过‘左不栽桃，右不栽李’。”

“这个得问俺，俺知道。”一道声音从桃园深处传来。

陈伯达左看右看，看见从桃花丛中走出来的是民间艺人韩起祥。

毛泽东起身站起来，上前牵起韩起祥的手，扶他在自己身边坐下。

“俺一个瞎子看不见，心中胡琢磨：左顾右盼使的是左眼右眼？左右开弓使的是左手右手？迈开双脚先迈左脚右脚？左思右想使的是左右哪个脑壳？左派右派是……”

毛泽东右手轻轻地拍着左手。

“老韩，别扯远了。毛主席问的是为啥说‘左不栽桃，右不栽李’？”

一阵大风吹来，桃花瓣，飞如雨。

后来传说——

毛泽东说：“此地可以秉烛夜游。”

后来传说——

毛泽东离开后，盲人韩起祥对人说，毛主席下颏上的痦子偏左一点。“你看见了？”听者都笑了。“你看见他婆姨没？”韩起祥答：“左看桃花红，右看杏花白……”

---

① 中共中央文献研究室编：《毛泽东年谱（1949—1976）》第二卷，中央文献出版社2013年12月版，第543页。

不倒的宝塔

大西北莽莽黄土高原深处，有一座古城——延安城。

1937年到1947年3月，这里是中共中央所在地。中国共产党的领袖在这里带领全国人民进行着抗击日本侵略者、解放全中国的艰苦斗争。

《延安宝塔山》　王大化

延安城坐落在三山两河交汇处。城东的嘉陵山上，矗立着一座巍峨的九层宝塔。这座初建于唐朝大历年间（766—779年）、重建于明朝的楼阁式砖塔，高达44米，被群山簇拥着，像一支巨大的火炬高擎在天地之间。宝塔是延安的象征，是革命的象征，她召唤着全中国的革命者为中华民族的独立解放而战斗，为中国人民翻身做主人而战斗。

在抗日前线，八路军将士浴血奋战，捷报一个接一个传到延安、传遍全国：1937年9月25日，八路军第一一五师在山西取得平型关大捷；10月19日，八路军第一二九师第七六九团袭击日军占领的阳明堡机场；同年11月，八路军第一二九师某连采取“麻雀战”，以一个连的兵力在山西长治县附近的范村歼灭敌人近百人……这些振奋人心的胜仗，激励了全国人民抗战的信心。

侵华日军对红色延安恨之入骨。他们在谋划着：对革命圣地延安实施轰炸……

日军轰炸，延安浴血

1938年11月20日，是星期天。

这天的太阳明晃晃的。延安前两天刚刚下过一场雪，山坡上的雪亮得刺眼，路上的冰雪开始融化。延安城里，熙熙攘攘，有进城赶集的老百姓，有趁休息日出来办事的革命同志。许多刚到延安的革命青年，相约在城里见面，买零食、逛书店，还准备下馆子，吃一回延安著名的“三不沾”。这“三不沾”是延安风味，它是将面粉、猪油、鸡蛋、白糖打在一起的特色小吃，黄黄的、软软的、甜甜的，吃起来滑腻，不粘嘴，不粘碗，也不粘筷，故亦俗称“三不粘”。大街上，饭馆的生意格外兴隆，有的喊着“锅包肉”“红烧野鸡”等菜名招揽顾客，有的饭店里传出来划拳行令的声音。南大街是城里最热闹的地方，延安最大的饭馆机关合作社、最大的旅馆西北旅社都在这条大街上。

中国人民抗日军政大学第二大队驻地在距延安城东五公里的柳树甸。上午，队长曹暮尧正在开会，忽然听到“嗡嗡嗡”的怪声传来，他跑到门口一看，只见多架日本飞机呈三角队形，飞得很低，自东向西，冲向延安城……

宝塔山上，中央警卫教导大队放哨的战士看见了敌机，立即“铛铛”地敲起宝塔旁边的大钟——这是延安的防空“报警器”。穿青色制服的保安队员在城墙上大声呼喊“防空！防空！”又是吹口哨，又是鸣枪。

日军飞机的巨大“嗡嗡”声已在城头回响。“七七事变”以来，延安的老乡生活在相对和平的环境中，从来没有躲警报、防空袭的经历，听到飞机的轰鸣声还很好奇，有的仰望着天空想看个究竟。

参加西北青年救国会第二次代表大会的进步青年张宣，趁星期天到城里玩，顺便会会朋友。临近中午，他和朋友来到机关合作社，进门坐下，对服务员说：“来三碗‘三不粘’。”话音刚落，就听见外面高处“啪啪啪”三声枪响。“不好！有警报！”街头一片慌乱，人群乱跑。张宣向拥挤着奔跑的人群呼喊：“不要跑，快趴下！”巨大而杂乱的声音淹没了他的声音。侵略者的飞机俯冲而下。张宣在墙边道路旁一个低洼处趴了下来。几枚炸弹在他前后爆炸了。

延安的老乡一辈子也没有听过这么大的“炮仗”，还有飞机的轰鸣声如滚滚闷雷。人们惊慌地奔跑着、尖叫着，许多人慌乱地到处乱跑。

陕甘宁边区文协海燕杂志社的秘书柳青（后来成为著名作家）住在东门附近，他正准备出门，听见警报响起，这时山头上警卫部队的防空机枪已经“哒哒哒”地响起来，日本军机“嗡嗡”地震荡着空气，凌空袭来。柳青看到，“在那短短的街上，人们像热锅上的蚂蚁一样跑着”。他急忙跟着慌乱的人群跑进城门洞里，炸弹已经在他身后爆炸。

城门洞顶的石块和土末纷纷落下来。城门洞里人挤人，孩子在喊娘，女人在呼喊老天。柳青想：“我会在眨眼工夫死去吧。”他恨不得地上有一个个小洞，人们可以像蚂蚁一样一头钻进去……

清凉山、宝塔山上的机枪一直追着敌机扫射。敌机根本不把这一点点儿的防空火力放在眼里，肆无忌惮地俯冲轰炸。延安没有防空高射炮，没有高射机枪。日本的轰炸机飞得很低，炸弹命中率很高。

在陕北公学学习的郑洪轩，在警报声中躲进了附近的防空洞。他在洞中还未坐稳，敌机从东向西投下一连串炸弹，“轰！轰！轰！”防空洞被震得摇晃着，哗哗落土。大家紧张地闭上眼睛，慌乱地捂上耳朵。爆炸声停止了，个个惊魂未定之时，敌机又从西返回，由西从东轰炸，又是一连串的爆炸声，一声比一声大，有的炸弹就在防空洞口附近爆炸。轰炸声终于停止了。大家胆战心惊地走出防空洞。郑洪轩看见，不远处一个炸弹坑旁卧着一个人，“走近一细看，是一个穿着灰色新军装的青年，身上压了很多土，并无血迹，已停止了呼吸”。郑洪轩估计这位女同志是卧倒时胸部接触了地面而被震死的。这时有人告诉他：“这可能是昨晚在西北旅社新结婚的四对青年中的一个。”郑洪轩后来遇到轰炸就提醒大家：卧倒时不要使胸部接触地面。

张宣从地上抬起头时，眼前的景象全变了。“奔跑的人没有了，满街横倒竖卧的全都是断肢残骸，眼前一片殷红，墙头树上血肉模糊。一阵血腥，一片死寂。能动的东西几乎没有了。唯独在我的右前方，还有一位妇女在血泊中蠕动。她身边的两个孩子，一个已不见了头，另一个被斜劈掉半个身子，她自己的肠子流了一摊在地上，但她还没有死。她强挣起身看见了我，嘴巴翕动着像对着我说什么。我急忙靠近她一步倾听，然而什么也听不见。于是再次靠近她，见她又动了动嘴。接着，她的头忽然垂下去，全身趴在地上不动——她死了。我没有意识到，我的右耳膜已经被刚才的炸弹震破了，失去了听力。我终于没有听见这位断肠母亲的临终悲诉，没有能够将她对敌人强烈仇恨的原声转述到人世间，这是我毕生一个巨大的遗憾！”[①]

硝烟弥漫，尘土飞扬，着火的房子冒着黑烟。八路军战士和保安队员抬着担架抢救伤员。

有人喊：“南大街着火了！”

柳青跑到南大街。他看到，刚刚用石块铺砌没几天的平坦的南大街，变成了壕堑。一间杂货铺被炸了，熊熊大火燃烧着。一家小茶馆和后面私人营业的澡堂被炸得稀烂。一个骡马店的房屋倒塌了。“街道上躺着没有脑盖的，没有腿和手臂的，五脏六腑都流了出来的人。他们有的曝晒在太阳下，有的一半被压进倒塌下来的泥瓦中。救护队在那里翻看着死尸，看看有没有可救的。”他还看到，在南关，日本轰炸机投弹八枚。“用八枚炸弹使得一个小商人没有了一条腿，一个过路的白胡子老人背着小行李包，跑着跑着跌倒死去，一匹小毛驴的肚皮裂开，一只猪娃娃从石坡上滚下去死了。这一张日本法西斯应该给日本民众开出的，在延安南关的出入清单是我亲眼看过的。”[②]

有人喊：“光华书店下边被炸死的人很多啊！”

“快去救人！”大家向光华书店跑去。

从光华书店方向吹来的风带着强烈的血腥味道。

星期天，光华书店是延安城最拥挤的地方，书籍部、文具部、用品部都挤得满满的。这天，抗日军政大学、陕北公学、鲁迅艺术学院等许多院校的师生来这里买书。炸弹集中落在这所书店附近。刹那间，书店

① 张宣：《日寇轰炸延安亲历记》，载任文主编《延安时期的大事件》，陕西师范大学出版总社有限公司2014年6月版，第97–101页。

② 柳青：《首次轰炸延安的二日》，载政协陕西省委员会文史和学习委员会编《陕西抗战史料选编》，三秦出版社2015年8月版，第387–391页。

成为一片瓦砾。

在陕北公学学习的郑洪轩见证了光华书店的惨象。“我又随卫生机关同志和一些八路军战士走向光华书店。当路过师范学校门前时，我看见石狮子上有很多血迹，但未见尸体，还看见一个浑身是血像血人一样的同志，踉跄地走向北门。这时从光华书店方向吹来了被炸碎尸体的腥臭气味，再走不远，在光华书店下边炸弹坑周围的血泊中横七竖八地卧着很多伤员和尸体：有的伤员挣扎着站起来又倒下去，有的只坐着喊叫，有的虽能活动但起不来，还有一些死者的部分肢体仍在颤动着……此种凄惨情景真使人目不忍睹。此时还有一个小脚的老大娘，正从尸体中寻找亲人，在寻遍尸体后，忽然在一棵挂着肠子、肚子、肉块以及布条等的树上，发现一顶小帽子在树梢上摇晃着，可能这帽头就是她儿子的，便嚎啕大哭起来。这大哭是哭着亲人丧生，也是诅咒和控诉着日本法西斯的罪行。”①

柳青也来到光华书店，只见“土坡上、院子里横横竖竖地摆着男男女女的残缺的尸体。死尸有倒在刚刚从汽车上卸下来的货包子上的，有倒在地上不成形的；有三个抗大的女同志大概是在不久以前扭在一块逃，现在是扭在一块死了炸弹之下。那些死尸的旁边零落地撒着抗日书籍和笔记本，而它们的主人，那些朝圣样远远地来到陕北学军事、学政治以及学艺术的蒙难者抱着一个自己灿烂发光的希望和民族最后胜利的信心死去了……”柳青看见，“那些死尸被救护队和他们与她们的同学们翻看着。我看见脑汁流在地上，我看见脑皮像猪皮一样丢在那里，我看见手足四肢血淋淋地抛撒着。我有些昏，大地在我眼前打圈子；我发呕了，我的后脑麻木起来，隐隐地痛着。我胆怯

① 郑洪轩：《延河愤——1938年：日机轰炸延安历闻》，载任文主编《延安时期的大事件》，陕西师范大学出版总社有限公司2014年6月版，第93-96页。

得不敢再睁开眼睛。”[1]

鲁艺美术系的周窖同学到书店买书，敌机飞过来，一颗炸弹把书店附近城隍庙前的大石狮子炸翻了，紧接着，一声巨响，周窖还没有反应过来，一个人大吼一声，扑到他的背上，他得救了，身上的棉衣沾满了同志的鲜血。

陈伯达这天从马列学院出来，到书店买书，听见飞机轰炸，赶紧在路边卧倒，飞机的一排子弹强扫过来，一块弹片把他的眉毛擦去一角。

刚刚成立的延安电影团也遭到轰炸。摄影队队长吴印咸看见炸弹落下来，一下子扑到摄影机上。电影队的房子被炸塌了，吴印咸和摄影机都安然无恙。

抗大一位女同志哭着，嘟囔着：“我们八大队的同志在光华书店那里死了好几个……”

抗大学员在空袭中牺牲最多。晋察冀军区宣传部副部长钟蛟蟠、八路军一二九师政治部的科长钟方申等都在轰炸中遇难。第七大队的大队长徐清操星期六刚刚结婚，他和新婚妻子星期天上街，遭遇了敌机轰炸。徐清操是红军指挥员，经历过无数次轰炸，他听到炸弹声呼啸而至，拉着妻子就地卧倒，一把没拉住，妻子惊慌中挣脱了他的手。这位能歌善舞、会唱京剧的活泼女孩，当即被炸死了。

街道上已经没有一间完整的房屋，没有一堵完整的墙壁，没有一扇完整的门窗，几个城门口的街头画报栏都被炸得面目全非。

一位抗大同学受了重伤，被安放在担架上，他挣扎着，用尽最后的一点点生命力喊了一个口号：“同志们，加紧学习！打倒日本帝国主义！”目光渐渐地暗淡下去……

---

① 柳青：《空袭延安的二日》，载王巨才主编《延安文学作品：散文》，太白文艺出版社2015年9月版，第85-87页。

毛泽东陈云遇险　军民连夜大转移

中央警卫教导大队的大队部在枣园附近的侯家沟，大队长吴烈和政委肖前听见飞机的轰炸声，眼看着一股一股黑色浓烟从延安城升起，看见在黑烟中跳蹿着红色的火苗，急得直跺脚。延安的驻军除了几挺机枪，没有任何防空武器。他们看见凤凰山下冒起了黑烟——那里是毛泽东、陈云等中央领导同志的驻地，立即向凤凰山跑去。

敌机把凤凰山下作为轰炸的主要目标，进行密集轰炸，落弹点几乎分布在百八十米的范围内。这里是中共领导人的居住地。毛泽东住在凤凰山下的吴家窑院。11月20日中午，日本飞机轰炸延安。据中央警卫教导大队大队长吴烈回忆，毛泽东内卫班听到警报声，立即拉起毛泽东等人进入附近的防空洞。刚进防空洞，几枚炸弹就落在附近，巨响传来，防空洞嗡嗡作响，黄土溅落。事后，大家议论，一定有特务测绘了中央首长在延安的居住地，不然，炸弹怎么专门落在这块地方？

空袭警报解除后，毛泽东来不及拍掉身上的一身尘土，就回到办公室。办公室窑洞的窗子已被震坏，洞壁出现裂缝。毛泽东视而不见，他拿起电话，对接线员说："给我摇边区政府主席林伯渠同志。"毛泽东指示边区政府赶快抢救伤员。放下电话，毛泽东问："陈云同志安全吧？"

中共中央组织部部长陈云也住在附近，中央组织部的窑洞中了七枚炸弹。有一枚投到陈云住的窑洞顶上，万幸的是，这枚炸弹从窑洞顶上滑过，滑到下面爆炸了。又一颗炸弹正中陈云窑洞的黄土崖头，激起一丈多高的黄尘，却没有爆炸，巨大的弹体挤垮土崖，黄土坍塌下来，将陈云的窑洞严严实实地捂住！

"陈云同志的窑洞塌了，快去救人啊！"

大家一齐扑到黄土堆上，拼命地用双手扒土。慢慢地，窑洞的门框子露出来了，又扒了一会儿，扒出一个小洞口，向里望去，里面漆黑一团。有人喊："陈云同志！陈云同志！"听到陈云在里面回话，大家放下悬着的心。人们把陈云拉出来，只见他的脸上、身上都是黄土。陈云一边拍打着身上的黄土，一边说："在里面还不错，空气还不少呢！"[①]说完，他连忙探望毛主席去了。

为了防止日军第二天继续轰炸延安，中央军委决定，延安城里的民众连夜疏散。中央机关的干部全部出动，挨家挨户地动员居民搬离："乡亲们，一定要走哇，明天日本飞机还要来！"半夜里，漆黑的街上，一声声锣声，一声声喊叫："明天防空袭啰——人们都赶早出城去！"

这个没有月亮的晚上，延安军民全部转移出城，被轰炸的老城成为一座空城。毛泽东跟老百姓一起转移。

"这大半夜的，把主席转移到哪儿去呢？"有人问。

边区政府主席林伯渠说："搬到杨家岭去吧。"

杨家岭是一个僻静的山村，只有十几户人家，在城北门外几里远的地方。传说杨六郎当年就是在这里镇守通往三关的道路。山上有杨六郎庙，山下有杨家将的坟，因此得名"杨家岭"。

毛主席内卫班的战士把毛泽东的简单行李和日常用品收拾起来，连夜搬家。动身的时候，毛泽东对警卫员贺清华说："贺清华，这里还有许多文件、材料，你留下看家，不要离开这个院子。"[②]

夜色黢黑，山影幢幢。在几位警卫员的护送下，毛泽东还有林伯渠等，乘坐一辆海外华侨捐赠的救护车前往杨家岭。离延安城北门没多远

---

① 李耀宇口述，李东平整理：《几位领导人的延安轶事》，载任文主编《窑洞轶事》，陕西师范大学出版总社有限公司2014年6月版，第57-65页。

② 陈冠任：《毛泽东与红色卫队》上册，中共党史出版社2018年10月版，第329-333页。

的路被炸毁了，车辆无法通过，众人下车，徒步行进。

猫头鹰有一声没一声地叫着。一个警卫员提着枪走在前面，一个警卫员打着手电走在毛泽东、林伯渠身边，一个警卫员背着毛泽东夫妇的被褥跟在后面。像急行军一样，大家都不说话。山路坑洼不平，到处是石头，林伯渠一不小心，跌倒在山坡上，大家赶紧过去把他搀扶起来。一行人磕磕绊绊，步行几里山路，到达了杨家岭。

杨家岭的半山腰上，中央警卫教导大队先前挖了二十来口窑洞，一直空着，还没有住人。一个警卫员摸进一孔窑洞，拿着手电筒进去，大声对外面说："满地是牛羊粪和脏土。"

毛泽东说："大家一起动手，简单打扫一下。"他折了一些树枝当扫帚，和众人一起借着手电筒微弱的光亮把窑洞清扫了一遍。

新延安诞生　宝塔巍然屹立

第二天，日军对延安进行第二次轰炸。

一颗炸弹落在凤凰山下毛泽东居住的吴家窑院，本已裂缝的窑洞被震塌，留在那里看护文件的警卫员贺清华被炸伤，他从窑洞里爬出来，看着院子里的大弹坑，心有余悸地说："好悬呀，幸亏毛主席昨天晚上搬走了。"

日军这天的轰炸基本上没有造成大的伤亡，因为延安的军民已经连夜转移到周边的山沟里。

轰炸延安的飞机来自山西运城的军用机场。据统计，11月20日—21日两天，日军对延安进行的轰炸，投弹159枚，炸死炸伤延安军民152人，炸毁民房380间，还炸死牲口90余头。

抗大训练部部长陈伯钧在11月20日的日记中写道："将近十一点，

忽机枪声作，机声轧轧，大家一阵慌乱，紧接着炸弹声……今日敌机系中型轰炸机，共七架，来回两次，投弹近卅枚……因事先未注意警报，防空设备亦欠妥，所以死伤市民、军人和学生不少。”

陈伯钧21日的日记记载：“近午，敌机十三架，分两批，又来袭击轰炸这弹丸之城……十六时许，同教育长等在城内被炸处巡视一周，只见颓屋断垣，大好的闹市变成鬼蜮世界。”

鲁艺的12岁小学员黄准（后来成为著名音乐家）目睹了延安的惨象：“我到延安不久。在一个星期天的早晨，人们都在睡梦中的时候，突然一大批飞机出现在延安城的上空。我们连警报都没来得及拉，就遭到一顿狂轰滥炸。整个延安城，几乎被翻了个个儿。刚轰炸过，一位大同学就带我到城里去看轰炸后的情况。啊，真是惨不忍睹呀！到处是碎尸断肢，到处是断壁残垣，那凝成紫色的血迹，与烧焦了的房屋、树木连在一起，使你分不清哪些是干涸的血迹，哪些是炭化了的建筑物，都变成一片漆黑的焦土！好端端的、庄严雄伟的延安城，顷刻之间被炸得不成样子了！这种悲惨恐怖的情景，的的确确吓坏了我这幼小的心灵，足足有一个多星期，我吃不下、睡不安，每天晚上都会从噩梦中惊醒，一闭上眼睛就会看到那形形色色惨不忍睹的景象。那被炸毁的房屋，那被炸得七零八落的肢体，有的没有了手脚，有的失去了头颅，有的被拦腰截断。啊，太可怕，太残忍了！但是延安人民并没有被压倒，有的只是愤怒。于是，我们掩埋了尸体，以百倍的努力，重建我们的家园。敌机白天来轰炸，我们就晚上工作；它炸毁了城市，我们就转移到几十里外的山沟沟里去上课、学习。”[①]

数日后，一支工兵队伍开始排除延安城里未爆的炸弹。

---

① 黄准：《在鲁艺的日日夜夜》，载曾刚编《山高水长：延安音乐回忆录》，太白文艺出版社2001年7月版，第160—168页。

落在陈云窑洞附近的那枚没有爆炸的炸弹深深地钻进黄土中，留下一个大窟窿。工兵设立警戒线，清理现场。他们挖掘了一个三米多深的大坑，整个炸弹暴露出来。工兵小心翼翼地把炸弹的引信拆下来，那引信像一个长长的冬瓜。然后，在炸弹的尾翅上拴系大绳，几十个人“嘿哟嘿哟”喊号子，一寸一寸地把炸弹拖拽出深坑。炸弹长约三米，像大水缸一样粗，通体涂灰色油漆，印有几行黑色字母。有人在一旁辨认说，这是美国制造的炸弹，卖给日本人的。工兵从炸弹壳里掏出数百斤黄色炸药，一筐一筐地抬下凤凰山，用马车运走。后来，这些炸药作为染料，染出黄色的布匹，用来缝制军衣。

老城炸毁了，边区政府以惊人的速度在老城的南门外建设了一个比旧城商业区更大的新市场，由舒同题写匾额“延安大市场”。毛泽东为大市场题写了一副对子：“坚持抗战，坚持团结，坚持进步，边区是民主的抗日根据地；反对投降，反对分裂，反对倒退，人民有充分的救国自由权。”[①]又在周围的山腰上、山沟里建造一排排新窑洞，形成新的居住地。

“咱们搞大生产，日本鬼子的钢铁运输队给我们送钢铁来了！”人们发现，炸弹的弹片可以打出上好的锄头、镢头。于是，每当敌机轰炸之后，人们都跑出来捡拾弹片，翻挖弹坑，有的还插上某某单位的标识，以示占领了这块“钢铁基地”。成百上千吨的炸弹弹片，在新市场上“转化”成为镢头或锄头，用来开荒生产。一块大的弹片被吊在一棵大树上，当钟敲。

城内的光华书店被炸毁了，革命者在西山上打了三孔窑洞，作为新书店的门市部……

---

① 王进、齐鹏飞、曹光哲主编：《毛泽东大辞典》，广西人民出版社、漓江出版社1992年6月版，第482页。

老延安被炸成了废墟，新的延安诞生了。

日军为什么选在11月20日—21日轰炸延安？轰炸的参与者、日军航空某中尉回忆，他在1938年1月—2月，驾驶九四式侦察机从三千五百米高空拍下延安照片，之所以选择11月20日—21日轰炸延安，是因为他们得知这个时期中共中央召开六届六中全会。而他们不知道，全会已经在11月上旬闭幕。

延安的警卫部队为防止日军空袭而头痛。延安的军工厂造不出来高射炮、高射机枪。八路军在前线的战事更为紧张，从敌人那里缴获过来的武器，最大限度用在了前线。1938年底，制枪能手刘贵福带领十五名军工从山西太原来到延安，被分配到延安兵工厂，当他们了解到日军轰炸延安的惨景后，个个义愤填膺。刘贵福与工友们议论说："党中央和延安人民的安全是当前的头等大事。我们一定要想办法自造出高射武器，为延安的死难同胞报仇！"

在延安以东约八公里的一个山沟里，有个柳树店村，延安兵工厂就隐藏在附近的窑洞里。这里存放着红军在直罗镇战役缴获的一些坏机枪，一直没有修理出来。刘贵福带领工人拆拆卸卸、修修补补，修好轻重机枪几十挺。大家把两挺马克沁重机枪装上三脚架，改装成高射机枪，一挺放在清凉山山顶，一挺放在嘉陵山山顶，两挺高射机枪形成了交叉火力网。

1939年11月至1941年8月，日军飞机不时对延安进行轰炸骚扰。据史料记载："他们的飞机由开始的7架，增加到10余架，最后达到近百架；轰炸的时间，由上午改成下午，最后发展到全天；轰炸的次数，由开始的一天一次，增加到两次，最后达到一日数架数次，轮番轰炸。1939年1月15日上午9时，36架轰炸机侵入延安上空，盘旋投弹计100余枚。下午2时许，敌侦察机一架窜入延安上空，往返盘旋达一小时之久。2时40分，35架轰炸机分三批相继窜扰，轮流轰炸，先后投弹120多枚（多为重磅），直延续至4时40分方才离去。敌人在一天出动飞机70余架，分四批，往返多次，投弹225枚。敌机这样凶残地狂轰滥炸，由于人民防空工作严密，我方仅10人死亡，13人负伤。但大批房屋倒塌，到处着火，使延安城变成了瓦砾遍地的废墟。”①

旧仇新恨，激发起军民打败侵略者的更大决心。

向隅创作了一首《防空歌》，歌中唱道：“日本鬼子真可恨，飞机来炸延安城，炸毁房屋又伤人，鬼子太狠心／防空工作做得好，包他赔本又丢人，防空司令有规定，大家要实行……／抗战大家有责任，快快参加自卫军，赶走日本强盗兵，才能享安宁……”

1944年春夏之际，中外记者代表团采访延安。美国记者福尔曼在他的《中国解放区见闻》中写道：“延安的毁灭既未驱走共产党政府，也没赶散延安民众。他们只逃到延安城外，在延安峡谷侧面的数千尺的峭壁上凿深深的洞以安居。所以今天的延安真是一座名副其实的不怕轰炸的洞穴城市。洞穴一层层地排在悬崖上，每个洞穴都有一扇弓形门，每扇弓门又皆以一道扶壁互相隔开。由洞穴前的雄壮的层道，人马可以来回通行。险阻的小路从一条层道通到另一条层道，把上下的层道联结起来。每个洞口前都有一小块平地，用以养鸡养猪种菜或作儿童们的游戏场，间或那里更有一条晒衣服的绳子。从上面向下望，可以看到在悬崖下的峡谷里有很多妇女在延水岸旁洗衣服。”

记者参观团的另一位记者赵超构，在为重庆《新民报》撰写的连续报道《延安一月》中写道：“小小的肤施县城，廿九年受过敌机的轰炸，现在只剩下一些墙脚屋基，满长着青草。延安人彻底放弃了县城，把市面所有的建筑移到南门外来，就是如今所称的新市区。……所有的

---

① 姜建成：《抗日战争中延安人民防空的光辉胜利》，载曹树蓬编《日军飞机轰炸延安资料汇编》，陕西人民出版社2021年6月版，第322—323页。

建筑，都是匆匆忙忙中完工的，简单合用，却是粗糙。就是最繁荣的新市区，也处处出现一个未成熟的都市的面目来。”

“夕阳辉耀着山头的塔影，月色映照着河边的流萤，春风吹遍了坦平的原野，群山结成了坚固的围屏。啊！延安！你这庄严雄伟的古城，到处传遍了抗战的歌声……”延安宝塔，是红色延安的象征。令人惊奇的是，日军十数次轰炸延安，顶天立地的宝塔巍然屹立，安然无恙。

陈毅作《延安宝塔歌》曰：延安有宝塔，巍巍高山上。高耸入云端，塔尖指方向。红日照白雪，万众齐仰望。塔尖喻领导，备具庄严相。犹如竖战旗，敌军胆气丧。又如过险滩，舵手平风浪。又如指南针，航海必依傍……

1945年8月15日，日本侵略者投降，中华民族经过十四年浴血抗战，终于取得了民族解放战争的伟大胜利。这一天，延安军民在宝塔之下狂欢，锣鼓喧天，无数的火把，无数支秧歌队，组成无数条飞舞的火龙，人们尽情地唱啊跳啊喊啊……

天蓝得那么高远，
白云自由地飘荡；
塔，更高了起来，
没有什么能掩盖它，
没有什么能毁损它，
——那是必然要胜利的理想！

严辰：《塔》节选

张思德与《为人民服务》

中国共产党历史文库有一个重要的文本——毛泽东的《为人民服务》。《为人民服务》承载着中国共产党的宗旨，是毛泽东于1944年9月8日在张思德同志追悼会上的演讲稿。

《在自己的岗位上》　胡考

张思德牺牲

东方欲晓，毛主席窑洞的灯光依旧亮着。

警卫战士张思德是在毛主席窑洞前站完最后一班哨，才恋恋不舍地离开毛主席警卫班，离开延安，前往安塞开荒的。

这是1944年春，中华民族抗击日本侵略者的战争已经进行到第十三个年头。

日本侵略者和国民党顽固派一直对中国共产党党中央所在地延安以及陕甘宁边区进行封锁，企图困死、饿死那里的共产党人。共产党人响应毛主席“自己动手、丰衣足食”的号召，学习做经济工作，开展大生产运动，自己开荒种粮、烧炭、纺线……从毛泽东到每一个工作人员，都担负了生产任务，自力更生，支援前线。

这一年，负责党中央警卫工作的中央警备团抽出五百多人——占全团人员三分之一以上——投入到大生产运动中。中央机关和中央领导驻地——枣园的警卫人员，组织一支生产队，到延安西北方向的安塞楼坪石峡峪以西建立农场。生产队的任务是：在解决自己口粮之外，每年上缴一百石小米。

毛主席警卫班也不能搞特殊，也得抽人参加生产运动，完成生产任务。张思德看看全班的同志，他们个个年轻，只有自己有开荒、烧炭、种地的经验，尽管他更愿意在人民领袖毛泽东身边站岗，但是想到参加生产劳动更艰苦，更需要吃苦精神，他第一个报名进山执行生产任务。

张思德是四川仪陇人，穷苦人家出身，1933年参加红军，经历过万里长征，多次参加战斗。他个头中等偏上，国字脸上长着一对浓眉大眼，厚嘴唇，为人老实厚道，性格随和，不那么爱说话。

1942年10月部队进行“精兵简政”，中央军委警卫营与中央警卫教导大队合编为中央警备团，张思德由班长改为战士，他愉快地服从组织分配，没有任何怨言。1943年春，组织选派张思德到中央警备团直属警卫队，在毛泽东警卫班当警卫战士，张思德从此成为一名忠诚的枣园哨兵。

枣园的星空闪闪烁烁。进山之前，张思德在毛主席的窑洞前站完最后一班岗。下哨时，他面对毛主席窑洞的灯光，举起右手，行了一个庄严的军礼。就这样，他悄悄地与毛主席、与他热爱的哨位告别了。

生产农场由社会部的宫辑书任队长，张思德被临时指定为生产队的副队长。在荒山野岭建设一个农场，谈何容易。没有路，没有水井，没有窑洞，甚至缺乏劳动工具，一切都得从零开始，从荒地开始。在动员会上，张思德带头发言：“当兵的，打仗都不怕死，从事生产有什么可怕的？只要有不怕死的精神，没有什么能难倒我们。”

荒凉的山野突然被南腔北调的人声唤醒了。一镐一锄，一草一木，一点一滴，挖窑、打井、修路、种地……踏着晨光上山，一直干到星星跳进蓝色的夜幕。春天的野百合花开了，又谢了。经过一个春天的劳作，大片的荒地被开垦出来。眼看着谷子、糜子、玉米一天天长高了长大了，石峡峪里，漫山遍野都铺满了黄澄澄的谷穗，玉米棒子个个金灿灿的，与野山坡上红艳艳的山丹花交相辉映。

哪里最苦最累，哪里就有张思德的身影：他一手拿枪一手举着马兰花的样子，他坐在那里笑吟吟地打草鞋的样子，他穿着马兰草做的草鞋在田间劳动的样子，他披着蓑衣冒雨检查炭窑的样子，他背着木炭下山的样子……那个明亮又温暖的端午，马兰草刚刚开花吐芳，张思德扯来马兰草叶，缠了一个又一个粽子给大家吃。一个天上有轮大盘月亮的晚上，张思德还给大家讲起了诗人卞之琳的小说《进城·出城》。他说他喜欢小说的第一句：“头上戴斗笠，身上随便穿一件什么，大踏步走去，单凭脚上北方所不惯穿的草鞋，就给老百姓认出了是什么人，‘八路’。”哈哈……听众都笑起来，大家都能听出来他为八路军的草鞋而骄傲呢！

“……可敬的岗兵，手把着枪托，挺立在路口，面迎着西风，一声口令，盯住了近前的人影……”劳动的间隙，张思德高唱《子夜岗兵颂》。在战友们的掌声中，他拿起笛子吹起了《毛主席领导穷人翻身》《延安颂》。大家多么喜欢张思德啊！

在空山深夜和幽暗的窑洞里，张思德常常看见一束灯光，一闪而过，一定睛却就不见了。他开始没能捕捉到那灯光，它太快了，像高原云层里的闪电一样。这灯光又熟悉又陌生，太奇怪了。张思德一直想要弄清楚那老是一闪而过的灯光是从哪里来的。有一天，他正在窑洞里补窑，那束灯光又在眼前闪过，张思德在出神凝神之间恍然大悟，一下子就“抓住”了那束灯光：那是他从前每天站在哨位上看见的灯光，是窑洞里透出来的灯光——毛主席窑洞里的灯光。那从黄昏一直亮到朝霞满天的灯光，已经在他的脑海里打下深深的烙印，成为忘却不掉的记忆，不时在他的脑海里闪过。张思德沉浸在关于灯光的回忆中，一个战友捅了他一下，问道：“困了？”张思德说：“收下这一季庄稼，就能回到毛主席身边站岗了。”他在心里快乐地期盼着。

秋天的天是蓝的，远山是紫的，眼前的树是红的黄的。秋收的日子，中央办公厅交给农场一项新任务：烧炭，为明年召开的中共七大准备烤火取暖的木炭。这时候，中央办公厅的烧炭队也住进了石峡峪。

“张思德，你们团长说过，你的烧炭技术好，你就给我们当指导吧！”

“只要有用得着我的地方，尽管用我。”就这样，张思德当了烧炭队的副队长。

石峡峪深处的庙河沟，有一片青冈林，许多青冈树有一抱那么粗，就近取材，在那里烧炭最合适。张思德领着烧炭队进了庙河沟。张思德小时候就跟着爹学会了烧炭，在云阳留守处警卫连时烧过炭，两年前在南泥湾成为远近闻名的烧炭能手。在他的带领下，打窑、砍树、装窑、点火、封火、出窑，这一道道工序安排得有条不紊、忙而不乱。

烧炭时常常得晚上起来观察火候，为了解决照明问题，张思德领着大家到山里采来一种当地叫“中条梗”的野生木本植物，放在窑里烘干，晚上用它照明，不费灯芯不费油。“中条梗”油性大，点燃后着得很旺，又不怕风，半夜狼来了，挥舞几下，把狼吓跑了，火也不会熄灭。大家都佩服张思德有丰富的生产生活经验，有人说：“张思德的话不多，却能让竹子唱歌，能让小头听话。”在张思德的指导下，烧炭队的九个组都能够独立打窑烧炭了。

为了多烧几窑炭，张思德一边指导大家烧炭，一边自己动手挖窑烧炭，他说：“咱得加油干，早日完成任务，向毛主席报喜。”

谁也没有想到，意外突然发生了。

9月5日，秋风习习，细雨蒙蒙。张思德起得早，他和王玉森、石仓一起来到山上，为一口新挖的炭窑加固窑壁、修补烟囱。张思德在最里面挖，石仓在窑口向外送土，王玉森在窑口外向外铲土。雨越下越大，小石对张思德说：“班长，雨下大了。”张思德从窑洞里钻出来，拿着一条麻袋，把它披在小石身上。小石推让说：“班长，我不冷。”张思德说：“你披上，里面暖和。”说着，又钻进了窑洞。

上午10时许，张思德发现窑洞顶上噼噼啪啪地往下掉碎石，他大喊一声：“快跑！”

王玉森听到一声沉闷的轰隆声，眼看着炭窑突然坍塌，张思德和小石被埋在里面。王玉森一边喊救人，一边挖人。几个战友很快救出了石仓，石仓说："张班长还在里面，赶快救他。"

人们挖到张思德的时候，看见他还保持着挖窑的姿势，双手紧紧地握着小铁镐。人们连忙把张思德抬出来，这时只听他胸腔里咕噜一声响，血从嘴里流了出来。大家把张思德放平，拼命地呼唤他。这时，张思德已经停止了呼吸。他的生命停留在29岁。

"长在高山上，死在泥洞中。魂魄飘青天，骨头暖人间。"延安的老百姓中流传着这则谜语，谜底是木炭。听到张思德牺牲的消息，许多人说，这四句诗写的就是张思德啊！

毛泽东向张思德亲致哀悼

中央警备团警卫队队长古远兴向毛泽东报告了张思德牺牲的消息。

毛泽东放下笔，详细了解张思德牺牲的经过，默然良久，说："张思德是好战士，站岗放哨，还陪我外出过，很熟悉。"[①]一个普通战士的牺牲，引起了最高领导人的重视。

毛泽东心情沉重，问："他的后事，怎么处理呀？"

古远兴想也没想就说："就地掩埋。"战争年代里死人是很平常的事情，有时一个冲锋下来就倒下几个人，哪里黄土不埋人？古远兴打算把张思德就地埋在山里。

"你敢！赶快派人，把人抬回来。"毛泽东看了古远兴一眼，说，"小古呀小古，古人说，落叶归根，入土为安。张思德是四川人，他牺牲了，虽然回不了老家了，我们也不能把他埋到荒天野地里哟！"

---

① 王健：《张思德与〈为人民服务〉》，《延安时期党群故事》，中共党史出版社2014年6月版，第107-114页。

有人说："安塞石峡峪不通汽车，烧炭的地方还在石峡峪西面的大山里，车子根本开不进去。"

"车子进不去，你们想办法用担架或骡驮子，总之，要想办法把遗体运回来。"毛泽东交代，"第一，要把张思德身体洗干净，穿上新衣服，入殓前要派战士给他站岗；第二，买一副棺材，运回延安；第三，要给他开个追悼会，我要参加，还要讲话。"

9月6日上午，战友们把张思德的遗体擦洗干净，给他换上一身新军装。棺材里，还放着他的笔记本、老领导送给他的钢笔。南泥湾土黄沟的王大娘给张思德做的一双棉鞋，张思德一直没舍得穿，战友们把这双棉鞋放在他的脚边……

古远兴又去毛主席那里报告安葬张思德的情况。

毛主席问："张思德所有东西都放进棺材里去了？"

古远兴回答说："是的，还给他穿上了1942年才领到的新衣服。"

毛主席问："那双白球鞋放进去了吗？"毛主席知道张思德在篮球比赛中获奖得过一双白球鞋，平时一直不舍得穿。

古远兴说："也放进去了。"

张思德的棺材运回延安后，放在警备团驻地。

炊事班里的哑巴红军听说运回来的棺材里躺着的是张思德，他抱着棺材嚎叫着哭喊着，想把张思德叫醒。前几天，他还收到张思德捎来的新草鞋……哑巴红军的哭叫声，警备团驻地都能听见。大家劝他不要悲伤，可怎么劝也劝不住。

张思德当班长时的副班长陈耀站在老班长的遗体边默默流泪。他清楚地记得，张思德去安塞之前专门来跟他告别。老班长问："这些日子你的工作学习怎么样？"他回答说："平常。"老班长有些不高兴了，摇摇头说："那还行！今后可不能再说这样的话。"老班长又问："你遇事急躁的毛病克服得怎么样？"他回答："有所克服。"

老班长又摇摇头："不能说有所克服，对于自己的缺点和毛病，应当坚决克服，要按毛主席说的，天天洗脸，天天扫地，不然，尘土多了，就坏了。"老班长还叮咛他："你要抓紧学习文化，学着写报告、写家信，我给你带来了一个日记本、一支铅笔。以后，有什么困难，写信告诉我。"陈耀万万想不到，那次谈话竟成为老班长和他的最后一次谈话。

"湖上悲风舞白杨，英雄凋尽只堪伤。"

警备团遵照毛主席的指示，在枣园西面庙梁山下的操场上布置追悼会场。他们采来松柏枝，搭建灵堂。战士们跑到山上采集野花，给张思德扎花圈。哑巴红军一边哭一边打花篮，用新鲜的花草供奉他最亲密的战友。

9月8日，恰好是农历二十四节气中的白露，一向秋高气爽的延安，这天变得天低云暗、山沉河闷。张思德追悼会会场上，白布扎的灵棚上挂着写有"追悼张思德同志"七个大字的大型横幅，中间挂着一面带有镰刀和锤子的党旗，四周摆放着中央办公厅、中央社会部、总参谋部、总政治部、陕北公学、中央警备团等党政军学单位的花圈。

上午，毛泽东在枣园为张思德追悼会题写挽联："向为人民利益而牺牲的张思德同志致敬。"

下午2点左右，毛泽东头戴八角帽，身穿粗布衣，在任弼时、李富春、叶剑英、李克农、王稼祥和警备团团长吴烈陪同下来到会场。被毛主席称赞为"开明人士"的边区政府副主席李鼎铭先生也赶来了。参加追悼会的有一千多人。毛泽东的脚步沉重而缓慢，脸色严肃而庄重。

这是中国共产党成立以来第一次为一位牺牲的普通战士举行追悼会。

中央警备团团长吴烈主持追悼会："张思德同志追悼大会现在开始！全体脱帽，向张思德同志默哀！"几位民间艺人用唢呐吹响了哀乐，哀乐在秋风中愈发悲切。默哀之后，警备团政治处主任张廷桢致悼词，介绍了张思德的生平事迹。

随后，毛泽东拿着花圈，缓步上前，把花圈摆放在鲜红的党旗下。他凝视着花圈，微风拂来，花朵一颤一颤的。毛泽东一动不动，久久沉默。

见此情景，许多同志流下了眼泪。哑巴红军号啕大哭，李鼎铭先生悄悄地抹去眼角的泪水……

毛泽东手里没有讲话稿，显然他对自己将要讲什么已经了然于心。

张思德的牺牲，引发了毛泽东的深沉思考。张思德出身贫寒，生命短暂，在中国共产党的队伍中，他是普通党员；在人民军队的队伍中，他是普通士兵；在整个革命队伍中，他是无名英雄，是默默奉献者。他没有官职，没有财产，没有家庭，没有叱咤风云的传奇故事，也没有经世之才与豪言壮语，连一次恋爱都没有谈过，就这样赤条条来赤条条去，奉献了自己的生命。域内之大，党内之众，大多是像张思德这样默默无闻的人。张思德在短暂的生命中，把中国共产党远大的革命目标化作朴素的日常工作，忠实无私地在每个岗位上为人民服务，最后牺牲在工作岗位上，自有其英雄本色。平凡的张思德是中国共产党先进群体中最有代表性的一分子，他是平凡的英雄、人民的英雄。

毛泽东远见卓识，他从“小人物”张思德的日常生命历程中看出一种为人民服务的精神境界。张思德胸无滓物，一片天真，一片朴素，一片忠诚，一片大义，这种境界超越为己为利的功利境界，进入为人为公、超越生死的无私境界。

民族的解放需要张思德，革命的事业需要张思德，艰苦奋斗的共产党需要张思德。张思德就在身边，人人可学，人人可做。张思德身上的光亮，可以照亮普通人的内心，可以照亮暗黑的世界。吴烈看到毛主席神情沉重，默默地伫立在那里，他犹豫了一会儿，上前提醒说：“主席，现在请您讲话可以吗？”毛泽东缓缓转过身子，缓步走上前面的土台子。会场一片肃穆，静得能听见压抑着的抽泣声。毛泽东语调低沉，说：“我们共产党和共产党所领导的八路军、新四军，是革命的队伍。我们这个队伍完全是为着解放人民的，是彻底地为人民的利益工作的，张思德同志就是我们这个队伍中的一个同志……”[①]

炭窑坍塌了，毛泽东把炭窑重新“打”起来。张思德把自己化作了木炭，毛泽东把木炭点着。

毛泽东在张思德追悼会上深情地讲着：“中国人民正在受难，我们有责任解救他们，我们要努力奋斗……”[②]他擢拔了张思德身上的优秀品质，把张思德寻常的、朴素的精神升华为共产党人必须践行的革命宗旨，第一次清澈澄明地阐述了“为人民服务”的思想，宣示了共产党的人民哲学。张思德的牺牲，还激发了毛泽东对生命存在意义进行哲学思考，挖掘生与死的意义，他论述了革命者为人民而生、为人民而死的人生观，反映了自己的生死哲学。

毛泽东以一篇致辞，为张思德入土奠基，更为中国共产党“为人民服务”宗旨的诞生进行思想奠基。

《为人民服务》——中国共产党人的“心经”

毛泽东在张思德追悼会上的致辞，在编入《毛泽东选集》时，题名改为《为人民服务》。毛泽东通过《为人民服务》，高举起一位人民英雄——张思德。

① 《解放日报》1944年9月21日。

② 《解放日报》1944年9月21日。

《为人民服务》，乃是九鼎之文，它承载着中国共产党“为人民服务”的宗旨。

“为人民服务”是中国共产党精神谱系中最重要的标识。

一声“为人民服务”，可谓“大纛一张，万夫走集”。“全心全意为人民服务”成为中国共产党的根本宗旨，成为全国人民的集体意志，进而成为中华民族文化的基本内容，人人信受奉行，从而改变了中国人民的精神面貌，改变了中国大地的面貌。

为人民服务

毛泽东

《为人民服务》是如何成为传世名著的?

毛泽东的《为人民服务》，一共688个字，是名满天下的名文。

许多人可能没有想到，《为人民服务》这篇文章最初也是默默无闻的。文章有命，文字有脚。让我们回溯历史，看看这篇文章是如何由“无名”到“有名”，最终成为“名著”的。

《毛主席像》　力群

《为人民服务》最初发表时不叫《为人民服务》

1944年9月5日，中央警备团战士张思德在为炭窑加固窑壁时，炭窑突然坍塌，张思德壮烈牺牲。

张思德1933年参加红军，当过机枪手、地下交通员，长征中三过草地，到陕北后在军委通信营当通信兵，是通信班的班长。在大生产运动中，他一天开荒两亩多地，被战友们称为“气死牛”；他是一个烧炭的行家，远近闻名，许多单位都请他指导烧炭。1942年10月，中央警卫营和中央警卫教导大队合并，组建中央警备团，由于编制减少，张思德由班长改为战士，他愉快地服从组织安排，成为警卫工作的执勤能手。张思德任劳任怨，干一行爱一行，被中央警备团评为“即知即行的模范”。

毛泽东认识张思德，了解张思德的优秀品质。他听说张思德牺牲的消息，心情沉重，专门交代说：“要给他开个追悼会，我要参加，还要讲话。”①

9月8日，张思德追悼会在枣园西面的庙梁山举行。毛泽东参加追悼会并发表讲话，号召共产党人学习张思德的精神。

9月21日，延安《解放日报》头版头条以新闻稿的形式，首次披露了毛泽东在张思德追悼会上的讲话。这篇新闻稿的题目为《警备团追悼战士张思德同志，毛主席亲致哀悼〈为人民的利益而死，是死有重于泰山〉》。全文如下：

【本报讯】中央警备团战士张思德同志，今年才三十岁，但为

① 陈惠方、廖可铎：《张思德传》，解放军出版社2004年9月版，第281—301页。

党为人民已经战斗了十二年，走过雪山草地，受过长期艰苦的锻炼，也曾光荣地负过伤，是一个忠实为人民利益服务的共产党员，不幸于今年九月五日在安塞石峡峪烧炭遇险殒命。中央警备团团部特于九月八日下午二时，在西山广场开会追悼，到会者千余人，毛主席亲临讲话。主席台四周布满花圈和挽联，中悬毛主席亲笔挽辞“向为人民利益而牺牲的张思德同志致敬”几个大字，与会者无不深感死者的光荣。大会在哀乐声中开始，在团政治处张主任介绍死者的光荣历史后，毛主席即缓步登台，怀着沉痛的心情向死者表示敬意，继作历时一时半之久的讲话，对为人民利益而牺牲的意义，阐述至详。

毛主席说：“我们的共产党和共产党所领导的八路军、新四军这个团体，完全是为着解放人民的，是彻底为人民利益工作的，张思德同志就是我们这个团体中的一个。”

毛主席又说：“人总是要死的，但死的意义有不同，中国古时候有个文学家叫作司马迁的说过：‘死有重于泰山，有轻于鸿毛’，为人民利益而死，就比泰山还重；替法西斯卖力，为剥削人民和压迫人民的人去死，就比鸿毛还轻。张思德同志是为人民利益而死，所以他的死，比泰山还重。”

毛主席继又申述虚心倾听党外人士的意见，为人民利益坚持好的改正缺点的道理。他说：“因为我们是为人民利益服务的，所以有缺点就不怕别人批评指出，不管是中国人外国人，谁向我们指出都行。只要你说得对，我们就改正；你说的办法对人民有好处，我们就照你的办。‘精兵简政’就是党外人士李鼎铭先生提出来的，他提得好，对人民有好处，我们就采用了。只要我们能为人民的利益坚持好的，为人民的利益改正错的，我们这个团体就一定会更加兴旺起来。”

毛主席又教导我们大家要相互关心、相互爱护、相互帮助。他说："我们都是来自五湖四海，为了这一个革命的共同目标，走到一起来了，但我们还要和全中国大多数人民走这一条路。我们今天已经是八千六百万人民的大团体，但还不够，还要更大，才能取得民族的解放。我们的同志在困难的时候，要看到成绩，看到光明，提高我们向前的勇气。中国人民正在受难，我们有责任解救他们，我们要努力奋斗。要奋斗就有牺牲，死人的事会是经常发生的。但是我们想到人民的利益，想到大多数人民的痛苦，我们为人民而死，总比为土豪劣绅而死好得多。不过，我们应当尽量减少那些不必要的牺牲，我们干部要关心每一个战友，一切革命团体的人都要互相关心、互相爱护、互相帮助。"

最后，毛主席号召把开追悼会变成一个制度，并推广到老百姓当中去。他说："今后我们的团体里，不管死了谁，不管是伙夫还是战士，我们都要给他送葬，开追悼会，这要成为一个制度。这个方法也要介绍到老百姓那里去。村上的人死了，开个追悼会，用这样的方法，寄托他们的哀悼，使整个人民团结起来。"

毛主席讲话毕，乃由该团代表致辞，他代表警卫团全体战士宣誓，要遵照毛主席的指示学习张思德同志为人民利益服务的榜样，继承他的遗志更加努力地干下去，四时许散会。

毛泽东通过在张思德追悼会上的讲话，理论化、形象化了"为人民服务"的思想。不过，毛泽东当时并没有把这篇致辞定名为《为人民服务》。

毛泽东致辞的内容虽然在《解放日报》发表了，但属于通讯报道，命意不彰，影响不大。正在进行的整风运动，没有把它列为学习篇目。延安时代印行的毛泽东著作单行本和综合文集中，也没有这一篇的影子。

新中国成立之前，一些革命根据地编印了毛泽东著作集，比如，1944年由晋察冀日报社编辑出版的五卷本《毛泽东选集》，被聂荣臻元帅称为“第一个系统的，流传最早、最广泛的版本”，没有收录毛泽东在张思德追悼会上的讲话。1946年4月华中新华书店出版的《毛泽东选集》、1948年晋冀鲁豫中央局出版的《毛泽东选集》等，都没有收录毛泽东在张思德追悼会上的讲话。

毛泽东在张思德追悼会上的讲话，成为毛泽东的著名文章，乃至家喻户晓，是在张思德追悼会召开数年之后。

毛泽东把一生最珍重的话，作为他在张思德追悼会上讲话的题目

中国共产党坚持全心全意为人民服务的宗旨，为人民而战，因人民而兴，在人民的拥护和支持下建立了中华人民共和国。为人民服务的宗旨，因经历了人民的检验、实践的检验和历史的检验而大放光芒。这是《为人民服务》口口传扬的实践和群众基础。

新中国成立后，编辑出版《毛泽东选集》摆上日程。毛泽东乃政治家、军事家，革命召他以烟景，人民假他以文章，他在战斗征程中持短笔，照孤灯，蘸遍山河大地的苍茫烟水，描绘着中国革命的历史画卷。他无心做文学家，下笔之处常常是熔政治、经济、军事与哲学于一炉而冶之，神籁自韵，绽放出千古未见之奇文，每每写出经天纬地、胜义纷呈的经典，建立起属于“毛氏”的文本坐标，不经意间成为文章大家，自致于立言不朽之域。

毛泽东在自己的几千篇文章中挑来选去，抽出150余篇编入《毛泽东

选集》。选哪篇不选哪篇，这是毛泽东的慎重选择，也是时代的选择、文化的选择。毛泽东把自家的《选集》内容全部审阅一遍，对一些文章进行了修改，有的文章另起了篇名。

口说如风过，纸笔定山河。《毛泽东选集》是一个界限，是一道门槛，进入其中的都得到毛泽东"法眼"的认定，是他比较满意的作品。在《毛泽东选集》中，他没有收入1944年9月18日的《坚持为人民服务》（刊登在《解放日报》1944年9月23日一版）——这是他在文章题目中最早使用"为人民服务"五个字。他选中的是在张思德追悼会上的讲话，并且把他一生中最珍重的话作为他在张思德追悼会上讲话的题目：《为人民服务》。

"为人民服务"这个题目，具有词组性、格言性、凝集性、典雅性、历史性、鲜明性，画龙点睛，令人耳目一新。

《毛泽东选集》第三卷1953年5月正式出版，其中的《为人民服务》立即被《中国青年》等报刊转载，这篇文章出于选集而跳出选集，风行全国。一时间，党员皆学之，国人皆诵之。《为人民服务》一文遍及有井有水的地方，"为人民服务"这句话也成为闾巷之间的一个熟语、成语。

毛泽东手书"为人民服务"，
与《为人民服务》一文相映生辉

毛泽东多次题写"为人民服务"，使"为人民服务"入眼入心。

从1944年开始，毛泽东在题词中开始书写"为人民服务"五个大字。这是他一生中最喜欢题词书写的一句话。

“为人民服务”这句话因为毛泽东的书写流行，在新中国成立前后就开始印在日记本、奖状、委任状、毕业证上。毛泽东反复书写“为人民服务”，传播了“为人民服务”的思想。

中南海新华门是党中央、国务院办公所在地的正门，金光闪闪的“为人民服务”照壁，庄严地昭示着中国共产党及人民政府的根本宗旨。这里还有一个故事：新华门的影壁是袁世凯1913年当临时大总统时修建的，原来是一堵深灰色的青砖壁，中间有一个椭圆形图案，四个角上刻着花纹。1961年5月或6月的一天，毛主席和汪东兴经过新华门，主席对汪东兴说：“门口的影壁是不是考虑把它用起来？”汪东兴说：“好啊，就写主席的‘为人民服务’，另外还可以写上‘艰苦朴素’。”主席问汪东兴：“写我的话好吗？”汪东兴说：“这是我们党的宗旨，我们中国共产党就是为人民服务的。”[①]主席点点头，表示同意。随后，有关部门用木头刻了毛体“为人民服务”五个红字，粘在影壁上。1970年左右，中南海修缮处对新华门影壁进行了改造，把影壁刷成红底，给“为人民服务”五个大字贴上金箔，照壁变成红底金字。如今，照壁上“为人民服务”五个苍劲有力的大字和新华门前高悬的国旗、国徽一起，成为中国共产党执政为民的象征。

1967年5月13日，《解放军报》以头版整版篇幅报道：中央军委决定颁发特制的毛主席像章和“为人民服务”语录章，还刊登了《关于毛主席像章、毛主席语录及其佩戴办法的说明》。随后，全军每一位官兵的胸前都佩戴毛主席像章和“为人民服务”语录章，这进一步传扬了“为人民服务”的思想。

周恩来总理喜欢在胸前佩戴一枚“为人民服务”的纪念章，这给全

① 余玮：《“为人民服务”成为党的宗旨内情》，《中华儿女》2018年第12期，第30-33页。

国人民留下深刻印象。像章上的五个大字，正是他一生的写照。周总理鞠躬尽瘁，用一生践行了中国共产党人全心全意为人民服务的宗旨。

如今，如果说到革命先行者孙中山先生的题词，大家首先会想到“天下为公”四个字。说到毛泽东的手迹，老百姓印象最深的是“为人民服务”“实事求是”。而一说起毛体“为人民服务”，大家就会想到《为人民服务》一文。

“老三篇”“老五篇”进一步传播了《为人民服务》

《毛泽东选集》出版后，人民群众把毛泽东在抗日战争中形成的《为人民服务》（1944年）、《纪念白求恩》（1939年）、《愚公移山》（1945年）合称为“老三篇”。这是一个发乎内心的尊敬称呼，一个颇有创意的精确概括。毛泽东的这三篇文章，以革命白话文的形式，展示中国共产党的根本宗旨、精神境界、奉献精神和坚强意志，抒发革命的神圣感。三篇文章皆逻辑推理严谨、思想阐述深刻、语言顿挫有力、文字朴实通俗、风格爽朗刚健，尤其难得的是，短小的篇幅中，有思想，有人物，有故事，有文采，气象沛然而名句迭出。这三篇文章，一读就懂，一读就能记住，一入脑入心就能提高思想境界，一用到实际工作中就能解决问题。所以从20世纪50年代末开始，人们把这三篇文章合称为“老三篇”。

1966年3月，人民出版社把《为人民服务》《纪念白求恩》《愚公移山》三篇文章合起来出版单行本。这个版本大受欢迎，被各地大量印刷。不久，民族出版社出版了少数民族文字版本的“老三篇”。1967年，“老三篇”的英文版、俄文版、汉英对照版等正式出版。

"'老三篇'最容易懂，但最不容易做到。要把'老三篇'作为座右铭来学，哪一级都要学。……学了就要用，搞好思想革命化。"10月28日，《人民日报》发表社论《把"老三篇"作为培养共产主义新人的必修课》。党内外，军内外，全国各地掀起了学习"老三篇"的新热潮。一时间，"老三篇"万口传，每每读来皆新鲜。

在"老三篇"的基础上，人民群众中又出现"老五篇"的提法。"老五篇"是指毛泽东的"老三篇"（《为人民服务》《纪念白求恩》《愚公移山》）再加上《关于纠正党内的错误思想》（1929年）、《反对自由主义》（1937年）。"老五篇"中，《为人民服务》仍居首篇。各地出版社出版的"老五篇"合集中，封面上有的印上五篇著作的篇名，有的直接叫《为人民服务》，有的直接叫《老五篇》。

从《毛泽东选集》150余篇文章中单独拎出几篇，命名为"老三篇"或"老五篇"，这种从"母文献"中析出来"子文献"重新结集的现象，让人联想到朱熹将本来单篇的《论语》《大学》《中庸》《孟子》独立结集为"四书"的做法。在孔孟之后很长的时间里，《论语》《大学》《中庸》《孟子》地位并不显赫。两汉到唐宋漫长的学术时空里，处于核心经典地位的是经过孔子整理而传授的六部先秦古籍（《诗经》《书经》《礼记》《易经》《乐经》《春秋》），它们具有至高无上的崇高地位。朱熹的《四书章句集注》一出，"四书"的地位与"六经"等齐，极大地推动了《大学》《论语》《孟子》《中庸》的普及，进而也完成了中国儒学史的重大转型。从传播这一点看，"老三篇""老五篇"与之相似。

在此后很长的时间里，《为人民服务》成为人人必读、人人必背的篇章，收入中小学课本，编入语录，谱成歌曲、戏剧传唱。豫剧把《为人民服务》全文都谱成了曲子。广泛地传播，使几亿中国人人人熟悉

《为人民服务》，乃至人人会背《为人民服务》。

《为人民服务》塑造了几代共产党人的人生观，化育出几代人的人生价值。

《为人民服务》是中国共产党宗旨的“存在之家”

《为人民服务》正文加上题目，一共有688个字（不含标点），围绕“为人民服务”这一宗旨，凸显“人民至上”与“生命至上”的文化理念，讲述了“生以备死”和“以死寓生”的文化思想。全文分为五个自然段：开头第一段，直截了当地提出了党和军队“为人民服务”的宗旨；第二段，引经据典地论述了中国共产党人“为人民服务”的生死观；第三段，论述了“为人民服务”过程中如何对待缺点和错误的问题；第四段，论述“为人民服务”的过程中，遇到困难的时候不能悲观失望，要看到成绩，要看到光明，要提高我们的勇气；第五段，阐述通过“送葬”“开追悼会”的形式悼念为人民利益而死的人。

《为人民服务》以最简洁的语言承载了共产党人的宗旨。毛泽东最重要最核心的思想凝聚于这篇短小精练的文章之中。“为人民服务”的思想依托《为人民服务》这个文本并且满溢出这个文本，透彻地指明了共产党人为谁而活、为谁而死的问题，高简不饰地讲述了属于精神的、灵魂的、情感的、道德的东西，展示出共产党人最深沉的精神追求。“为人民服务”足以为中国共产党人立心，为中国人民立命，为中华民族开太平。

《人民日报》原副主编、著名作家梁衡在《影响中国历史的十篇政治美文》等文章中说，中国从古至今，内容形式都好，以一篇文章而影响了中华民族政治文明、人格行为和文化思想的文章为数不多，共有十篇，它们是：（1）贾谊《过秦论》；（2）司马迁《报任安书》；（3）诸葛亮《出师表》；（4）陶渊明《桃花源记》；（5）魏徵《谏太宗十思疏》；（6）范仲淹《岳阳楼记》；（7）文天祥《正气歌序》；（8）梁启超《少年中国说》；（9）林觉民《与妻书》；（10）毛泽东《为人民服务》。

写《延安典故》，有所思（后记）

一所思——

用文学来表现延安时代，从延安时代便已开始。“好将一点红炉雪，散作人间照夜灯”，许多作品照亮了前行的路，已成为不朽的经典。《延安典故》既是对历史的致敬，又是“我手写我口”的文学书写，是在感恩与反刍中的继往开来。公木诗句曰：“你把一代的精神，赋以活的呼吸，吹向来世。”掩卷沉思，诚惶诚恐：我做到了吗？

二所思——

“苟日新，日日新，又日新。”延河、宝塔、窑洞……这些延安的标志性符号，既老又新，历久弥新。创新是文艺的生命。《延安窑洞是如何打成的？》《延河：流水十四章》《〈为人民服务〉是如何成为传世名著的？》等，对历史进行还原与再现，从老故事中看出新神韵，在老现场发现新故事，把过去时态的空间呈现于当下，希望在新的视角新的叙事中见事见人见真谛。

三所思——

沉浸于延安时代，感受到革命年代的纯真、激情与诗意，乃至冷冽。内心感动，灵感涌现，为历史补笔。造境摹写现实，写境邻于理想，深化延安故事的意蕴。《小米的宗旨》《马，毛泽东打天下的马》《张思德与〈为人民服务〉》等，开拓新的故事入口，擦拭那些蒙尘的词语与往事，让情节化的叙事引领我贴近延安时代的血脉与心跳。

四所思——

细节！细节就是历史，细节就是力量。稽考钩沉碎片化文献，下功夫搜集细节，珍惜细节，乃至一些人眼中无足轻重的枝叶。注重细部的毕现，目光在细微部停留，防止在宏观叙事中把一个伟大的时代写空写窄。《中共七大历史现场》《那斧凿进文化江山的延安往事啊……》等，大历史与小细节互映，让人既看见政治大气象，又看见窑洞的人间烟火，这些篇章在《美文》《北京文学》《中国青年报》等报刊刊载后，一些朋友对我说，从中看到了过去没有见到过的细节，政治的细节、会议的细节、人的细节，有一种阅读的亲切与喜悦。

五所思——

文学之美，美在文采。无有文采，何谈文学。中国山水间常常建立一座空亭，群山郁苍，草木荟蔚，空亭翼然，吐纳云气。苏东坡说："惟有此亭无一物，坐观万景得天全。"我期望《延安典故》中的每一篇文章都向山水间的亭子学习——"江山无限景，都聚一亭中"。

六所思——

《延安典故》追求文学性和故事性。《马，马上打天下的马》《小米的宗旨》等，将点状叙事与线状叙事结合起来；《哲学的窑洞，哲学的延安》将一个个哲学问题放置于窑洞、延河等场景之中，抟虚为实，穿越时空，面对面地倾听哲人对话。我试图找到历史叙事与文学叙事之间的秘密通道，写出亲历其境的现场感，让文字散发出哲学与文学的双重魅力，探索间吾惶惶然。

七所思——

故事的入口即是思想的入口。用文学抒写大时代大事件，必须进入思想的内核，亦须警惕“党八股”。毛泽东反复批评的“党八股”中，看不见自然，看不见日常，修辞而不立其诚，看不见属于人的朴素表情，既没有思想的光，又缺乏文学的光，只在那里高蹈大词，流于空谈与表态的熟滥恶调，沦为文字游戏，辜负了文质彬彬的伟大传统。写《延安典故》，拟让政治与文学互渗互喻。搦管挥写处，我感到了自己的肤浅，内心有一种惭愧与辜负。

八所思——

“青青翠竹，尽是真如。郁郁黄花，无非般若”。莺飞草长，在文学的修炼中前行。